화평연간의
격정 1

화평연간의 격정 1

김혜량 장편소설

북레시피

차 례

2부

1부

태학생 유가경 柳佳璥

유가경이 아무것도 모른 채 시녀들에 둘러싸여 몸단장을 하고 있을 때 심부름 갔던 시동이 돌아왔다.

"구씨 댁 서방님은 집에 없던걸요. 어젯밤에 안 들어오셨대요."

거울을 통해 보니 과연 시동의 손에는 편지가 그대로였다. 가경이 구연하에게 어서 건너오라고 몇 자 적어 보낸 편지였다. 시동은 개봉 시내를 다 돌았다고 투덜댔다. 연하가 단골로 가는 기루는 물론 태학 강학당까지 다 둘러봤다고 했다.

"네가 괜한 고생을 했구나. 그 친구가 이런 날 학교에 가겠느냐."

보아하니 연하가 있는 곳은 주작문 근방에 새로 생긴 기방이 분명했다. 집에 오는 내내 흥분을 주체하지 못하더니만 가경을 내려주고 역시 안 되겠는지 기방으로 수레를 돌린 것이다. 가경

또한 처음 본 황궁의 화려함을 감당할 수가 없어 밤새 뒤척였다. 황궁에서 본 장면들이 달려들 듯 생생하게 떠오를 때마다 신경에 상처라도 났는지 갈증이 나고 애가 달았다. 자신이 불과 몇 시간 전 그곳에 있었던가 싶었고 평생 다시는 입궐할 기회가 없을 것만 같아 서럽기까지 했다. 가경은 짝사랑에 빠진 사람처럼 이불을 잘근거리다 결국 늦잠을 잤고 태학에는 어제에 이어 오늘도 결석을 해야 했다.

막 감긴 가경의 머리채를 말리기 위해 큰 시녀는 수건으로 물기를 빼고 꼬맹이 시녀는 부채질을 해댔다. 여인들의 소맷자락에서 풍기는 달콤한 땀내, 그 아련한 기운에 설핏 잠이 오는가 싶은데 시녀가 뿔빗으로 머리를 빗기기 시작했다. 매끄러운 빗살이 두피를 타고 내려가자 시원하고 자잘한 쾌감이 가경의 등줄기로 자르르 퍼져나갔다. 동시에 그 감각만큼이나 짜릿한 깨달음이 찾아왔다. 오늘은 모두 똑같은 심정일 테니 희왕부(희왕의 궁)에 일찍 모여들 것이다. 연하도 알아서 희왕부로 올 테고. 이런 예감은 틀려본 적이 없었다. 어서 차려입고 나가봐야지, 하는데 붕 뜬 도련님의 마음을 끌어내리듯 시녀가 꾹꾹 머리를 빗겼다.

"아프구나. 좀 살살 하렴."

황제는 모란절이면 그날 태어난 이복동생 희왕을 불러 황궁 집영전에서 연회를 베풀었다. 연회에는 희왕의 지기들도 입궐하는 영광을 누리는데 올해는 운 좋게도 가경과 연하에게까지 차례가 왔다. 예부에서 정식으로 허락이 떨어지자 가경과 친구들은 며칠 전부터 그 생각뿐이었다. 사실 연회 자체에는 큰 기대가 없었다. 도련님들의 관심사는 황제 폐하를 가까이에서 친견한다는 것, 오직 그것뿐이었다. 소싯적부터 강남의 으리으리한 청루에서 벌어지는 온갖 풍류염사를 섭렵한 터라 술 한 잔도 격식에 따라 마시는 궁중연회는 점잖고 지루하겠거니 했다.

일행이 출입패를 받아 들고 궁문에 들어서는 순간이었다.

"설마 이게 현실이라니!"

산같이 솟은 전각들과 끝없이 이어지는 주랑의 기둥들, 보석을 박아 눈부신 중문들과 옥돌을 깔아 찬란한 동서대로. 걸음을 옮길 때마다 펼쳐지는 장관이 한눈에 잡히지 않아 도련님들은 고개를 상하좌우로 돌리다가 발을 헛딛기 일쑤였다. 가경과 친구들은 점점 말을 잃어갔다. 집영전으로 가는 길 좌우로 바다처럼 펼쳐진 모란 정원에 들어서자 연하가 기절할 것 같다며 손을 잡아달라고 했다. 정원의 사슴들이 어찌나 오만하게 쳐다보는지 가경은 짐승 앞에서 주눅 들기는 처음이었다. 계단을 올라 집영전에 들어서니 이게 또 가능할까 싶을 만큼 웅장했다. 천장은 어지러울 정도로 높았고 난간은 구름처럼 공중에 떠 있었다. 연하는 눈물을 흘렸고 가경은 부르르 몸을 떨었다.

길고 향기로운 꽁지깃을 너울거리며 황금빛의 봉황 한 쌍이 드넓은 전각을 가로질렀다. 그 순간 전각 위층으로부터 봄노래가 퍼져 내려오는데 어찌나 영롱한지 보석으로 귀를 채우는 것 같았다. 그것을 시작으로 눈부신 금식기에 백여 가지 산해진미가 차례로 차려졌다. 값비싼 술과 희귀한 요리가 나올 때마다 가경과 연하는 감격의 눈짓을 주고받았다. 아홉 번 옷을 갈아입고, 아홉 번 다른 곡의 춤을 추며, 아홉 번 술을 올리는 수백 명의 미녀들 사이에 앉아 있자니 곤륜산에서 열린다는 서왕모의 잔치가 이보다 더할까 싶었다.

"나중에 알고 보니 봉황은 만들어진 꼭두각시였어. 그 날갯짓이 어찌나 그럴듯한지 진짜인 줄 알았는데 깜빡 속았다니까."

정작 시녀들이 궁금해하는 건 따로 있었다. 폐하 앞에서 그 잘하는 시문은 지어 올렸느냐, 그 멋들어진 글씨는 써 보였느냐, 아무튼 뭐라도 좀 천자님 눈에 들 짓을 하고 왔느냐, 시녀들은 소맷자락을 떨며 안달을 냈다.

"그런 자리가 아니래도 그러네. 용안도 제대로 못 뵈었다니까."

난간 말석에 앉아 있었다고 몇 번을 말해줘도 시녀들은 자꾸 딴소리를 했다.

"에휴, 우리 도련님 노는 데만 정신이 팔려서. 이렇게 계산속이 없으시니 어느 천년에 출사를 할꼬."

큰 시녀들이 혀를 차자 작은 것까지 그러게 말이에요, 하며 거들었다. 참나, 울안의 여인들이라 세상 물정을 몰라도 너무 몰랐다. 물정은 몰라도 도련님 마음은 잘 아는지 희왕부에 간다고 하니 시녀들이 새로 지은 비단신을 꺼내주었다. 신을 갈아 신고 사뿐한 걸음으로 중문을 나서는데 시동이 도련님, 도련님! 급하게 부르며 뛰어왔다.

유가경이 서실로 들어섰을 때 부친 유렴은 찻잎이 퍼지는 모양을 관찰하는 사람처럼 찻잔을 들여다보고 있었다. 가경은 오늘따라 부친의 목이 유난히 굽어 보인다고 생각하다 문득 자기 몸에서 나는 향이 신경 쓰였다. 이 시간에 부친이 퇴궐할 줄 모르고 시녀들이 너무 멋을 부려놓았던 것이다. 되도록 멀찍이 서서 인사를 올리던 가경은 깜짝 놀라 부친에게 다가갔다.

"아버지 안색이 왜, 무슨 일이라도 있으세요?"

부친은 그제야 찻잔을 내려놓고는 갑자기 힘이 부치는지 탁자에 몸을 기댔다. 정말 어디 편찮으신 거 아니냐고 물으려는데 부친이 입을 열었다.

"연하가, 연하가 지금 황성사에 있다."

"황성사라니, 연하가 황성사에요?"

가경이 알기로 황성사는 황제 직속의 비밀조직으로 주로 조정관원의 부정을 뒷조사하는 감찰기구였다. 한마디로 상인 집안 자제인 구연하와는 아무 상관도 없는 곳.

"아버지, 연하라면 주작문 아래 새로 생긴, 거기에 굉장한 미인이, 아니 제가 가봤다는 건 아니고, 그러니까 제 말씀은 연하는 황성사 같은 데는 가고 싶어도 못 간다는 거예요. 아버지, 연하잖아요, 구씨 댁 연하."

말하다 보니 정말 터무니가 없어 가경은 실없이 웃고 말았다. 무심결에 아들을 따라 입꼬리를 올리던 부친은 곧 아니 아니야, 하며 고개를 가로저었다.

"어제 궁에서 있었던 일을 전부 말해보렴. 연하와 네가 무슨 말을 주고받았는지, 특히 네가 무슨 말을 했는지, 아주 사소한 것까지 다."

"아버지 왜요, 황성사에서 연하를 왜요?"

깊은숨을 토하며 부친이 얼굴을 쓸어내렸다.

"역모라고 한다. 오늘 낮에 잡아들였다고 하더구나."

"역모요? 연하가요? 아, 정말 말도 안 돼."

"그래, 말이 안 되지. 하지만 연하가 잡혀간 건 사실이야. 문제는 황성사가 괜히 사람을 잡아들이는 데가 아니라는 거다."

부친은 목이 타는지 서둘러 찻잔을 들었지만 입에만 대고 도로 내려놓았다.

"황성사 관원들이 호부로 나를 찾아왔다. 그자들이 물었다. 네가 연하를 따라 회왕부에 드나든 게 사실이냐고, 연하가 네 생일에 말을 사준 일이 있느냐고. 마치 연하가 너를 역모에 가담시키려고 매수한 게 아니냐는 식으로 말이다. 그러더니 폐하께서 이번 일로 크게 진노하셨다고 알고나 있으라고. 아아……."

부친은 자기가 한 말에 시달리는 듯 말을 맺기도 전에 의자에 털썩 주저앉았다. 그 결에 반쯤 벗겨져 있던 관모가 바닥에 떨어졌다. 결국 신음 같은 탄식이 부친의 입에서 쏟아졌다.

"아무리 철이 없어도 그렇지. 모란이 아니면 꽃이 아니라니, 폐하 앞에서 그런 망발을 어찌 입에 담을 수 있단 말이냐. 회왕부 연못에 이무기가 산다는 말은 또 뭐고. 그 의심 많은 폐하 지척에서 그런 불경한 말을 내뱉다니. 폐하께서 형제들에게 어떻게 했더냐. 어린애들도 아니거늘. 너라도 옆에서 말렸어야지."

"아버지, 연하가 한 말은 누가 들어도 별 뜻 없는 아부였어요. 희왕 전하 탄신일이니 분위기 좀 띄우려고."

"세상 물정을 이리 모를 수가."

부친이 일어나 크게 숨을 내쉬었다. 자신이 마음을 가라앉히면 어떻게든 이 사태를 해결할 수 있다고 믿는 것처럼. 그러나 당신이 관모를 밟고 있는 걸 모르는 게 분명했다. 그 모습이 가경을 몹시 괴롭혔다. 서둘러 관모를 주우려는데 아들의 어깨를 잡으며 부친이 말했다.

"너는 일단 소주로 몸을 피하는 게 좋겠다. 아니지, 좀 더 멀리, 더 남쪽, 건안이 나으려나."

부친의 눈은 건안보다 더 멀리, 이 세상에서 가장 먼 곳을 찾아 헤매고 있었다. 이렇게까지 걱정하실 일이 아니라고, 지금이라도 희왕부에 가서 희왕 전하께 고하면 다 해결될 일이라고 말하려던 가경은 멈칫했다. 그 반듯했던 이마가 어쩌다…… 가경은 주름으로 어지러운 부친의 얼굴이 낯설었다. 아버지가 이토록 당황하는 모습 또한 낯설었다. 그 낯선 감정이 슬픔이라는 것을 그때는 몰랐다. 그 슬픔이 일종의 예감이라는 것도 미처 몰랐다. 부친이 가경의 손을 움켜쥐며 다짐하듯 말했다.

"여긴 내가 어떻게든 할 테니. 그래, 이 아비가 어떻게든 해결하마."

그제야 가경은 덜컥했다. 부친의 손이 섬뜩할 만큼 차가웠던 것이다.

환관 추신秋身

술과 요리를 차려놓고 점원들이 나가자 내내 얼굴을 가렸던 부채를 반만 내리고선 장내관이 입을 열었다.

"나처럼 폐하를 지척에서 모시는 중귀인中貴人들은 하여튼 조심을 해야 하거든. 고위급 환관이 이런 주루에 드나든다고 말이 나면 아주 별로야."

"소생 유가경, 나리께 한잔 올리겠나이다."

가경이 술을 따르려 하자 장내관의 통통한 손이 술잔을 드는가 싶더니 탁, 뒤집어놓았다.

"어디까지 얘기했더라. 아, 그렇지. 그분을 만나 뵙게 해달라?"

부채 위로 드러난 눈썹이 실룩거렸다. 그게 가당키나 하냐는 듯이. 가경은 얼른 은자가 든 비단주머니를 술상 위에 올려놓았다.

"생각해보니 딱하긴 하네. 자네가 친구를 위해서라는데 모른 척할 수도 없고. 그분이 궐에서 일이 워낙 많으셔서 말이야. 그분 없으면 내조 외조 할 것 없이 나랏일이 돌아가질 않아요. 이번에도 얼마 만에 쉬시는 건지 몰라. 폐하께서 통 놔주시지를 않으니. 그러니 사가에 한번 나오시면 아무도 안 만나주고 꼼짝 않고 쉬기만 하시지. 오죽 청탁이 많겠냐고. 그래서 그분 쉬는 날은 궁인들 사이에서도 기밀이란 말이지. 나 정도 되는 중귀인이나 알 수 있는 기밀."

말을 하다 말고 장내관이 상 위로 시선을 돌렸다. 가경은 재빨리 비단주머니를 하나 더 상에 올렸다.

"궁궐 일이라는 게 그래. 이렇게 귀띔 하나 해주는 걸로도 사람 목숨이 왔다 갔다 한다는 거지. 그러니까 내 말은 말이야. 우리 소주 사람들끼리는 서로 도와야 한다는 거야."

"그럼요, 그럼요. 말씀만으로도 뭐라 감사를 드려야 할지."

가경은 손을 모아 높이 들고 한마디 한마디마다 굽실거렸다.

"그런데 이건 좀 가볍군그래."

술상 위의 은자를 만져보지도 않고 장내관이 말했다. 가경이 비단주머니를 더 꺼내놓자 장내관의 손이 슥 나타나 소맷자락 안으로 은자를 쓸어 넣었다. 그러고는 누가 들으면 정말 큰일이라도 나는지 부채로 입을 가리고 잰걸음 치듯 휘리릭 말했다.

"바로 내일이네. 내가 일러줬다고 발설일랑 마시게. 그분이 아시면 아주 경을 쳐요."

"감사합니다. 감사합니다."

가경은 내일이란 말에 감격하여 술상 위에 비단주머니를 하나 더 꺼내놓았다.

"좋은 사람이야, 자네는. 풍류만 아는 게 아니라 인정(뇌물)도 제대로 배웠구먼."

역시 소주 제일부자 고씨 댁 외손자답네 어쩌네 하며 장내관이 호호호 웃었다. 분칠한 얼굴에 가느다랗게 손질한 눈썹, 꽉 들어찬 살집을 휘감은 비단옷. 노마님 같기도 하고 우량아 같기도 한 게 어딘지 뚱글뚱글한 백자인형 같다고 생각하고 있는데 장내관이 혹 얼굴을 들이밀고는 가경을 빤히 쳐다보았다.

"좋다는 말에 속아 궁에 들어왔지. 앞에 뭐가 기다리는지도 모른 채 말이야. 그렇게 쉽게 결정되니 팔자인 게야. 궁인들은 대부분 그래. 근데 자네는 정말 잘생겼구먼."

가경은 슬쩍 몸을 빼고 아무렇지 않은 척 술을 따라 장내관에게 권했다. 장내관이 진저리를 치더니 술을 홀짝이기 시작했다.

"강남에 언제 갈거나, 언제 돌아갈거나.* 히잉, 갈 수 있을 때 가야 했어. 이 마굴 같은 세상, 돌아갈 길이 없었나, 돌아갈 마음이 없었나. 소주에는 언제 갈거나, 언제 돌아갈거나."

백자인형은 흥이 오르는지 부채를 접었다 폈다 하며 좌우로 몸을 건들거렸다. 연하가 끌려간 지 십여 일, 그 십여 일 동안 가경은 완전히 딴 세상을 사는 기분이었다. 남의 집 불행으로 돈을 챙기는 자들을 찾아다니며 굽실거리는 게 요 며칠 가경이 하는 일이었다. 그들은 모두 한통속인 양 말을 아꼈고 대목이라도 만

---

* 백거이가 강남을 그리워하며 읊은 시구절.

난 듯 비싸게 굴었다. 개중에는, 옆에 있던 유가경은 왜 잡혀가지 않았냐며 대놓고 묻는 자도 있었다.

일이 터진 직후 부친은 가경의 외출을 금지했다. 대신 당신 혼자 알아본다고 알아봤지만 황성사라는 조직이 워낙 비밀스럽게 움직이는 곳이다 보니 뭐 하나 제대로 된 정보를 얻지 못했다고 한다. 살얼음판 같은 하루하루였다. 뜻밖에도 오 일째 되던 날인가, 전의 그 황성사 관원이 찾아와 댁의 아드님은 엮일 것 같지 않다고 알려주었다고 한다. 그날 저녁 부친은 가경을 불러 말했다. "네가 연하를 구명하러 다니겠다면 더 이상 막지는 않겠다. 선비로서 친구를 돕는 건 마땅한 도리이니. 허나 황성사를 상대하는 일이다. 조심하고 또 조심해야 한다."

장내관이 권해 가경도 한숨 돌린 기분에 한잔 들이켰다. 찬 술이 들어가자 정신이 번쩍 드는 게 눈이 환해지고 뒷골이 맑아졌다.

나흘 전에야 연하를 면회할 수 있었다. 구씨 댁에서 수천 냥 돈을 써서 황성사 소속 환관을 구워삶은 덕에 궁에 몰래 들어가긴 했지만 거기서부터 연하가 갇힌 황성사 옥까지는 또 한참이었다. 황궁은 모란연회 때와는 딴판으로 음습하기 그지없는 곳이었다. 높은 담 사이에 난 그늘 진 길을 종종걸음으로 따라가면 어느새 굳게 닫힌 문이 나오고 그 앞엔 어김없이 음산한 표정의 검문관들이 버티고 서 있었다. 그때마다 인정으로 은자 수십 냥을 건네야 문 하나가 열렸다. 그렇게 어렵사리 몇 개의 문을 통과했지만 구씨 댁 어른들은 목전에서 제지당했다. 태학생이라는 신분 덕으로 가경만이 옥 안에 들어가 연하를 면담할 수 있었다.

연하는 꼴이 말이 아니었다. 문초를 심하게 당하지 않았다고는 하지만 얼굴엔 땟국이 흘렀고 머리는 산발에 여기저기 뜯긴 중의만 걸치고 있었다. 무엇보다 곱게 길러 자랑하던 하얀 손톱이 다 부러져 있었다.

"아아! 이런……."

가경은 속이 다 녹아내리는 것 같았다. 두 사람은 서로를 부여잡고 엉엉 울었다. 울면서도 가경이 싸간 양고기를 잔뜩 입에 넣고 씹던 연하가 갑자기 몸을 움츠리고는 속삭였다.

"아무래도 추신이 배후인 것 같아."

연하가 그곳 형리들이 저희끼리 하는 말을 엿들었는데, 내상께서 기다리실 테니, 추내상께는 이대로 보고하는 걸로, 하면서 추신을 언급하더라는 것이다. 내상이란 재상에 버금가는 환관이라는 뜻으로 제일환관인 추신을 높여 부르는 말이었다.

그날부터 구씨 댁에서는 끈을 대기 위해 추신의 측근이라고 자처하는 환관들에게 아낌없이 인정을 풀었지만 상대들은 정말 인정으로 여긴 듯 주는 대로 족족 받아먹기만 하고 추신과의 면담은 주선해주지 않았다. 이쪽은 애가 타들어 가는데 추신은 궁 안에서 꼼짝도 않고 시간은 부질없이 흘러가고 구씨 댁 어른들은 망연자실 다 드러누웠다. 이런 지경이다 보니 가경 혼자 이리저리 뛰어다녀야 했다.

추신의 사가인 추부秋府가 회왕부와 가깝다는 말만 듣고 온 게 실수였다. 회왕부가 있는 궁성 동쪽 반루가는 유가경이 자주 드나들던 곳이기도 했거니와 황태후의 친가와 친왕들의 궁, 누구나 알 만한 고관대작의 저택들이 즐비한 곳이라 아무나 붙잡고 묻기만 하면 쉽게 찾을 수 있을 줄 알았다. 막상 와보니 누구 하나 아는 사람이 없었다.

가경은 대저택들 사이를 이쪽 끝에서 저쪽 끝으로 왔다 갔다 하며 반루가를 몇 번이나 뱅뱅 돌았다. 나중엔 저택들 앞을 지키고 있는 군졸들이 수상하게 볼까봐 그나마도 멀찍이 다녀야 했다. 시동은 송홧가루 때문에 재채기를 해대고 말도 지쳤는지 자꾸 땅을 차대며 골을 부렸다.

놀랍게도 추부는 반루가 중심에 있었다. 담 안으로 대나무가 울창해서 어느 대갓집 별채인가 하고 지나쳤던 바로 그 집이었다. 대로에서 한참 들어간 곁길에 위치한 데다가 대문 앞에는 표지 석상조차 없었고 '추부'라고 써진 나무 명판은 검게 변해 웬만한 눈썰미로는 알아보기 힘든 수준이었다.

가경은 시동을 시켜 문지기에게 명함을 건네며 면담을 청했다. 문지기의 인상이 하도 험해 걱정했는데 일단 문지방은 넘게 해주었다. 대문 안으로 들어서니 턱없이 높고 육중한 가림벽*이 전방을 가로막고 있었다. 가림벽의 검은 석판엔 대담하게 휘갈긴 초서체로 굴원의 「이소」가 한 구절 음각되어 있었다.

---

* 대문 안쪽에 집 안을 바로 들여다보지 못하게 병풍 치듯 설치해놓는 벽.

"내 선한 마음이 행한 일은 아홉 번 죽어도 후회하지 않으리."*

비장함을 담은 흠잡을 데 없는 글씨, 하지만 청탁을 하러 온 사람의 입장이다 보니 마주하는 것만으로도 주눅이 들었다. 아까부터 가만있지를 못하던 시동이 가림벽 너머 집 안을 훔쳐보고는 중얼거렸다.

"에구 칙칙해라. 굉장히 높은 환관이라며 집이 이게 뭐야. 영 볼품이 없어요."

"얘야 정신 사납구나. 네가 원숭이처럼 까불 자리가 아니란다. 나가서 뭐라도 사 먹고 오렴. 말에게 물도 먹이고."

가경은 몇 푼 쥐여주며 시동을 내보냈다. 자신이야말로 입이 말라 목구멍이 아팠다. 일각이 지나도록 안에서 기척이 없자 가경은 문지기에게 인정을 쥐여주지 않은 게 마음에 걸렸다. 이럴 때일수록 눈치 빠르게 굴었어야 하건만, 가슴이 먼지로 자욱해졌다. 지레 질려 돌아가게 하려는 심산인가 하고 의심이 날 만큼 한참 뒤에야 집사가 나타났다. 집사는 귀찮아하는 표정밖에 지어본 적이 없는 사람 같았다.

"이쪽으로."

한마디 툭 던지고 휙 들어가는 집사를 따라가느라 가경은 옷 매무새를 바로할 겨를도 없었다. 어쨌든 가경은 중문 안으로 들어설 수 있었고 삭막할 정도로 장식 하나 없는 담장을 지나 드디어 집주인이 머무는 청당으로 통하는 반월문에 다다랐다. 집사

* 굴원의 「이소」 중에서 亦余心之所善兮, 雖九死其猶未悔

가 사라진 반월문 안쪽은 유난히 그늘져 낮인데도 컴컴했다. 그 스산한 광경을 보자 문득 발이 무거워졌다. 가경은 다 관두고 집에 가고 싶어졌다.

정말이지 두 번은 못 할 짓이야. 두 번은 하고 싶어도 못 한다는 사실을 다행이라 여기며 반월문에 들어서는데, 아! 한순간에 눈이 시원해졌다. 쏴쏴쏴 쏴쏴쏴 대숲에서 불어오는 바람과 바람에 흔들려 부드럽게 일렁이는 대나무 그림자. 정원에 드리워진 그 풍성한 그늘을 보는 것만으로도 가경은 가슴속 먼지가 다 씻기는 기분이었다.

"어서 오세요. 또 뵙게 되는군요."

소리 나는 쪽을 돌아보니 추신이 청당 월대에서 가경을 향해 웃고 있었다. 가경은 서둘러 공수를 올렸다.

"무례를 무릅쓰고 왔습니다. 소생 유가경 내상을 뵈옵니다."

막상 만나니 실감이 나지 않아서였을까. 가경은 자신을 향해 미소 짓는 추신이 현실 속 인물 같지가 않아 몇 번이고 눈을 깜박여야 했다.

"유공께서 오시니 이 누추한 곳이 다 환해집니다. 마침 차를 마시려던 참입니다. 동무가 필요했는데 잘되었습니다."

가경이 월대에 올라서자 추신이 다가와 손을 잡고는 청당 안으로 이끌었다. 실로 궁중아악과 같은 우아한 이끌림에 가경은 몸이 절로 미끄러지는 것 같았다.

가경이 자리에 앉았을 때 다로(차화로)에서는 솔방울불이 한창이었다. 추신이 불 상태를 살피고서 알맞다 싶었는지 다로에 주전자를 얹고는 덩이차를 집어 차맷돌에 올렸다. 자박자박 차 갈리는 소리와 함께 옅은 흙내와 쌉싸름한 차향이 퍼져 나왔다. 모란연회 때도 추신은 인상적이었다. 흑자색 원삼을 입고 있어서인지 추신은 화려한 배경에 찍힌 검은 점 같았다. 그 검은 한 점은 황족들이 내뿜는 광휘에 묻히기보다는 오히려 주변의 빛을 빨아들이는 구심체인 양 두드러져 보였다. 보통 사람보다 한 뼘은 큰 키에 근골이 남다르게 반듯해서였을까? 분명 그렇기도 하겠지만 이렇게 가까이서 추신을 대하고 보니 이유는 따로 있었다.

아무리 미모가 대단했어도 마흔이 넘으면 빛이 흐려지고 선이 무너진다. 가경은 외가 쪽 사람들을 봐왔기에 그 허망함에 대해 잘 안다. 오십 줄에 들어선 나이임에도 추신의 흰자위에는 푸른빛이 감돌았고 눈동자는 젊은이처럼 크고 부드러웠다. 속눈썹은 세필로 그린 듯 선명했고 피부는 심산유곡의 수도승처럼 맑았다. 거침없이 미끈한 이마와 높고 섬세한 콧날. 남자란 무릇 저러해야지 하는 생각을 절로 들게 하는 반듯한 하관. 아, 저런 얼굴도 있구나. 가경은 아득한 곳에 와 있는 기분이 들었다. 추신이 이쪽을 보고 빙그레 웃더니 장난스럽게 고개를 갸웃했다. 상대를 하염없이 바라보던 가경은 아차, 하고 시선을 돌렸다. 서창으로 비쳐든 오후의 햇살이 낡은 기물들을 어루만지는 가운데 추신의 손이 또 한 번 젊은이를 무아지경으로 몰아넣었다. 그의 긴 손가락은 차통에서 차맷돌로, 부젓가락에서 주전자로, 차솔과 차사발 사이를 유연하게 옮겨 다니며 물 끓는 소리와 함께 경쾌한 흐름을 만들어냈다.

드디어 가경의 앞에 한 잔의 차가 놓였다. 콧속으로 퍼지는 차향. 맑으면서도 꽉 찬, 이렇게 충실한 맛이라니. 살짝 아리고 떫은맛에 침이 감돌자 입안이 달아졌다. 아름다운 손의 잔영이 문득문득 눈앞에서 아른거렸다. 오한과 열기가 연달아 가경의 등과 가슴을 쓸고 지나갔다. 가경은 저도 모르게 한숨을 내쉬었다.

"실례가 아니면 오늘 추부에 들러주신 연유를 여쭤도 될까요?"

추신의 말에 가경은 그제야 연하가 생각났고 마음이 급해졌다.

"아, 오늘 이렇게 찾아뵌 것은 저의 지기가, 구연하라고 그러니까 저와 함께 태학에 다니는데 그 친구 일로 말입니다."

"아, 집영전에서 뵀었지요. 굉장한 귀공자풍에 화려하셨던 분, 맞지요?"

그날 작정을 하고 멋을 낸 연하의 모습이 떠올랐는지 추신이 웃음기를 감추지 못했다.

"기억해주시는군요. 감사합니다, 감사합니다. 아시겠지만 지금 황성사에 그 구연하가 잡혀가 있습니다."

"이런, 그분께 그런 일이 있었군요. 태학생이 황성사에는 어인 일로……."

"역모라고 합니다."

놀라는 기색을 보니 추신은 배후이기는커녕 사건 자체를 모르는 것 같았다. 가경은 문득 연하가 잘못 들은 게 아닐까 하는 생각이 들었다. 사람이란 험한 일을 당하면 과민해지기 마련이니까. 어렵게 만난 추신이 사건과 관계없다 하니 가경 입장에서는 확실히 낭패이긴 했다. 하지만 아주 잘못 찾아온 것만은 아니었다. 이 사람은 황제의 복심이자 최측근이 아닌가. 추신은 여전히 매달려볼 만한 인물이었다. 가경은 내심 기쁘기도 했다. 추신이 이 말도 안 되는 옥사와 무관하다는 사실만으로도 가경은 구겨진 가슴이 펴지고 요 며칠 경험한 흉흉하고 비틀린 세상이 바로잡히는 기분이 들었다. 기운을 차린 가경은 구연하의 무고함을 토로하기 시작했다.

구연하는 성정이 온순하여 역모 같은 흉포한 짓을 할 위인이 아니다, 무엇보다 그런 짓을 할 이유가 없다, 그날 연하가 지어 올린 시의 한 구절 "모란이 아니면 꽃이 아니다"는 모란절에 태어난 희왕을 기쁘게 하려고 측천무후가 한 말을 따라한 것뿐이다, 희왕이 폐하보다 빼어난 군주감이라는 뜻으로 한 말이 결코, 절대, 맹세코 아니다, 희왕부 연못에 황금잉어가 산다는 그 이야기도 연하가 하긴 했지만 상서로운 길조라는 둥, 용이 될 이무기라는 둥 하는 말은 입 밖에 낸 적도 없다, 그 친구는 결백하다, 내가 보장한다, 제발 믿어달라, 생각보다 말이 술술 풀려 나왔다. 그래서 가경은 도움이 될까 하여, 구씨 댁은 대대로 황제께 충성을 다하는 손꼽히는 비단상으로 소주에 가면 그 집에서 포장한 도로가 십 리가 넘고, 칠십만 냥이 넘는 세금을 한 푼도 속이지 않고 내고 있으며, 언제나 관에 협조적이라 오죽하면 몇 년 전엔 소주 지부가 공덕비를 세워줬다는 얘기까지 한달음에 쏟아냈다. 연하가 희왕에게 배정된 음보 천거권을 노려 과거를 치르지 않고 관리가 돼보려고 아부하다가 생긴 불상사라는 말은 차마

하지 못했지만 듣는 쪽도 그 정도는 눈치채리라, 가경은 생각했다. 추신은 중간중간 "아, 그런가요. 아, 그렇군요." 하며 고개를 끄덕여주었다. 제대로 해낸 기분에 가경은 남은 차를 한 번에 들이켰다.

"그건 그렇고, 공자께서는 정말이지 의리가 있는 분이군요. 이런 일이 생기면 붕우朋友는 천리를 달아나고 친족은 장성을 넘는다고 하는데 홀로 구명을 하러 다니시니. 집안 어른들께서도 말리셨을 터인데, 진정 장부다우십니다. 혹시 희왕 전하는 알현하셨습니까?"

"그게 그러니까…… 병이 나서 당분간 알현은 모두 폐하신다고, 그렇게 전해 들었습니다."

가경이 맨 처음 달려간 곳은 희왕부였다. 그러나 희왕부 대문은 열리지 않았고, 함께 어울리던 종친들은 서둘러 북쪽으로 서쪽으로 유람을 핑계로 몸을 숨기고, 강남 출신들은 항주로 양주로 복주로 떠났다고 했다.

"그랬군요."

고개를 끄덕이며 가경에게 위로의 눈길을 보내던 추신의 낯빛이 한순간 환해졌다.

"과연! 소문이 참말인가 봅니다. 소주 미인은 모두 고씨 댁 우물을 먹는다는 얘기를 들었습니다."

봉황이 들꿩을 칭찬하는 격이라 가경은 부끄러울 따름이었다. 가경의 외가는 소주에서 미인이 많이 나는 집안으로 유명했다. 가경은 외가에서 자라다시피한 데다 외탁을 한 덕에 소주에서 고씨 댁 도련님으로 통했다. 소주에서나 도는 소문이 개봉까지 퍼진 건가, 조금 신기하긴 했지만 지금 그런 걸 신경 쓸 때가 아니었다.

"내상! 폐하께 한 말씀 올려주시면 안 될까요? 저희는 날 때부터 이웃에 살았습니다. 구연하의 속은 본인보다 제가 더 잘 압니다. 구연하가 비록 경박자이긴 하나 종묘사직에 누를 끼칠 인사는 절대 아닙니다."

자신의 입으로 내뱉은 경박자라는 말이 옥에 갇힌 친구의 얼굴과 겹치면서 가경은 가슴이 미어졌다. 피붙이만큼이나 가까운 사이였다. 동갑이었던 두 사람은 함께 배를 타고 소주 부학府學에 다녔고 조금 커서는 공작새처럼 꾸미고 소주의 환락가 락교 일대를 누볐다. 이런 일을 겪고 보니 그런 시절이 있었나 싶을 만큼 너무 멀게 느껴졌다. 잠자코 있던 추신이 입을 열었다.

"아시겠지만 폐하께서는 음심이 많은 형제분들에게 시달린 탓에 이런 일에 좀 예민하십니다. 허나 구연하가 역심이 없었다면 걱정하지 않아도 될 듯합니다. 제가 알기로 황성사 조사는 매우 정확한 편입니다. 곧 시시비비가 가려지겠지요."

순진할 정도로 고지식한 추신의 말에 가경은 어안이 벙벙했다.

"아닙니다. 그렇지가 않아 보입니다. 구연하가 역모라니요. 이런 터무니없는 옥사는 내상께서 바로잡아주셔야 합니다."

"사람들은 저를 내상이라 높여 부르지만 실상 저는 황실의 노비일 뿐, 폐하께서 부리시는 수족에 지나지 않습니다. 제가 나설 자리는 아닌 듯합니다."

진실로 겸손해서 하는 말인지 제대로 위세를 부리는 건지, 가경으로서는 가늠이 안 됐다. 몸값을 올려 흥정을 하자는 거라면 오죽 좋으련만. 구씨 댁에서는 백만이든 이백만이든 얼마든지 낼 수 있다고 했다.

　"내상은 폐하께서 가장 총애하시는 분이라 들었습니다. 한림학사보다 더 가까운 분이라 들었습니다. 연하를 가엾게 여기시고 제발 도와주세요."

　"아, 정말 부럽군요. 이런 친구를 둔 그분이."

　추신이 감동을 받은 듯 미간을 살짝 올렸다. 그 눈빛에는 작은 새나 덜 자란 짐승에게 느끼는 애틋함이 스며 있었다. 좀 더 애원하면 비집고 들어갈 틈이 있어 보였다. 그 순간 가경의 뇌리에 가림벽에서 보았던 굴원의 시가 떠올랐다.

　"마음이 시켰을 뿐입니다. 소생은 아홉 번 죽어도 후회하지 않습니다!"

　눈썹에 잔뜩 힘까지 줬건만 너무 속보이는 짓이었는지 추신이 재미있다는 듯 빙긋 웃었다.

　"유공의 우정은 아름답습니다만, 딱하게도 제가 구씨 댁 공자의 인품을 잘 알지 못합니다. 젊은 흉중에 어떤 담대한 강기가 숨어 있는지 누가 알겠나이까? 저는 폐하의 사람입니다. 내막을 모르는 일에 관여할 수는 없습니다. 이런 말씀밖에 드리지 못해 안타깝군요."

　표정은 부드럽고 목소리는 상냥해도 말의 내용인즉 여지없이 쌀쌀맞았다. 그럼 여태 이 환대는 다 뭐란 말인가? 섭섭해하는 마음이 얼굴에 다 드러났는지 추신이 달래듯 비어 있는 가경의 잔에 차를 따라주었다. 이제 이 다정함에 기대를 걸어보았자 소용없다. 어떻게 마음을 돌려볼까, 떠오르는 방도도 없건만 가경은 자리를 털고 일어날 수가 없었다. 그러는 차에 추신이 고맙게도 한담을 건넸다.

"소주에선 물가에 집을 지으니 물에서 오는 병이 많지요?"

"네, 아무래도 그렇죠."

"남방은 고온다습하여 피부병도 많을 겁니다. 저도 파촉(사천) 출신이라 잘 알지요. 가렵고 따갑다던데…… 제가 고름에 잘 듣는 연고를 조금 다룰 줄 압니다. 궁에 있는 덕분에 귀한 재료들도 쉽게 구한답니다. 그런 병들은 그냥 두면 고질병이 되지요. 전염성도 있어 아주 안 좋은 거죠. 오신 김에 필요하시면 조금 나눠드릴 수도 있습니다만."

그러더니 더할 수 없을 만큼 은밀한 목소리로 추신이 속삭였다.

"독도 남지 않고 말짱해진답니다."

그 목소리가 하도 유혹적이라 가경은 하마터면 필요도 없는 연고를 나눠달라고 할 뻔했다.

"감사합니다만, 소생이 피부병은 앓은 적이 없어서."

"다행입니다. 이렇게 옥 같은 분께 그런 병이 있으면 안 되는 거지요."

대견하다는 듯 추신이 웃었다. 마치 태학 교수가 시문의 운율을 잘 맞췄다고 칭찬할 때처럼. 가경은 쓸데도 없는 점수를 딴 기분이었다. 뜬금없이 피부병이라니, 혹시 뭐라도 들려서 어서 보내버리려는 심산인가 하는 의심이 들었지만 자리를 털고 일어날 수도 없었다. 가경에게는 해야 할 일이 있었다. 품 안에는 구씨 댁에서 받아온 백만 냥짜리 어음이 그대로였다. 어떻게 해서든 꼭 전하라고 구씨 댁에서 부탁받은 선수금이었다. 아무리 봐도 가망 없는 짓이었다. 이 사람에겐 아무리 봐도. 그럼에도 견물생심이라 했으니 여기에 마지막 희망을 걸어볼 수밖에. 가경은 포삼 안으로 손을 넣었다. 어음을 만지작거리는 손에 땀이 찼다. 추신이 입을 열었다.

"그냥 두시지요."

끓는 기름을 뒤집어쓴들 이보다 더할까. 어음을 쥔 손이 포삼 속에서 그대로 멈췄다. 가경은 마비가 온 사람처럼 손을 빼지도 못했다. 그 와중에 뭐에 씌었는지 해서 안 되는 줄 알면서도 이런 소리까지 했다.

"원하시는 만큼 알려만 주시면 구씨 댁에서 정성을 다하겠다고 합니다. 빈말이 아닙니다. 보증을 서라면 제가 보증을……."

자신을 보는 서늘한 시선에 가경은 말을 맺지 못하고 눈을 돌리고 말았다. 그러나 이 어색한 침묵 또한 견딜 수가 없어 무슨 말이든 해야 했다.

"노여워 마시고, 부디 구씨 댁의 인정이라 봐주시기 바랍니다."

"인정이라…… 환관이라는 기묘한 생물로 살다 보니 사람의 정을 담지 않은 지 오래되었습니다."

얼마나 많은 이들이 이 자리에서 낭패감을 맛봤을까, 가경은 고개도 들지 못한 채 만나주셔서 감사하다는 인사만 거듭 올리고 도망치듯 그 자리를 벗어났다. 밖으로 나오니 담장 너머는 바람에 출렁이는 검푸른 대나무 숲, 그 위로 이제 막 떠오른 가녀린 초승달. 춥지도 않은데 배창자가 부르르 떨렸다.

속 빈 대나무가 어찌 알랴,
연잎에 구르는 이슬 눈물을.
파촉 대나무엔 마음이 없고
태호 연꽃엔 내일이 없네.*

한숨과도 같은 시구가 입에서 나오자 참았던 눈물이 기어이 흘러내렸다. 친구에 대한 걱정도 걱정이지만 그것과는 별개로, 태어나 처음 겪는 혹독한 거절과 망신 때문에 가경의 가슴은 서러움으로 복받쳤다. 눈물을 닦으려 손수건을 빼던 가경은 멈칫했다. 놀라 돌아보니 추신이 서 있었다. 배웅을 하러 나왔던 것이다. 가경은 그야말로 주저앉아 엉엉 울고 싶은 심정이 되었다.

"아아, 제발 못 들으신 걸로, 내상을 원망하는 게 아니라, 대나무가 눈에 띄어서 제가 그만……." 하다가 가경은 입을 다물었다. 그렇다. 변명할수록 구차해지는 것이다. 대숲에서 불어오는 바람은 이토록 맑고 깨끗하건만. 가경은 너절하게 구는 자신을 더는 두고 볼 수가 없었다.

* 추신이 대나무가 많은 파촉(사천의 옛 이름) 출신이라 대나무에 비유됨. 태호는 소주에 있는 호수 이름. 연꽃은 구연하運荷에 대한 비유.

"맞습니다. 매수를 하려고 찾아왔습니다. 내 상같이 고결한 분을 말입니다. 참으로 어리석지요?"

깔끔하게 승복을 하자 마음이 편해지면서 가경은 심지어 고백하는 데서 오는 묘한 희열까지 맛보았다.

"하하, 이래서야 원, 아름다운 분은 응석 좀 부리셔도 됩니다."

기분 좋게 웃던 추신이 궁리를 하느라 잠깐 뜸을 들이더니 입을 열었다.

"이러면 어떨까요? 제가 폐하께 여쭈어드릴 수는 없지만, 공자께서 직접 아뢰시겠다면, 알현의 기회를 주십사 폐하께 청을 올려보겠습니다."

황제와 독대라니, 상상도 못 했던 일이라 가경은 쉽게 입이 떨어지지 않았다. 가경은 문 쪽으로 슬그머니 걸음을 옮겼다.

"좀 전에 제게 하신 대로 친구분의 무고함을 말씀드리면 될 듯합니다. 다만 일이 더 커질 수도 있습니다. 궐 안에선 종종 벌어지는 일입니다만. 어떠십니까, 알현하시겠습니까?"

솨솨솨 솨솨솨 바람이 대숲을 흔들었다. 가경은 걸음을 멈추고 추신을 쳐다보았다. 대숲을 건너온 바람만큼이나 추신의 표정은 비어 있었다. 권하는 건지 말리는 건지 종잡을 수 없는 표정이었다. 폐하 앞에서 입이나 뗄 수 있을까, 가경은 생각만 해도 몸이 굳는 것 같았다.

"아무래도 그건 좀 더 생각을……."

"조심하세요. 널돌 하나가 빠져서."

귀로는 들었지만 발이 먼저 나가 순간 몸이 휘청했다. 재빨리 추신이 가경의 팔을 잡았다. 고맙다 인사하려고 고개를 돌렸을 때 가경은 보았다, 어스름 속에서 드러난 선명한 이목구비를. 그 완벽한 얼굴은 미소를 띠고 있었다, 완벽한 얼굴만큼이나 완전한 미소를.

그러고 보니 연하는 점을 치면 늘 명이 길고 재복이 많다고 나왔다. 지상에서 누릴 수 있는 복은 다 타고났다고 했다. 흥하고 성하기만 할 뿐 망하고 쇠할 일은 없는 팔자. 그토록 강한 운을 타고났으니 그냥 놔둔들 어떻게 될까 싶었다. 좀 있으면 알아서 풀려나겠지. 지은 죄도 없는데 설마. 가경은 왠지 어깨가 가벼워지는 듯도 하였다.

황제 조융趙隆

이번 입궐 절차는 한층 까다로웠다. 그도 그럴 것이 관리가 아닌 유가경은 대전에서 황제의 면담을 청할 자격이 없기 때문에 황제의 사사로운 공간인 내저內邸가 있는 복녕궁에서 알현을 해야 했다. 가경은 예부 낭중 앞에서 복잡한 입궐 절차를 밟은 다음, 복녕궁 내관들에게 둘러싸여 몸 검사를 당했다. 그들은 가경이 걸친 것은 무엇이든 조사했다. 복두와 상투관, 향낭, 버선 속까지 들춰보더니 나중엔 오금과 겨드랑이, 입속과 살까지 손을 넣어보았다. 그들의 손은 민첩하고도 거침이 없었다. 검사가 끝나자 반쯤 얼이 나간 가경은 곁채에 있는 대기실로 안내되었다. 아무도 없는 그곳에서 가경은 꼼짝도 못 하고 앉아 있었다.

자신을 여기 넣어두고 잊은 게 아닐까 싶을 정도로 한참이 지난 후, 문이 열리더니 추신이 들어왔다. 추신은 인사를 올리려는 가경을 손짓으로 제지하며 성큼 다가와 가경의 허리띠를 받게

조이고 옥대를 정돈했다. 빠르고 정확한 손놀림에 가경의 옷매무새가 금세 바로잡혔다.

"마음을 편히 하세요. 긴장하면 목소리를 망칩니다."

복두의 각을 수평이 되게 맞춰주며 추신이 말했다. 문득 관례 때 자신의 머리에 복두를 씌워주던 부친의 손길이 떠올랐다.

"이런! 눈물은 안 됩니다. 제가 옆에 있을 테니 안심하시고요."

추신이 수건을 꺼내 가경의 눈꼬리를 가볍게 눌렀다. 가까이서 보니 추신은 왠지 들떠 보였고 조금 상기되어 있었다. 그 얼굴에는 젊은이에게서나 느껴지는 싱싱한 구석이 있었다.

"폐하께서 무엇을 하문하시든 거짓됨 없이 솔직하게 고하세요. 폐하께선 꾸며 올리는 말씀을 염오하십니다."

추신이 나가자 유가경은 들라, 유가경은 들라, 하는 소리가 메아리치듯 울리고 여러 번 문이 여닫힌 끝에 가경은 복녕전 앞에 다다랐다. 전각 봉당에 들어선 가경은 내관에게 신발이 벗겨져 버선발로 들여보내졌다. 거기서부터 가경은 고개도 들지 못하고 내관의 뒤꽁무니를 따라 긴 낭하를 걸어야 했다. 낭하의 바닥은 옻칠 단목으로 짜여 있었는데 복잡하고 정교한 격자무늬에 어찌나 윤이 나는지 마룻바닥이 품계라도 받았을 것만 같아 발로 밟기가 송구할 정도였다.

유가경은 들라, 하는 소리와 함께 드디어 어실御室(황제의 방) 문이 열렸다. 무슨 경황으로 여기까지 왔는지 긴장이 극에 달하니 가경은 도리어 몽롱하기까지 했다. "절하라"는 추신의 말에 사지를 움직여 절을 하면서도 가경은 지금의 이 현실이 실감나지 않았다. 절을 마치자 추신의 목소리가 들렸다.

"유가경은 고하라."

가경은 허리를 깊게 숙인 채 두 손을 모아 올리고 입을 열어 고하기 시작했다. 쏟아지는 땀에 포삼 안쪽이 말이 아니었지만 꿈에서도 읊을 정도로 외우고 연습한 덕분인지 준비해 온 말이 입에서 저절로 흘러나왔다.

"무자戊子년 평강부* 출생, 호부 원외랑 유렴의 삼자, 태학생 유가경 폐하께 감히 여쭙겠습니다. 소생과 동문수학한 구연하가 미물과 다를 바 없는 천한 몸으로 황은을 입사와 집영전 어연에 참예하는 영광을 누렸음에도 본시 미욱하고 어리석어 성지를 어지럽혔사옵니다. 그 죄 크고 무거워 벌 받아야 마땅한 줄 아옵니다. 그러나 구연하는 꿈에라도 역모를 꾸민 일이 없으며 역심조차 품어본 적이 없음을 곁에서 지켜본 지기로서 한 점 거짓 없이 아뢰고자 합니다. 구연하는……."

"알고 있다."

어떤 목소리가 가경의 말을 잘랐다. 너무 차분해서 권태로움마저 묻어나는 목소리였다. 그 무엇도 범접할 수 없는 목소리였고 말 그대로 옥으로 성대를 두른 것 같은 목소리였다. 처음 들었지만 가경은 그냥 알 수 있었다. 그것은 옥음, 천자의 음성이었다. 눈 한번 깜빡이지 못하고 조아리고 있는 가경의 복두 위로 천자의 음성이 다시 울렸다.

* 소주의 행정상 공식 명칭.

"역모란 것도 깜냥이 돼야 하는 짓이다. 희왕부에 모여 영희影 戱(그림자극)나 하고 노는 너희 따위가 무슨 역심이나 품겠느냐."

그게 무슨 말씀이온지, 감히 여쭙고 싶어 조심스럽게 눈을 든 가경은 눈앞의 광경에 한순간 멍했지만 곧 저 이상한 남자가 황제라는 것을 알아보았다. 어좌에 앉아 있는 그 남자는, 아니 황제는 건도 쓰지 않은 채 중의 위에 얇은 배자褙子*만 걸치고 있었다. 심지어 맨발이었다!

"가까이 오라."

그 말에 가경이 몇 걸음 내딛자 성에 안 차는지 황제가 옥체를 일으켜 가경에게 다가왔다. 다가오는 맨발을 보지 않으려 두 손을 올려 시야를 가렸건만 황제는 아랑곳하지 않고 바짝 붙어 서서 벌레 구멍을 들여다보는 새처럼 갸웃갸웃댔다.

"너 또한 명민해 보이지는 않는다만…… 그래도 역시 짐은 네가 마음에 든다. 의리 있는 사내가 아닌가. 믿음직하구나. 내상이 보기에도 그렇지?"

"폐하의 홍복이십니다."

추신의 목소리에도 작은 기쁨이 묻어났다.

"흐음, 홍복이라."

황제가 한쪽 눈썹을 삐죽 올리며 웃더니 과연, 하고는 고개를

---

* 송나라 때 유행한 복식, 남녀 모두 입었던 편하게 걸치는 품이 넓은 겉옷이다. 귀한 천으로 화려하게 짜인 것은 예복으로도 썼였다. 일종의 로브robe로 우리나라에서 말하는 배자褙子, 즉 소매 없는 조끼와는 다르다.

끄덕였다. 설마, 하고 가경이 추신 쪽을 돌아보자 상대의 마음을 읽은 추신이 입을 열었다.

"구연하는 조금 전에 방면되었습니다."

방면이라는 말을 듣는 순간 가경은 심장이 붕 뜨는 것 같았다.

"아아아…… 황은이 망극하여…… 소생 유가경 몽매하여 성지를 헤아리지 못하고…… 이 은혜를 소생이 어찌 다……."

가경은 절을 올리고 또 올렸다. 모두들 얼마나 기뻐할까, 어서 구씨 댁으로 달려가 연하를 만나보고 싶었다. 절을 마치고 엎드려 숨을 고르는데 황제의 맨발이 눈에 들어왔다. 옻칠에서 나온 반사광으로 붉게 물든 발가락과 족궁과 뒤꿈치 그리고 그 위로 드러난 황제의 발목. 그 발목에 자신의 복두가 닿을까 가경은 목을 한껏 움츠렸다.

"이제부터는 좋은 벗을 두어라. 네 주변이 그 모양이니 짐이 안심할 수가 없었다. 네가 제대로 된 군자들과 벗하였다면 추신이 수고할 일도 없었지. 아무튼 결과가 좋으니 다 된 거지. 짐은 네게 만족한다."

그게 무슨 말씀이온지…… 어지를 헤아릴 수 없어 어리둥절해하는데 무언가 고약한 것이 가경의 신경을 건드리고 지나갔다. 가경은 추신을 올려다보았다. 추신은 처음부터 연하가 풀려날 것을 알고 있었던 걸까. 그렇다면 왜 나를 여기까지? 스멀스멀 뒷덜미로 냉기가 올라오더니 비로소 가경에게 어떤 사실 하나가 떠올랐다. 황제에겐 혼기를 앞둔 제희(공주)가 셋이나 있다. 그렇다면 이건 말로만 듣던 부마감의 됨됨이를 알아보는 시험?

이런! 장부로 태어나 부마라니. 평생 목에 방울을 달고 사는 삶이 아닌가. 부마라니. 아니다, 아냐. 내가 그렇게 재수 없는 일을 당할 리 없다. 나는 유가경이 아닌가. 다음 순간 가경은 자신의 가문이 황실과 사돈 맺을 수준이 못 된다는 걸 깨달았다. 게다가 난 과거에 급제한 진사도 아니니 이 얼마나 다행인가, 가경은 일단 안심했다. 아무리 그래도 잘생긴 얼굴 하나로 부마가 되는 일은 없지, 가경은 더욱 안심했다. 그러나 곧 한 여인의 존재가 뇌리에 스쳐 지나갔다. 이번 예감은 더 그럴듯하고 그래서 더 불길했다. 황제에게는 이혼한 동복의 누이가 있었다. 가경은 희왕부 영희 공연장에서 자신을 쳐다보던 장공주의 눈빛이 떠올랐다. 그럼 장공주란 말인가. 장공주라니, 나보다 열 살은 더 많아 보이던데!

가경은 자신이 추리한 결과에 놀라 몸을 일으켰다. 그의 앞에는 장공주처럼 생긴 황제가 서 있었다. 개봉 시내를 걸으면 서너 명은 너끈히 만날 것 같은 흔한 화북인의 얼굴, 꽤나 약아 뵈는 인상이었다. 그나마 콧날이 기품을 유지해주고 있었지만 부드러운 기라곤 없는 눈매에 살집 없는 턱과 얇은 수염. 이것이 용안이란 말인가. 용포를 입지 않으면 누가 황제인 줄 알아나 볼까. 황제와 눈이 마주치자 속마음을 들킨 것 같아 가경은 저도 모르게 입을 가렸다.

"망극하옵……."

말을 맺기도 전에 황제가 잡아채듯 물었다.

"너는 짐이 어떠한가?"

가경은 도무지 갈피를 잡을 수 없어 도움을 바라며 추신을 바라봤지만 그 또한 가경의 대답을 기다리는 눈치였다. 그것도 꽤 진지한 표정으로.

"사람을 이리 가까이서 봤으니 소감이 있을 것 아닌가."

소감? 아아, 이건 또 무슨 말씀이란 말인가? 가경이 쳐다보니 추신이 눈을 빛내며 가경에게 살짝 고개를 끄덕였다. 대기방에서 당부했던 말을 상기하라는 듯이. 솔직하게 고하시면 됩니다. 하지만 아무리 솔직한 게 중요하다고 해도 어찌 일개 서생이 용안에 대고 알깍쟁이같이 생겼다는 말을 한단 말인가.

"말하라."

가경은 용기를 내어 빠르게 용안을 훑어보았지만 '역시'라는 생각밖에 안 들었다. 그러니 솔직히 고하면 안 될 일.

"소생이 미욱하여 성지를 헤아릴 수가 없사옵니다."

황제는 답답한지 미간을 좁혔다.

"너는, 짐이, 마음에 드느냐 말이다."

"소생이 어찌 감히 그런……."

하다가 눈앞이 번쩍하고 정수리 백회가 그대로 뻥 뚫리는 충격이 왔다. 그것인가! 자신은 지금 괴상한 놀음에 놀아나고 있는 것이다. 이 놀음은 부마 따위는 훌쩍 넘어선다. 정녕 그것인가! 가경은 납작 엎드려 고개를 박고 포삼자락으로 얼굴을 가렸다. 엎드린 가경의 귓가에 황제의 목소리가 울렸다.

"유가경은 대답하라."

희왕부에 놀러오는 한량 중에 선황제 시절 소내신小內臣*을 했다는 초로의 남자가 있었다. 여전히 명문가라 할 만한 집안 출신이었다. 그 남자는 소년 시절에 세운 공으로 아직까지도 녹을 받는다고 한다. 자랑거리는 아니지만 어쨌든 황은을 입은 것이라 딱히 흉도 아니었다. 문제는 소싯적 몇 년간의 화려한 궁 생활이 선비의 기백을 앗아갔다는 데 있었다. 노인이 되도록 하는 일이라곤 반나절 넘게 수염을 다듬고 통에 든 귀뚜라미들에게 싸움을 붙이거나 소저들이 하듯 앵무새에게 말을 가르치는 게 고작이었다. 그러다 지치면 종친들 집에 들러 시간을 때우고 화동들을 불러 유행가를 부르게 하는 게 전부였다. 평생을 빈둥빈둥 그런 묘한 인생을 사는 것이다. 소내신 출신으로 급제하여 출사한이가 있던가? 들어본 바 없다. 스물을 넘긴 남자가 소내신으로 뽑혔다는 얘기도 들어본 적 없다.

이 나이에 소내신이라니, 소내신이라니! 속이 점점 매슥거렸다. 급체한 것처럼 식은땀이 나고 금세라도 속이 뒤집혀 토할 것 같자 어전에서 정말 그러면 어쩌나 하는 불안까지 더해졌다. 가슴이 꽉 막혀 귀가 먹먹하고 눈앞이 흐려지면서 가경의 정신은 남쪽으로 남쪽으로 뒷걸음치며 멀어져갔다. 배를 타고 가면 꽃이 뿌려졌다. 꽃을 주워들면 웃음소리가 들려왔다. 돌아오시는 길에 들러주세요. 도련님, 꼭 오셔야 해요. 운하 위로, 차양 위로, 머리 위로 내려앉는 사랑스러운 목소리들. 꽃이 이리 떨어

* 궁중에서 황제의 남색을 위해 곁에 두는 청소년.

지는데, 꽃이, 꽃이…… 그런데 내가 왜, 장부인 내가 왜, 멀쩡한 내가 왜! 안에서 뭔가 쨍하고 고개를 쳐들었다. 가경은 숨을 한 번 크게 내쉬고 일어나 앞에 선 황제를 똑바로 쳐다보았다.

"일개 학생 따위가 폐하께 왜 그런 무례한 말씀을 올려야 하는지 모르겠습니다."

"오호, 청춘의 위세라."

재미있다는 듯 황제가 웃었다. 가경은 어금니를 악물었다. 다 관두고 소주로 가자. 그렇게 마음을 먹자 잠시 이상한 정적이 가경의 목덜미를 보호하듯 감쌌다. 가경은 빙글 몸을 돌렸다. 이제 저 문으로 나가기만 하면 된다고 생각한 순간이었다.

"이미 아시지 않습니까?"

추신의 그 한마디에 간신히 버티고 있던 젊은이의 방벽이 와르르 무너졌다. 방벽이 무너지자 가경은 어실의 모든 기물들이 자신을 향해 악의를 드러내며 달려드는 것 같았다. 이곳은 야차 굴이야, 등 뒤로 한기가 훅 덮쳤다. 한낱 서생이 결기를 부릴 자리가 아니었다. 황제가 입을 열었다.

"둘만 있겠다."

가경은 옷자락이라도 붙잡고 싶었지만 추신은 눈길 한번 안 주고 나가버렸다. 황제가 어좌로 가 앉더니 이해한다는 듯 고개를 끄덕였다.

"추신이 무서웠던 게로군."

그 소리에 다시 뒷목이 돌처럼 딴딴해지는데 황제가 다정한 목소리로 말을 이었다.

"둘만 있으니 이제 괜찮지? 편하게 말해보라. 너는 짐이 어떤 가?"

상대의 입에서 부정적인 대답이 나오리라고는 조금도 의심하지 않는 저 표정. 정말 궁금해서 묻는 게 아니다. 황제는 보고 싶은 것뿐이다. 총애를 다투는 궁의 여인들처럼 황제의 눈길 한 번에도 망극해하는 그런 모습을.

"짐이 마음에 안 드느냐? 싫으면 말을 하라."

그러니 침묵으로 버티는 수밖에 없다고 가경은 생각했다.

"왜 말하지 않지? 짐은 네 진심이 궁금한데."

이번에도 대답을 않자 황제가 검지로 미간을 꾹꾹 누르며 가경을 골똘히 쳐다보았다. 황급히 눈길을 피했다가 잠시 후 슬금 곁눈으로 보니 계속 누르는 통에 황제의 미간 주변이 벌게져 있었다. 하문하시면 솔직하게 고하세요…… 추신도 당부하지 않았던가. 어쩌면 정말 궁금해서 묻는 건지도 모른다는 생각이 들었다. 가경은 조심스럽게 입을 열었다.

"소생에겐 너무 갑작스러운 일이오라 이 자리에서 제 마음을 바로 보여드리는 것이 섣부른 감은 있사오나."

쿵, 하고 황제가 발을 굴렀다.

"싫지는 않은가 보군."

황제가 씨익 웃었다. 짐 앞에선 누구나 부끄러워하기 마련이란다. 아니라고 그게 아니라고 소내신이 되기 싫다고 말을 해야 하는데 입이 떨어지지 않았다. 아니 그 이전에 입이 다물어지지도 않았다.

"좋다. 이제부터 너는, 짐만을 연모하라. 짐을 위해 정성을 다하라."

말을 마친 황제가 홀가분한 표정으로 차를 마셨다. 차 맛이 좋은지 입속에 머금고는 가경을 바라보며 꿀꺽 삼켰다. 가경은 알맹이가 다 녹아버리고 거죽마저 맥없이 흘러내리는 기분이었다. 정녕 이런 것인가. 이제 무를 수 없는 길로 들어선 것인가. 이렇게 결정이 나버리는 것인가. 그러나 몇 번 숨을 내쉬는 동안 어깨에 힘이 풀리자 뜻밖에도 자포자기가 주는 묘한 안식이 가경을 찾아왔다. 천지만물은 황제를 위해 태어나고 황제를 위해 살아간다. 그러니 별수 있나, 하는 생각도 들었다. 소주의 물은 천천히 흘렀다. 급할 것 없이 부드럽게 흘렀다. 인간이란 생존이 걸린 문제 앞에서는 이렇게나 유연해질 수 있는 것인지 헝클어졌던 수만 가지 생각이 물결 따라 한 올 한 올 가지런히 자리를 잡아갔다. 부모님, 형제와 누이, 조카들, 외가 식구들, 그들의 안위. 이제 일어서기 시작한 유씨 가문. 그렇다. 큰 고민 없이 결정했어야 할 문제였다. 아니 처음부터 결정권이 없는 문제였다. 결정권 없는 자는 주어진 소임만 잘하면 된다. 시간이란 흐르기 마련이고 끝은 있기 마련이다. 그 대신 앞의 날은 길고 길다. 그래, 앞날은 길고 긴 것이다. 그 앞길에 꽃은 다시 뿌려질 것이다. 꽃이란 건 철따라 피고 또 피어나니 이런 건 다 지나가는 악몽, 악몽일 뿐이라고, 악몽의 시간도 결국엔 다 지나가게 되어 있다고 가경은 자신을 다독였다.

"짐은 너를 각별하게 대하겠다. 너도 말해보라. 앞으로 어쩌젰다는 각오라든지 맹세라든지. 오늘 네가 짐을 얻었으니 감회가 남다를 것 아닌가."

얻어? 말이란 대단한 것인지 그렇게 애를 쓰며 억눌렀건만 그 말 한마디에 가경은 온몸에 두드러기가 날 것 같았다. 썅! 이게 다 뭐란 말인가. 아무리 그래도 아닌 것은 아닌 것이다. 지금이라도 박차고 나가자.

딱! 황제가 찻잔을 내려놓았다. 그러고는 너도 어서 멋진 말을 내놓으라는 듯 눈썹을 치켜올렸다. 그랬다. 저 사람은 눈짓 하나로도 상대를 제압하는 지존인 것이다. 그리고 자신은 그 눈빛 한 번에 얼어버리는 그런 인생. 그러니 이런 말씀을 올려야 한다.

"황은호탕皇恩浩蕩*에 더 무엇을 바라오리까."

황제가 지긋한 눈을 하고서 잠시 가경을 보았다.

"기쁘구나!"

황제의 기쁨에 천지가 감응이라도 했는지 창밖에서 명금조가 지저귀기 시작했다. 쪼롱쪼롱 쪼쪼쪼, 동창이 맑은 소리로 가득했다. 아니나 다를까 새소리가 춘정을 부추겼는지 황제가 자리에서 일어났다.

"아아, 봄이구나."

제발, 하며 가경은 눈을 감았다. 다가오는 맨발 소리에 온몸의 솜털이 곤두섰다. 가경 앞에 선 황제가 아아! 감탄하더니 손

---

* 황제의 은혜가 차고 넘침.

등으로 가경의 뺨을 쓸어내렸다. 이매망량이 이러할까. 닿은 자리가 풍이 든 것처럼 뒤틀렸다. 옥체에서 풍기는 사향 때문에 어질어질해진 골속을 달래기 위해 가경이 할 수 있는 일은 눈을 더 꼭 감는 것뿐이었다. 자신이 어디까지 참아낼 수 있을지 점점 겁이 나는데 수줍은 목소리가 들려왔다.

"본즉 그리운 얼굴이다. 이미 오래전부터 마음에 널 간직하고…… 너는 꿈에도 몰랐겠지만……."

어쩐 일인지 그 애절한 소리가 가경을 안심시켰다. 가경은 조금 숨을 내쉬어보았다. 그래, 생각보다 어려운 일이 아닐지도 모른다. 이 또한 황은을 입는 영광이 아닌가. 하늘 아래 천자의 땅아닌 곳 없고, 천자의 신하 아닌 자 없다. 구주九州(중국)에선 누구라도 황제의 신첩이 될 수 있다. 구주에선 누구라도, 그 누구라도 황제의 신첩이, 신첩이 될 수 있는 것이다. 예외 없이 그 누구라도. 이렇게 되뇌자 절대 안 될 것만 같던 문제가 편하게 다가왔다. 흐르는 방향대로 몸을 맡기고 편하게 떠가는 느낌, 그 익숙한 느낌에 가경은 마음이 놓였다.

"손을 다오."

가경이 겨우 내민 손을 잡아 어루만지더니 황제가 부드럽게 깍지를 꼈다. 손가락 사이로 전해지는 온기에 가경은 실눈을 뜨고 마주 선 사람을 보았다. 역시 천자님이신가. 용안에서 퍼지는 신성한 기운이 스며들자 살갗에 작은 전율이 일었다. 그 떨림을 받아들이기 위해 가경은 가만히 눈을 감았다. 구주에선 누구라도 황제의 신첩이 될 수 있는 것이다. 아무렴 누구라도.

"짐의 지아비가 되어다오."

순정한 목소리, 삿됨 없는 천자님의 음성. 그래, 구주에선 누구라도 황제의…… 황제의…… 황제의…… 번쩍 눈이 떠졌다.

뭐? 무엇이 되라고?

금림밀원禁林密園

저승이 아니다. 꿈속도 아니다. 물시계 소리가 또렷이 들리지 않는가. 멀리서 상국사 종소리도 들려온다. 여전히 이승이고 이 손처럼 현실이다. 아아, 가경은 두 손에 얼굴을 파묻었다.

처음 눈을 떴을 때 가경은 아무 일 없이 지나가는 줄 알고 가슴을 쓸어내렸다. 이렇게 좋은 방에 데려다 놓은 걸로 봐선 그럭저럭 괜찮을 거라고. 고문은 시중을 들러 온 내관들에게 이곳이 어디냐고 물었을 때부터 시작되었다. 그들은 대답하지 않았다. 대답은커녕 가경과 눈 한번 마주치지 않고 시중을 들었다. 하나같이 나무 판때기같이 딱딱한 얼굴을 하고선 가경의 옷을 갈아입히고 음식을 차리고 차를 우리고 세숫물을 바쳤다.

"내상을 뵙게 해주세요. 추신 나리를 만나야겠습니다."

붙잡고 사정을 해도 요지부동, 다들 눈 한번 깜박이지 않았다. 꼬박 이틀이 지나고 더 이상 팔다리를 떨지 않게 되었을 때 가경은 얌전히 있을 수만은 없어 침소 문을 열고 밖으로 나갔다. 가경이 나가자 장의자에 앉아 있던 내관이 일어났다.

"저는 그만 집에 가보겠습니다. 내상께도 그리 전해주세요."

못 나가게 할까봐 서둘러 청당淸堂 문을 열었지만 나오자마자 가경은 멈칫했다. 기골이 장대한 무관 넷이 석상처럼 문 앞을 지키고 서 있었다. 이들은 내관이 아니니 말이 통하려나, 가경은 읍례를 하며 정중하게 물었다.

"소생은 태학에 다니는 유가경이라고 합니다. 출입문이 어느 쪽인지 알려주시겠습니까?"

"……."

토용을 마주한 기분이 이러할까. 무관들이라 그런지 표정 없는 얼굴에선 살기마저 느껴졌다. 가경은 뒤돌아 도망치듯 걷기 시작했다. 어디서 튀어나왔는지 대여섯 명의 환관 무리와 또 그만큼의 무관이 두 줄로 가경을 따라왔다. 뒤에 망령이라도 달린 듯 등골이 서늘하고 갑자기 창칼이 날아오지나 않을까 하는 불안감에 가경은 몇 번이나 뒤를 돌아봐야 했다. 가경은 부지런히 발을 옮겼다. 이렇게 남쪽으로 걷다 보면 어쨌든 대문은 나오게 되어 있다. 청당 앞 넓은 뜰엔 파란 수국과 붉은 장미가 우람스레 피어나 벌들이 붕붕거리고 나비 또한 번잡스럽게 너울거렸다. 가경은 팔을 휘둘러 벌레들을 쫓으며 정원을 가로질러 매화동문*을

---

* 동문洞門이란 벽이나 담에 예쁜 모양으로 구멍을 내서 만든 문. 매화동문은 매화 모양, 월량문은 달 모양, 반월문은 반달 모양.

빠져나왔다.

　문을 나와 주랑 길을 조금 걸으니 뱃놀이도 할 수 있을 만큼 좌우 폭이 넓은 연못이 나왔다. 뭔가 답답한 느낌을 준다 했더니 연못을 빙 둘러 전부 나무가 심어져 있었다. 수대水臺*에 올라가 까치발로 서서 봐도 밖으로 나가는 길이 보이지 않았다. 일단 연못을 넘어 가보자는 생각에 가경은 홍교虹橋**를 건넜다. 한쪽에 공들여 가꾼 배나무 숲이 눈에 뜨여 옆으로 돌아가자 정자마루가 딸린 아담한 초당이 나왔다. 혹시 누가 있을까, 계단을 뛰어 올라가봤지만 문들은 하나같이 자물쇠로 채워져 있었다. 나 원, 사람이고 집이고 하나같이 꽉 막혔네, 하는데 배나무 가지 사이 오른편 담장 끝으로 동문이 눈에 띄었다.

　"저기로군."

　날 듯 달려가 보니 문밖은 잡목림으로 가로막혀 있었다. 막다른 곳에 문을 내다니 어찌 이리 해괴한 곳이 다 있담. 그러나 더 해괴한 것은 가경이 헛걸음하는 것을 알면서도 누구 하나 말리지 않고 따라만 다니는 저자들! 가경은 방향을 틀어 속도를 냈다. 남쪽에 연못이 있으니 동쪽에는 달구경을 하기 위해 월루를 지어놓았을 것이다. 역시나, 곧 월루에 오르는 돌계단이 나타났다. 저 높은 곳에 오르면 출구가 보이겠지, 가경은 단숨에 월루에 올랐다. 그러나 동서남북 어디에 서봐도 숲에 가로막혀 전망

* 물가에 지은 정자.
** 아치형 무지개다리.

이 트이지 않았다.

"어찌 이리 가증스러운 곳이 있답니까! 도대체 출입문은 어디에 있는 겁니까?"

가경은 연못으로 돌아갔다. 이 정도 넓은 연못이라면 꽤 큰 수로와 연결되어 있을 것이고 이곳이 황궁 안이면 분명 해자로 통할 것이다. 가경이 나고 자란 소주는 도시 전체가 수로로 연결되어 있어 집 안까지 배가 드나드는 저택도 적지 않았다. 가경 또한 늘 배를 타고 다녔기에 물의 흐름에는 익숙했다. 가경은 버드나무 잎을 뜯어 연못에 뿌렸다. 이파리는 연못물이 방류되는 쪽으로 떠내려갈 것이다. 연못을 조성할 때 외부와 가까운 곳에 수문을 내기 마련이니 그 주변을 살펴보자는 심산이었다. 그러나 버들잎들은 수면을 덮은 연잎 대에 막혀 시원스럽게 나아가기를 못했다. 유속은 느리고 흐름에 간섭이 많아 잎사귀들이 갇힌 듯 한곳에서만 맴을 돌았다. 마치 가경 자신처럼.

"이곳은 연못마저 음흉하지 않은가."

가경은 이번엔 서쪽으로 걸음을 재촉했다. 반월문을 지나 중문을 통과하니 쭉쭉 뻗은 계수나무 사이로 널찍한 길이 보였다. 널찍한 길은 반드시 대문으로 연결되는 법, 계속 가다 보면 황궁의 서화문이 나올지도 모른다. 기대감을 안고 그렇게 백여 보를 달리자 우측으로 툭 터진 채마밭이 나오고 그 끝에 이층으로 된 꽤 큰 규모의 누청이 보였다. 언뜻 봐도 생활감이 느껴지는 풍경이었다. 그때였다. 밭 주변에서 뭔가가 움직였다. 게다가 여러 명, 복색을 보아하니 내시 무리였다.

"이보시오, 이봐요!"

가경이 부르자 그들은 하던 일을 팽개치고 순식간에 누청 안으로 뛰어 들어갔다. 자신에게 반응하는 사람을 만났다는 것만으로도 가슴에서 더운 피가 울컥 솟았다. 가경은 그들을 좇아 한달음에 문 앞에 당도했다. 헉헉 숨을 몰아쉬며 손을 뻗는데 뒤따라온 무사들이 앞을 가로막았다.

"왜들 이래요. 비켜요."

몇 번이고 어깨를 밀쳐보았지만 그들은 무쇠판처럼 꿈쩍도 하지 않았다.

"비켜요. 비키라고!"

"……."

무관들의 입은 굳게 닫혀 있었지만 가경의 귀에는 그들이 비웃는 소리가 들리는 듯했다. 나약한 서생이 뭘 할 수 있겠나, 후후후…… 머릿속에서 뭔가 툭 끊어지는 소리가 나더니 텅 하고 골이 울렸다. 다음 순간 주먹이 나갔다.

"비켜라. 비켜라, 이놈들! 비켜, 비켜!"

가경은 치고, 치고 또 쳤다. 주먹이 멈추지 않았다. 무관들은 가슴을 맞아도 얼굴을 맞아도 그대로 버텼다. 고통도 못 느끼는 토용들처럼. 가경 또한 손등이 쓸려 까지고 주먹이 뭉개져도 아픈 줄도 몰랐다. 흥분으로 머릿속이 펄펄 끓어 멈출 수가 없었다. 그러다가 다리가 한번 휘청하면서 어깨가 천근만근 무겁더니 점점 주먹이 헛나갔다. 한순간 눈앞이 노랗다가 까매졌다. 가경은 철퍽 주저앉았다. 바닥이 빙글빙글 돌았다. 무언가 뚝뚝 떨어져서 보니 손등이 피로 홍건했다. 으으윽! 가경은 무관의 융복자락을 붙잡고 매달렸다. 누가 말 좀 해줘. 왜 이러는 건지. 나한테 왜 이러는 건지. 누가 말 좀 해봐요. 제발 제발…….

짐의 지아비가 되어다오.

그 얼굴, 황제의 얼굴. 귀까지 물들이며 수줍어하던 얼굴. 가경은 발작적으로 뒷걸음질치며 깍지 낀 손을 빼내려고 손목을 비틀었다. 그러다 뒤로 벌렁 넘어져 포삼자락 위에서 버둥대며 뒤로 기었다. 왜 그랬는지는 모른다. 지아비라는 말뜻이 무엇을 의미하는지 따져볼 겨를도 없었다. 머릿속이 하얘져 도망쳐야 한다고 본능이 비명을 질렀다. 황제가 천천히 고개를 들어 목을 높이 세우더니 가경을 내려다보았다. 그 시선에 사로잡힌 가경은 더 이상 버둥거리지도 못했다. 온몸이 서리로 뒤덮이는 느낌이었다. 저런 이상한 표정은 처음 보았다.

아아, 저토록 무섭고 일그러진 온통 슬픔.

누군가의 손에 이끌려 처음 머무르던 곁채에 도로 넣어진 가경은 그곳에서 잠시 탈진했다. 얼마나 지났을까 가경이 정신을 추스를 즈음 추신이 들어왔다.

"청심환입니다. 괜찮아질 겁니다."

가경이 환약을 씹어 삼키는 동안 추신이 말했다.

"최선을 다하겠습니다. 곧 다 해결하겠습니다."

추신의 표정은 단정하고 목소리는 공손했지만 가경은 그와 함께 있는 이 자리가 견딜 수 없이 불편했다. 저 우아한 얼굴로 농간을 부려대다니, 달래 환관일까, 정말 역겹군. 가경의 마음을 읽었는지 추신이 눈을 내리깔았다.

"저는 그만 집에 가보겠습니다."

"……그러셔야죠."

그러나 일어나자마자 골이 흔들려 가경은 다시 주저앉았다. 훅, 하고 바닥이 다가왔다. 추신이 손을 뻗어 가경을 부축하며 말했다.

"최선을 다할 것입니다."

"왜 또 그 말씀을, 근데 혀가, 어어……."

"잠깐이면 됩니다. 제가 반드시 해결할 터이니, 저를 믿고 잠시만 참아주세요."

내상, 그런데 좀 이상하지 않습니까? 하고 묻는데 소리는 나오지 않고 눈앞에서 추신의 얼굴이 좌우로 흔들렸다. 아니 몸이 기우뚱거리며 갈피를 못 잡았다. 동굴처럼 소리가 울리고 어질어질 아지랑이가 피어오르는가 싶더니 눈앞이 흐려졌다. 몸은 끝 모를 바닥으로 꺼져 내리고, 자는 듯 꿈을 꾸는 듯 두런두런 말소리가 들리고, 공중에 뜬 것처럼 몸이 절로 움직였다. 잠든 것도 아니고 그렇다고 깨어 있는 것도 아닌데 정신이 죽처럼 다 풀리고 몸은 그 죽에 빠진 것처럼 가눌 수가 없었다. 잠깐 정신이 들다가도 다시 죽 속으로 빨려 들어가기를 반복했다. 얼마 동안 그 상태로 있었던 걸까.

정신이 드는 순간 끔찍한 통증이 찾아왔다. 불이 나는 것 같아 손을 들어보니 흰 천이 감겨 있었다. 손등은 쓰리고 손가락 마디

마디가 부어터질 듯 아팠다. 무관들 앞에서 혼자 발광을 하다 그에 혼절한 것이다. 가슴은 분노로 부글거렸지만 몸은 흙 자루처럼 무거워 이불 속에서 뒤척이기도 힘겨웠다.

"젠장! 젠장!"

가경은 그렇게 하루를 꼬박 침상에 누워 있어야 했다. 며칠 뒤에 가경은 다시 출입구를 찾아 나섰다. 이번엔 북쪽을 뒤졌다. 작은 다리를 하나 건너 능금나무가 심어진 뜰을 지나니 다섯 칸 규모의 널찍한 헌軒이 한 채 나왔다. 높은 계단 위에 널찍한 월대, 언뜻 보기에 시회를 하려고 만든 건물 같았다. 벽의 사면이 전부 살문으로 이루어졌는데 문살이 믿기 어려울 정도로 정교했다. 한번 눈길이 닿자 그대로 시선을 빼앗겨 연쇄적으로 이어지는 무늬에서 헤어나기가 힘들었다. 이 건물은 사람으로 치자면 보기 드문 미인이었다. 안에서 서시가 눈썹이라도 다듬고 있을 것 같은 분위기, 그러나 아쉽게도 문들은 하나같이 황동자물쇠로 잠겨 있었다. 가까이 다가가 문틈으로 안을 들여다보던 가경은 화들짝 몸을 뗐다.

"귀신이, 저 안에 귀신이……."

정말이라고, 와서 보라고 내관들에게 소리치고 다시 보니 그것은 거울에 반사된 빛 얼룩이었을 뿐.

"빌어먹을! 이젠 하다하다 거울한테 속다니."

헌 뒤로는 온통 빽빽한 대숲이었다. 가경은 망설임 없이 대숲으로 들어갔다. 어디든 따라다니는 저자들을 따돌려보고 싶었다. 원근의 대나무들이 겹쳐 스쳐가면서 쫓아오는 것 같은 착시에 부아가 치밀어 가경은 더욱 속도를 냈다. 종종거리는 환관이나 칼을 찬 무관들보다 가경의 발이 빨랐다. 제법 간격이 벌어지자 가경은 모처럼의 승리감으로 들떴다. 숲을 뚫고 빠져나가는 방법도 있었던 것이다. 가경은 앞으로, 앞으로 달렸다. 문득 달콤한 향기가 코끝을 스치고 지나갔다. 그것은 익숙한 남방의 향기, 소주 집 뜨락에서 맡던 바로 그 냄새, 앞으로 나아갈수록 향기는 진해졌고 한껏 들뜬 가경의 심장은 어서 가라고 두 다리를 부추겼다. 대줄기에 어깨가 부딪치고 잔가지가 얼굴을 때렸다. 돌에 부딪혀 발톱이 깨졌나 싶을 정도로 아팠지만 가경은 잠시도 멈추지 않았다. 대나무들이 획획 뒤로 밀려갔다. 조금만 더, 조금만 더 가면 바로 앞에.

아뿔싸! 한 발만 급했어도 바로 찔렸다. 가시, 가시, 가시! 살기로 무장한 탱자 가시들. 가경을 부른 것은 수백 수천 송이 흐드러진 탱자꽃! 눈앞이 온통 꽃으로 둘러쳐진 가시장막이었다. 이런 악독한! 찔리든 말든 다 따버리려고 손을 뻗는데 훅 덮치는 향기에 숨이 콱 막혔다. 하늘이 핑 도는가 싶더니 그대로 웩, 바닥에 쏟았다. 가경은 대나무를 부여잡고 한참이나 구역질을 해야 했다. 이것들, 내 기필코 다 베어버릴 테다! 가경은 덥석 무관들에게 다가갔다. 가경이 칼자루에 손을 대려는 순간, 칼 주인은 유연하게 뒤로 몸을 뺐다.

"내놔! 칼을 내놓으란 말이다!"

대에 몸을 부딪치며 이 사람 저 사람에게 달려들기를 한참, 가경은 결국 칼자루 한번 쥐어보지 못하고 기력이 바닥나버렸다.

또다시 어질어질 속이 뒤집히고 노란 물이 나올 때까지 가경은 구역질을 해야 했다. 불! 불을 질러버릴 테다. 그렇지, 등촉을 가져오자. 그래, 싹 다 태워버릴 테다, 싹 다. 전부 다. 대나무도 탱자나무도 저 망할 놈의 건물들까지 전부, 귀신같은 네놈들까지 전부 싹 다 태워버릴 것이다! 내 기필코, 전부 다 싹!

눈을 뜨니 침상 위였다. 이번에도 혼절, 게다가 밤이 되어도 등촉을 켜주지 않았다.

"이런 한심한! 혼잣말이랍시고 떠들어댄 것이."

황제에 대해서는 좋은 말만 듣고 자랐다. 즉위한 지 십칠 년, 구주에는 성덕이 넘치고 화평연간 천하는 태평성대. 사치도 모르고 육궁* 이외 첩실도 두지 않는, 오직 나랏일에만 근면 성실한 분. 성군, 현군, 명군이라 노래들을 불러댔다. 희왕은 조용이 천 년에 한 번 나올까 말까 한 황제라 칭송해댔다. 헛소리, 전부 헛소리다. 다들 그 야차한테 속아서 지껄이는 멍청한 소리들!

묘시정(오전 6시)이 되면 내관들이 들어와 가경이 일어나길 기다린다. 그대로 누워 있으면 일각 정도 지난 후 강제로 일으켜 앉힌다. 양칫물을 바치고 얼굴을 닦인다. 머리를 빗기고 상투를 틀고 옷을 입힌다. 그다음엔 탕 쟁반이 들어온다. 탕을 후르르 목으로 넘기고 가경은 도로 누웠다. 기억을 하나하나 되짚고 이 난관을 어떻게 극복할까 궁리를 해보려 하지만 생각의 실이 자

---

* 황후와 다섯 명의 비를 말함, 또는 그들의 거처.

꾸 끊겨 낱낱이 흩어졌다. 약 기운이 남은 걸까? 불안하고 울화가 치미는데도 몸은 자꾸 나른해졌다. 모로 누워 이 해괴한 노릇을 어찌해야 하나 이 해괴한 노릇을, 이 말만 드문드문 몇 번 중얼거렸다. 그러다 보면 열두 가지 요리가 올라오는 아침상이 차려진다. 한번은 어쩌나 보려고 젓가락도 안 들고 있었더니 내관들이 점심까지 그대로 서 있다가 아침상을 치우고 점심으로 스물네 가지 요리를 상에 올려놓았다. 그야말로 음식과 내관들에게 둘러싸인 감옥과 다를 바가 없어 가경은 제발 혼자라도 있게 해다오 하는 심정으로 젓가락을 들었다. 당하고 보니 사람도 짐승만큼이나 길들이기 쉬운 생물이었다. 해도 되는 것과 해선 안되는 것, 두 가지만 각인시켜놓으면 그 안에서 살아가게 되어 있었다. 밤에는 울었다. 처음엔 두렵고 막막해서 울었지만 언제부턴가 가경은 자신의 울음소리를 듣기 위해 울고 있었다. 그 소리는 허한 귀속을 채워주는 유일한 사람의 소리였다. 이불을 뒤집어쓰고 울음소리에 감싸이면 자신은 더 이상 혼자가 아니었다. 울다 보면 어느새 잠이 들었다.

어느 날 가경은 침소가 있는 청당 곁채의 문들이 활짝 열린 것을 발견했다. 웬일인가 하고 들어가 보니 그곳은 서실로 꾸며진 방이었다. 왜 진작 이 생각을 못 했던 걸까, 가경은 자신이 얼마나 궁지에 몰려 있었는지를 새삼 깨달았다. 편지를 쓸 생각조차 못 했으니 말이다. 편지가 전해지리란 보장은 없지만 할 수 있는 게 남아 있다는 사실만으로도 오랜만에 머릿속이 맑아졌다.

아무리 생각해도 추내상은 믿을 수 없는 사람이다. 황제의 지

아비감이 신의가 있는 사내인지 그 됨됨이를 시험한다고 역모 사건을 꾸몄다. 청심환이라 속이고 이상한 약을 먹여 자신을 납치하고, 연고 운운하며 몹쓸 화류병(성병)이 있는지 거기까지 알아본 사람이다. 그 정갈한 방에서 망팔* 포주놀음을 한 것이다. 환관이란 그렇게 배덕한 짓도 마다하지 않는 한심한 인생인 것이다. 황궁의 부속품, 황실의 노예, 황제의 개. 평생 황제의 발이나 핥으며 개처럼 살아라! 아홉 번 죽어도 후회하지 않는다고? 환관이 가당치도 않게 굴원을 운운하다니, 하! 말세가 따로 없군. 그러나 그렇게 한바탕 경멸을 하고 나면 후련해지는 게 아니라 도리어 속이 상했다. 묵향이 스며 있는 추부의 그 방, 차를 끓여주던 그 정결한 손, 속대를 조여주고 복두를 바로잡아주던 그 손길, 그 눈썹과 이마, 그걸 기억에서 지울 수 있을까? 그 기억마저 증오할 수 있을까? 가경은 자신이 없었다.

추신이 자신의 편이 되어줄 리 만무하다는 것쯤 가경도 잘 알고 있었지만 그럼에도 지금 상황에서 매달려볼 사람은 추신밖에 없었다. 심란한 마음을 뒤로하고 가경은 붓을 들었다. 막상 붓을 잡자 추신에 대한 증오는 간데없고 눈물부터 쏟아졌다. 이곳이 정말 무섭다고, 제발 집에 보내달라고, 제발 살려달라고 썼다. 다 쓰고 보니 눈물로 얼룩진 곳이 많은 데다 겁에 질린 자신의 모습이 그림처럼 생생했다. 선비가 환관에게 이런 비루한 꼴

---

* 화류계에 여자를 공급하는 사람, 망팔忘八이란 인간으로서 8덕을 잃은 무뢰한을 말함.

까지 보여야 하나, 안되겠다 싶어 가경은 새로 종이를 폈다. 좀 더 설득력이 있는 문장이어야 한다. 가경은 자신의 실종으로 인해 부모님께서 겪으실 고통에 대해 길게 적었다. 더 이상 불효를 짓지 않게 이곳에서 나가게 해달라고 간청했다. 붓을 걸고 읽어보니 또 눈물이 쏟아졌다. 얼마나 걱정을 하실까. 다정했던 두 분이 그립고 그리워서 그대로 엎드려 엉엉 울었다. 이 편지도 안되겠다. 환관에게 부모자식 간의 정을 호소한들 마음이 움직이겠는가. 궁리 끝에 가경은 단도직입적으로 말하기로 했다. 자신을 한 번만 만나달라고 썼다. 그게 허락되지 않으면, 여기가 어디이고, 언제까지 이곳에 있어야 하는지, 자신의 앞날은 어떻게 되는 건지 알고 싶다고, 그 정도만이라도 알려달라고 썼다. 좋은 문장이 되게 하려고 몇 번을 고치고 정서에 정서를 거듭했다. 하필 추신은 명성이 자자한 명필이었다. 그런 사람을 상대하려니 한 자 한 자 신경이 곤두섰다. 가경은 늦은 밤이 되어서야 겨우 한 장의 서신을 완성할 수 있었다. 그날은 모처럼 울지 않고 잠이 들었다.

다음 날 날이 밝자마자 서실로 건너간 가경은 깜짝 놀랐다. 먹물을 말리기 위해 책상 위에 놓아둔 편지가 보이지 않았다. 봉투에 넣지 않은 게 마음에 걸리긴 했지만 자신의 호소가 추신에게 전해진다는 사실만으로도 횡재한 기분이 들었다. 가경은 침소로 돌아와 창을 활짝 열어 아침 공기로 실내를 채웠다. 양칫물과 대야를 들고 들어온 내관들에게 편지를 전해줘서 고맙다는 인사도 했다. 괴뢰 같고 시체 같아도 그들 역시 따뜻한 피가 흐르는 인간이었던 것이다. 그날 가경은 이곳에 온 이래 처음으로 아침을 맛있게 먹었다. 창가에서 새소리를 들으며 차를 마시는 것도 그날이 처음이었다. 그렇지, 부모님께도 편지를 쓰자. 서둘러 서실로 간 가경은 종이를 꺼내 문진으로 누르다가 갑자기 멈추고 사방을 둘러봤다. 설마? 가경은 문을 박차고 나가 내관을 붙잡고 물었다.

"서탁 위에 놓아둔 다른 편지들 그거 파지예요. 그 파지들 어디 있나요? 어떻게 했어요? 어디다 뒀냐고요! 전부 추내상에게 전한 건 아니죠?"

소매를 붙잡고 늘어져도 돌아오는 대답은 없었다. 오전 내내 팔팔 뛰었지만 점심을 잘 먹고 포만감에 졸음이 쏟아져 한숨 자고 나자 가경은 좋은 쪽으로 생각하기로 했다. 편지가 전해지기만 한다면 그만한 것은 감수해야지 어쩌겠나 하고.

그런 망신까지 무릅쓰고 기다렸건만 추신에게서는 소식이 없었다. 가경은 다시 편지를 써서 내관들에게 꼭 좀 전해달라고 머리 숙여 부탁했다. 눈을 뜨면 탁자 위를 살피고 들어오는 내관들의 손을 살피고 혹시 답장이 놓여 있지나 않을까 하루에도 몇 번씩 서실로 뛰어갔다. 아아, 모든 게 혼자만의 착각이었나, 저들은 그저 서실을 청소한 건가, 편지는 전부 버려진 건가? 가경은 지쳐갔다. 이젠 애태우며 낙담하기도 지겨워졌다. 기대도 소용없지만 낙담은 낙담대로 공력만 들었다. 밖으로 향하던 분노는 조롱으로 모습이 바뀌어 안으로 쏟아졌다. 세상 물정 모르는 하룻강아지, 야무진 데라곤 없는 얼치기, 씨알머리 없는 한량, 속기만 하는 얼간망둥이, 가경은 그 멍청이를 향해 코웃음을 쳤다.

자학의 시간마저 지나자 이상한 평정이 찾아왔다. 덥고 축축한 실내에서 가물거리는 가수면 상태를 유지한 채 가경은 종일 누워 지냈다. 그러고 있으면 머릿속이 더러운 걸레로 대충 닦인 듯해서 당장은 슬프지도 초조하지도 불안하지도 않았다. 안남(베트남)의 어떤 늪에 사는 악鰐이라는 동물은 먹이가 지나가길 기다리며 한자리에서 꼼짝 않고 버틴다고 한다. 악은 물 밖으로 눈만 내놓은 채 몸을 마비시키고 죽은 듯 지낸다. 자신이 왜 그러고 있는지도 잊은 채. 일 년, 이 년, 삼 년…… 먹이가 지나가지 않으면 악은 자신이 죽는지도 모르고 굶어 죽는다고 한다. 물속으로 그대로 가라앉는다고 한다. 그에겐 죽음의 고통으로 몸부림칠 기력조차 남아 있지 않은 것이다. 이보다 더 우아한 죽음이 있을까. 악은 아마도 아름다운 얼굴을 하고 있겠지. 투명한 피부에 가는 몸, 긴 머리를 물풀처럼 나부끼며 긴 세월 감은 듯 가늘게 눈을 뜨고 있다가 먹이가 지나가기라도 하면 번쩍!

뭐지? 순간 날 선 빛이 분명 번쩍한 것 같은데?

꽈릉꽈릉! 꽝! 꽝! 꽈르르 꽝!

가경은 벌떡 일어나 앉았다. 쏴 하고 빗소리가 따가웠다. 불어닥친 돌풍에 청당의 들창이 부르르 떨며 미친 듯이 덜컹댔다. 귀신 같던 정적이 단박에 박살났다. 다시 한번 떵떵 짜르르! 천둥소리가 대기를 뒤흔들었다. 덩달아 울대가 부르르 떨리고 창자까지 들썩였다. 무언가가 몸속을 맹렬히 휘젓더니 세찬 기운이 솟구쳐 몸통을 일직선으로 꿰뚫었다. 아아악! 고함을 지르며 가경은 무릎이 꺾이도록 힘차게 청당을 뛰쳐나갔다.

"와하하, 소리다, 소리!"

장쾌하구나. 밖은 온통 시끄러운 몸부림이었다. 번개가 쩍쩍 대기를 찢어발기고 폭풍이 집어삼킬 듯 몰아쳤다. 비바람에 꽃 잎이 미친 듯 날아다니고 파초가 접힌 채 몸부림을 치고 오동잎 은 뒤집혀 이리저리 철썩였다. 꽈르릉 꽝꽝! 기왓장을 깰 듯 쏟 아지는 빗줄기를 맞으며 가경은 월대 위를 첨벙대며 뛰어다니 다 야호! 하고 계단을 한 번에 뛰어내렸다.

"천지신명이여! 이 알량한 세상을 쓸어버리소서. 이 망할 곳 을 집어삼키소서. 벼락을, 벼락을 치소서!"

하늘이 화답하듯 번개가 터져 창공에 지지직 퍼져나갔다. 곧 이어 배 밑창이 갈라지듯 쩍쩍 우르르 꽝! 꽝! 꽝!

"소리! 소리! 소리! 아아, 장한 것들! 더 난폭하게 쏟아져라. 다 쓸어버려."

가경은 맨발로 포석 위를 철퍽철퍽 뛰어갔다. 연못은 더 난리 가 났다. 사정없이 덜컹대는 수대의 들창들과 뜯겨 날아다니는 버들잎 떼. 첨벙대고 딱딱대고 꿀렁꿀렁, 물이 물에 처박히고, 빗방울이 연잎을 때리고, 개구리들이 꽥꽥, 금빛 잉어 떼는 혼인 잔치라도 하는지 물결 따라 출렁댔다. 바람의 난투가 불러온 신 나는 대혼란. 하하하! 하하하! 천지의 포효는 극에 달해갔다.

가경은 다리 난간에 올라갔다. 미끄러웠지만 금세 균형을 잡 고 두 팔을 벌려 몰아치는 비바람을 맞았다. 하늘만이, 오직 하 늘만이 내게 소리를 주신다. 가경은 내리치는 빗줄기를 하염없

이 받아 마셨다. 콰르르 콰르르! 초여름 왕성한 비구름의 정기
는 오장육부를 거침없이 휘돌아 찌릿찌릿 발끝까지 이어졌다.
뒤섞여 아득해지는 쾌감이 사무쳐 가경은 몸서리를 쳤다. 오줌
자락이 주르르 다리를 타고 내려갔다. 그 부드럽고 뜨듯한 것이
가경에게 용기를 줬다. 그래, 가는 거야. 소주까지 이대로, 배를
타고 꽃을 맞으러. 붉은 그 꽃들을 맞으러 이대로 가는 거야.

"잘 있거라. 꼴사나운 개봉이여!"

풍덩!

우중한담雨中閑談

삼황자 숙왕 조민이 희왕부 대전의 월대에 올라섰을 때였다. 대전 문이 벌컥 열리더니 막내숙부인 희왕이 울음을 터뜨리며 뛰어나왔다. 그 뒤를 따라 올망졸망한 내관들이 왕야, 왕야를 부르며 우산을 들고 쫓아 나왔다. 마침 꽈릉꽈릉 천둥까지 울어 이 극적인 광경에 비감을 더해줬다.

"어이구, 이 사람아, 야속한 사람 같으니라고. 이제야 나타나다니, 이 야속한 사람아."

조민 앞까지 다 와서 주저앉은 희왕은 내관들이 일으켜 세우려고 해도 요지부동, 비 내리는 바닥을 치며 울었다. 종잡을 수 없이 방향을 바꿔 몰아치는 통에 우산을 쥔 내관들은 이리저리로 휘둘렸다. 조민도 전해 들어 안다. 성문 밖까지 마중 나온 희왕부 내관들에게 모란절에 생긴 사고며 그 때문에 희왕이 겪은 마음고생을 구구절절 듣고 오는 길이었다. 거창한 하소연이 기다리리라 각오했지만 이렇게 한데서 비를 맞으며 거행되리라곤 생각지도 못했다. 중의 속까지 다 젖을 판인데 월대에서 펼쳐지는 눈물의 상봉식은 끝날 줄을 몰랐다. 아흐흑 아흐흑, 세찬 빗소리마저 이겨버리는 저 기교적인 희왕의 울음소리에 숙왕은 웃음이 날까봐 숨을 꾹 눌렀다. 숙부라지만 한 살이 어린 데다 외양 또한 스물이 넘도록 발육이 덜 된 소년 같아 조민에게 희왕은 한참 어린 아우 같기만 했다. 그래서인지 우는 모습을 보고 있으면 결국엔 가슴 한쪽이 아려온다.

"자자, 왕야. 제가 왔잖아요. 그만 그만."

조민이 번쩍 들어 올리자 희왕은 그제야 순순히 일어나는가 싶더니 이번엔 막무가내로 팔에 매달려 가장 아껴두었던 그 말씀을 하셨다.

"난 자네를 위해 사냥터로 연락도 안 한 거야. 그걸 알아야 돼. 다 자넬 위해서야. 자네까지 엮일까봐서. 자네까지 오해를 살까봐. 그 와중에도 오직 자네 안위만을 생각한 거야. 내 마음은 이리 곧아."

"그럼요, 그럼요. 잘 알지요. 어서 들어갑시다. 옥체 상해요. 자자."

조민은 두 달간의 사냥 여행을 마치고 돌아오는 길이었다. 산동의 산야를 구석구석 훑다 보니 계절은 봄에서 여름으로 바뀌어 있었다. 사냥하기엔 최적의 날씨였다. 개들은 기민한 병사처럼 제 할 일을 척척 해냈고 말들은 벼랑길도 능숙하게 오르내렸다. 함께한 지기와 시위들은 하나같이 노련하고 날랜 엽사라 눈빛 하나 손짓 하나로도 마음이 통했다. 무엇보다 공기가 가볍고 습기가 없어 고려 각궁을 마음껏 쓸 수 있어 최고였다. 조민은 드넓은 하늘을 활공하는 매처럼 사냥터를 거침없이 누볐다. 하지만 경기와 산동에 가뭄이 들어 금렵령이 떨어지는 바람에 아쉽게도 사냥 천막을 접어야 했다. 새벽 일찍 상경길에 올랐는데 동경성*에 다다를 즈음 큰비를 만났다. 비를 피해 들어간 다관에서 조민과 지기들이 하루만 더 버텼으면 금렵령이 해제될 터인데 괜히 일찍 철수했다고 사냥터로 다시 돌아가네, 마네 하고 있는데 조민의 귀성을 어찌 알았는지 다관으로 찾아온 희왕부 내관들이 뫼시러 왔다고 어서 좀 가주십사 엎드려 간청을 했다.

"이제 폐하의 눈 밖에 났으니 난 어쩜 좋아. 난 어쩜 좋아."

희왕의 넋두리는 끝없이 이어지고 어릴 때부터 희왕을 돌보아온 늙은 환관은 그 장단에 맞춰 "아아, 왕야 왕야. 어쩜 좋아, 어쩜 좋아." 하면서 용포를 벗기고 입히며 동시에 눈물을 닦아주고 중간중간 자기 눈물까지 손수건으로 찍어냈다. 실로 숙련된 기예라 할 만했다. 아닌 게 아니라 전각 한 벽면을 차지하고 있는 「궁중연회도」와 방 안 여기저기 크고 작은 채색 화병들, 아롱아롱 걸린 등롱들 때문인지 두 사람은 널찍한 기예장 무대에 서서 쌍무를 추는 것처럼 보였다. 한참 전에 옷을 갈아입은 조민은 따듯한 술을 마시며 이 희극을 구경하고 있었다.

"자네는 몰라, 자네는. 나 같은 하루살이 목숨. 의지할 데라곤

---

* 동경東京, 북송 수도 개봉의 공식 명칭.

없는 이 몸. 황실의 천덕꾸러기. 아! 과인의 인생은 왜 이리 변변 찮을꼬. 왜 이리 기구할꼬."

미뤄두었던 하소연은 끝없이 한없이 꼬리를 달고 나왔다. 이번 역모 구설수는 어릴 때 부황과 모후를 연달아 여읜 후 희왕이 겪은 최고의 시련이었다. 두문불출 왕부에서 꼼짝 않고 매일 성문 밖으로 사람을 보내 조민이 돌아오는지만 살폈다고 한다.

"폐하께선 바쁘시니 알현도 못 하고, 대신 추신에게 어지만 전해 들었어. 날 의심치 않으시니 안심하라고 하셨대. 추신이 그랬어, 이제 한량들과는 그만 어울리고 경서라도 좀 읽으라고."

"하하, 왠지 좀 망신스럽네요."

조민이 보기에도 이번 역모 사건은 가당치도 않았다. 다른 목적이 있어 추신이 일을 꾸민 것 같기는 한데 그러기엔 또 뭔가 한참 어설펐다. 내놓고 황성사까지 동원한 사건을 흐지부지 끝냈다? 기묘하지 않은가. 어설픈 것도 기묘한데 흐지부지 끝낸 것도 기묘했다. 하지만 황궁에서 벌어지는 기묘한 일이 어디 한둘인가, 조민은 습관대로 편하게 생각하기로 했다. 희왕은 마른 옷으로 갈아입자 기분까지 말짱해졌는지 자리에 앉아 따듯한 술을 홀짝였다.

"그나마 추신이 들여다봐주고 나서야 숨통이 트인 거지. 추신이 직접 와줬다니까. 추신이 중간에서 애를 써준 거야. 본왕의 충심을 누구보다 잘 아니까."

희왕은 추신 이야기를 할 때면 늘 의기양양했다. 모후의 출신이 비천하여 외척들 또한 변변치 않은 터라 희왕이 기댈 곳은 오직 추신이었다.

"추신은 늘 자네 칭찬만 한다네. 자네야말로 동경 제일의 장부라고."

"어이쿠 이런, 황송해라."

"무슨 일이든 자네와 함께하라 했어."

추신의 말이 자기 들으라고 하는 말이라는 것 정도는 조민도 안다. 숙왕 전하는 쭉 그렇게 사시면 되는 겁니다, 희왕 전하 옆이 전하가 계실 자리이옵니다, 전하께서 그 자리를 벗어나지만 않으면 소인이 최선을 다해 보살펴드리겠나이다.

"그래야죠. 추신이 당부하지 않아도 일평생을 그러기로 정했습니다."

"숙왕 조카가 옆에 있으니 본왕은 이제 아주 안심이야."

희왕이 의자를 바짝 옆으로 붙여 앉으며 눈을 반짝였다. 역시 형제인가 하는 생각이 절로 들 만큼 희왕은 커가면서 황상과 닮아갔다. 희왕의 모후인 모란 부인도 그렇고, 조민의 친할머니이자 황제의 모후인 문태후도 그렇고 모두 한 시절 입이 떡 벌어지게 만들던 미인들이었건만, 무슨 조화인지 선황제의 자식들은 아들이건 딸이건 가지런하게 선황제만 빼닮았다. 선황제처럼 선이 가는 연한 이목구비에 오밀조밀한 얼굴들이었다.

"하여간 재미있다니까."

조민은 혼잣말을 하며 웃었다. 조민에게 황제는 아버지이기 이전에 흐트러짐 없는 군자의 모범이요, 나라의 중흥을 이뤄낸 위대한 군주였다. 가끔 알현할 기회가 있으면 황제가 묻는 말은 늘 같았다. "요즈음엔 뭘 읽느냐?" 조민이 대충 둘러대면 "흐음" 하고 미간을 살짝 찌푸리고는 별다른 말이 없었다. 조민을 탐탁잖게 여겨서가 아니었다. 다른 황자들에게도 마찬가지였다. 그런 공평한 태도는 육궁에서도 다를 바 없었다. 후궁들은 딱히 질투할 계기가 없고 형제들은 서로 시기할 이유가 없었다. 애초에 총애도 편애도 하지 않으니 그런대로 사이들이 좋았다.

"저기 말이야. 내가 요번 일로 급한 마음에 여기저기 찔러보다가 말이야. 아주 재밌는 얘길 들었단 말이지."

술 몇 잔에 취기가 도는지 희왕은 혀 짧은 소리로 말을 이어갔다.

"폐하께서 말이야. 그러니까 이건 조카만 알고 있어야 해. 하하, 미리 말해두는데 그러니까 다 낭설이니 신경 쓰지 말고, 행여나 마음 다치면 안 돼요, 응? 있지 말이야, 그러니까, 아냐 아냐 안 할래. 아무래도 안 하는 게 좋겠어."

그러더니 상대가 궁금해 감질내기를 바라는 듯 두 손으로 입을 가렸다. 조민은 대략 감이 왔지만 숙부가 바라는 대로 한껏 궁금한 표정을 지어 보였다. 그러자 이거 참 곤란한데, 하며 희왕이 잠시 뜸 들이는 척을 하다가 이내 들뜬 목소리로 그 궁중비화라는 것을 줄줄이 쏟아냈다.

이십오 년 전, 선황제 시절 회인태자*가 낙마 사고가 아닌 문귀비** 때문에 상사병으로 앓다가 죽었다든가, 선황제 시절 후궁

* 태자 시절 죽은, 조융의 이복형.
** 조융의 모후인 문태후, 당시 작위가 귀비였다.

들이 황자들을 후원에 불러들여 단체로 놀아났다든가, 황제가 남녀 쌍생아로 태어났는데 불길하게 여겨져 여아는 버려졌다든가 하는 이야기였다. 누군가 악의적으로 꾸민 게 분명한 그 소문들은 앞뒤가 맞지 않는 허랑함에도 불구하고 끈질기게 살아남아 여전히 떠돌아다닌다. 당시에는 이런 소문도 있었다고 한다. 희왕의 생모인 모란 부인이 추신과 그렇고 그런 사이라 마음고생이 심해 일찍 죽었다고 하는, 물론 희왕 숙부는 여기까지는 전해 듣지 못했겠지만. 아니나 다를까 옆에서 시중을 들던 늙은 환관이 모란 부인에 관한 소문은 말하지 말아달라고 조민에게 무언의 신호를 보냈다. 나이테같이 주름진 얼굴을 아주 살짝 움직여 어찌나 정확하게 의사를 전달하는지 조민은 그 기술에 감탄하지 않을 수 없었다.

권력의 중심에 있다 보니 추신에 대한 소문은 늘 왕성했다. 그런 이야기들 속에서 추신은 거란의 첩자가 되기도 하고 서하의 왕자가 되기도 한다. 그가 단약을 지어 먹어 늙지 않는다는 그럴듯한 얘기가 있는가 하면 추신은 전혀 잠을 자지 않는다는 완전 엉터리도 있었다. 그런 것 중 가장 널리 퍼진 소문은 추신의 양물이 아주 멀쩡하다는 것, 그리고 가장 고약한 소문은 추신이 황제의 생부라는 것.

"하, 그런데 어쩝니까? 폐하께선 할바마마와 틀에서 찍어낸 듯 닮으셨단 말이죠. 어진만 봐도 똑같잖아요."

"뭐야 뭐야, 자넨 이미 다 알고 있었구먼. 뭐야 정말, 나만 이제 들었군그래. 왜 나한테는 진작 안 알려준 거야?"

"왕야 마음 다치실까봐. 하하하."

"뭐야, 쳇!"

"하나같이 허무맹랑하잖아요. 안 듣는 게 나아요."

회인태자의 갑작스러운 죽음은 많은 황자들의 운명을 바꿔버렸다. 팔황자로 태어난 황상이 손위 형제들을 제치고 보위에 오르다 보니 그 시절 황궁은 이런저런 음해로 어지러웠다고 한다.

"근데 말이야. 이건 진짜 같아."

희왕이 살금거리는 작은 소리로 말했다.

"추신이 촉도蜀刀의 고수라는군그래. 그 아비가 자객 출신인데 죽기 전에 비기를 전수했대요. 그 집안이 원래 촉황제 유비의 자손이라는구먼. 왠지 그럴듯하지?"

"이런, 강호의 비극이 따로 없네요. 근데 왕야도 추신의 손을 보시지 않았어요? 그런 손은 칼 한번 잡아본 적이 없는 손이에요. 천상 붓이나 잡고 살 손이랍니다. 왕야께서 뭔가 극적인 것만 애호하시다 보니 그런 말도 안 되는 얘기가 믿고 싶은 거예요. 그런 일은 영희에서나 벌어지는 겁니다."

조민이 알기로 추신의 아비는 돈황이 망할 때 흘러들어온 유민流民의 자손으로, 한때 연안부에서 하급 무관을 지냈다고 한다. 소문은 떠돌이 유민을 유비의 자손으로 둔갑시키고 하급 무관을 자객으로 변신시킨다. 소문은 이렇게 추신을 신비한 인물로 만드는 데 한몫해왔다. 조민이 보기에 추신을 둘러싼 신비는 그가 가진 권력이 만들어낸 것이었다. 권력 자체가 신비로운 물건이니 그럴 수밖에, 조민은 피식 웃으며 술잔을 비웠다.

"자네도 날 비웃는군. 내가 영 어린애 같은 거지? 맨날 인형이나 만지작거리고 있으니."

희왕이 손톱을 깨물며 쓸쓸하게 웃었다. 이번엔 엄살도 연기도 아니었다. 낯이 따가워 돌아보니 늙은 환관이 실눈으로 조민을 째려보고 있었다. 보일락 말락 눈주름을 실룩거리며. 멋쩍어진 조민은 자리에서 일어나 괜히 청당 안을 어슬렁거렸다. 그러다 또 괜히 이무기처럼 생긴 태호석을 두드려보았다. 툽툽툽, 이무기가 바보 같은 소리를 냈다.

"동경은 역시 답답해요. 길도 좁고. 한단으로 숙왕부를 옮길까봐요. 왕야는 어떻게 생각하세요?"

"좋아 좋아. 그럼 나도 갈래. 근데 낙양이 낫지 않을까? 기운도 순하고."

고맙게도 숙부는 얼굴이 밝아져 눈을 빛냈다.

"그래요, 어디든 우리 함께 움직이자고요. 근데 낙양은 황릉이 있어 수시로 종친들이 드나들 텐데, 귀찮지 않을까요?"

"그렇다니까. 낙양은 별로야. 사실 나도 그게 걸렸어. 역시 한단 정도가 좋아. 측실 중에 고향이 그곳인 아이들이 있어. 둘 다 씩씩해. 여자가 씩씩하다는 건 땅기운이 좋다는 거지. 게다가 시황제가 태어난 곳이니 오죽 좋겠어."

한단은 정말 그랬다. 성문부터가 무뚝뚝하고 거리도 사람도 거칠어 보였지만 역시 땅기운이 좋아서인지 그곳의 풍광엔 어딘지 진실한 데가 있었다. 장관을 이룬 회화나무 군락지 때문일까. 그 높다란 가지 끝에는 눈처럼 흰 송골매가 둥지를 틀고 있었다. 그 군자 같은 생물은 서두르는 법 없이 크게 원을 그리며 멋지게 활공을 하곤 했다. 그래, 그곳으로 옮겨가면 숙부도 폐하 눈치 덜 보실 테고, 나 또한 번잡한 황실 행사에 꼬박꼬박 얼굴 안 비쳐도 되니 이래저래 한갓질 것이다.

조금 전까지 하늘이 쩍쩍 갈라지는 발작을 하며 사방천지를 뒤흔들더니 어느새 비가 그쳤는지 거짓말처럼 창밖이 환해졌다. 늙은 환관의 지시로 희왕부 내관들이 대전의 문들을 열어젖히고 휘장을 걷어 올렸다. 열린 문으로 눈을 찌르는 태양빛이 쏟아져 들어왔다. 오후의 그 빛은 안쪽 평상 위까지 뻗어와 늙은 환관의 무릎을 베고 누운 희왕의 얼굴에도 선명한 음영을 새겼다. 빛이 깔리자 저쪽에 알록달록한 무언가가 조민의 눈을 사로잡았다. 가서 보니 탁자 위에는 사슴 가죽에 색을 입힌 영희 인형들이 놓여 있었다. 늘 궁금했다.

"왜 그림자극 인형들은 모두 옆모습 일색입니까?"

"그건 자기네들끼리 마주 보고 얘기를 나눠야 하니까 그렇지. 인형들은 그 세상에서 진실로 살아가거든. 우리가 구경하고 있는 줄 몰라."

"오, 퍽 심오합니다. 이들만의 세상이 따로 있다니."

"우리라고 다를까. 누군가 우리가 사는 모습을 구경하고 있는지도 모르지."

그 말을 예증하듯 사선으로 들이친 햇빛 때문에 실내가 와사*

---

* 송대 서민들의 오락시설이 집결해 있는 곳. 곡예, 만담, 연극무대, 음식점, 유곽 등.

의 공연장처럼 두 개의 다른 공간으로 나뉘어 보였다. 빛을 받은 쪽은 무대처럼 환하고 반대쪽은 객석처럼 어두웠다. 저 어두운 곳에서 누군가 영희를 볼 때처럼 불을 끄고 자신들을 구경하고 있다고 생각하자 조민은 묘한 경이감을 느꼈다. 조민의 표정을 보고 우쭐해진 희왕이 늙은 환관을 올려다보자 상전이 대견해서 견딜 수가 없는지 늙은이가 아미타불, 아미타불 하며 신음을 냈다. 구경꾼이 있다면 분명 이 대목에서 재밌어할 텐데, 하며 조민은 웃었다. 눈여겨보니 인형들은 모두 제각각이었다. 심미안이라곤 없는 눈으로 봐도 어떤 건 월등히 정교하고 아름다웠다.

"이 아가씨 인형은 굉장히 그럴듯하군요."

"아, 그거? 눈망울이 꼭 꿈이라도 꾸는 것 같지? 왕부에 놀러오던 태학 다니는 애가 만든 거야. 소주 출신인데 꼭 그렇게 생겼어."

"그러고 보니 천상 강남풍이네요."

아가씨의 얼굴은 조민에게 이상한 기분을 불러일으켰다. 그것은 가본 적 없는 먼 지방에 대한 그리움 같기도 하고 만난 적 없는 누군가에 대한 갈망 같기도 한 안타까운 그 무엇이었다. 구름이 어쩜 이리 사뿐할 수가! 이 붉은 꽃은 볼수록 야릇하군. 활촉만 가지고 이렇게 잘 오리다니. 조민은 날렵하게 오려진 인형의 뺨에 손을 대보았다. 손끝을 타고 목덜미로 전해지는 간지러운 소름에 조민의 입에서 달콤한 탄식이 터져 나오는데, 졸음이 오는지 희왕이 하품을 하며 말했다.

"자고로 여인들에게 사랑을 받는 자는 그 손끝부터 달라야 하는 거라네."

옥이 울 때

물시계가 묘시를 알리자 내관들이 침소 문을 열고 들어왔다. 눈을 감은 채 가경은 한숨을 내쉬었다. 연못에 몸을 던지자마자 내관들은 가경을 건져내 업고 달려 청당으로 데려와 씻기고 옷을 갈아입혔다. 기진맥진한 와중에도 가경은 혹시 내관들이 저희끼리 말하지 않을까 귀를 기울였다. 내관들은 입 한번 벙긋하지 않고 일사불란하게 움직였다. 마치 가경이 무슨 짓을 벌일지 다 알고 있었다는 듯 지금처럼 침착하게 할 일들만 했다.

내관 하나가 창문을 열자 한순간에 펼쳐지는 그물처럼 주황빛 서광이 비쳐들었다. 아침볕에 하얀 담장은 분홍빛으로 물들고 담 아래 부용화 꽃잎은 이제 막 벌어지고 있었다. 싱그러워 보여도 진부하기 그지없는 이곳의 아침이 또 주어진 것이다. 탕을 떠 넣으며 가경은 중얼거렸다.

"그러시든가, 꽃이 피든 꽃이 지든 해가 뜨든 달이 뜨든 너희

맘대로, 맘대로들 하세요."

저녁에는 월루에 올랐다. 겨울에나 잡혀 들어올 일이지 어쩜 이리도 재수가 없을까. 초여름의 낮은 길고 길어 해가 지려면 한참이나 남았다. 달이 뜨면 모를까 월루라고 해봤자 달리 보여주는 풍경도 없는 지루한 곳이었다. 이곳은 뭐 하나 이상하지 않은 게 없었다. 움직이려면 연결이 좋지 않고 어디에서든 시야가 답답했다. 지나치게 깔끔하고 구석구석 많이는 심어놨는데 전체적으로 공허한 공간의 연속이었다. 우선 땅 모양부터가 글러먹었다. 푹 꺼진 곳에 별장이라니. 심지어 이곳엔 대련은 고사하고 현판조차 걸린 건물이 없다. 이 월루도 그렇고 청당에도 현판이 걸리지 않은 탓에 가경은 자신이 지내는 처소의 이름조차 알 길이 없었다. 이곳에선 집들마저 농아 시늉을 하는 것이다. 인간이 지어 붙인 이름이 없으니 이곳이야말로 노자가 꿈꾸던 무위자연의 세계가 아닌가. 노자여 이곳에 와보시라. 이 망할 놈의 무위를 견뎌보시라. 광명천지에 이런 곳이 다 있다오, 하다가 가경은 쿵, 발을 구르고 일어섰다.

아니다. 이 부자연스러운 짓거리가 뭐가 무위란 말인가. 만물에게서 이름을 빼앗다니! 가경은 복두를 바로 쓰고 어깨를 폈다. 저 나무는 층층나무고, 옆의 것은 녹나무야. 여기 기어가는 애는 자벌레고, 요 반질하게 붙은 놈은 무당벌레, 저 독한 색은 호랑거미고. 그리고 난 유가경이야.

"유가경, 유가경, 유가경."

그러나 사십여 일 만에 들어보는 자신의 이름은 놀랍도록 서

먹하고 가짜같이 느껴졌다. 가경은 서둘러 난간 위에 손가락으로 가佳(아름다울 가) 자를 쓰고 경瓊(경옥 경) 자를 써보았다. 그렇게 몇 번을 써보자 비로소 마음이 놓였다. 아버님께서 귀한 옥반지를 사다 주신 날, 나를 잉태했다고 하셨지. 모친은 좋은 날에만 그 옥반지를 꺼내 끼셨다. 어머니 손에 끼워진 그 반지라도 되는 양 가경은 이름 쓴 자리를 쓰다듬었다. 가경, 내 이름, 유가경. 하지만 아무도 불러주지 않는데 내가 유가경일 수 있을까? 이렇게 한 십 년 지내면 나조차도 내 이름을 잊게 되는 걸까? 그렇다면 유가경이라 불리던 그는 어디로 사라지는 걸까? 가경은 난생처음 자신의 실재에 확신이 서지 않는 기이한 불안에 사로잡혔다. 자신에 대한 기억이 점점 옅어져 유가경이 살아온 과거가 다른 이의 삶인 양 여겨지는 그런 상황, 상상만 해도 눈물이 날 것 같았다. 그렇게 될 바에는 차라리!

문득 서늘한 기척에 가경은 고개를 돌렸다. 그들이 움직이고 있었다. 늘 꼼짝도 않고 서 있던 내관과 무관들이 조심스럽게 횡으로 늘어섰다. 가경으로서는 처음 보는 행동이었다. 저자들이 뭐 하려고 저러나 지켜보고만 있는데 점점 자신을 둘러싸며 조여왔다. 그들의 표정에는 한 번도 본 적 없는 긴장한 빛이 역력했다. 설마, 월루에서 날 밀어버리려고? 조금 전 죽는 게 낫다는 생각은 그야말로 생각일 뿐. 가경은 바삐 눈을 굴렸다. 빠져나갈 틈이 아직은 있었다. 가경은 날쌔게 몸을 빼 월루의 계단을 내달렸다. 당장에라도 뒷덜미가 잡힐 것 같았다. 뺨이 아프도록 뻣뻣해지고 심장이 미친 듯이 뛰었다. 죽기 싫어, 죽기 싫어. 가경은 청당을 향해 뛰었다. 침소도 안전한 장소는 아니겠지만 갈 곳은 거기밖에 없었다.

조금만 더 가면 청당인데 매화동문을 앞에 두고 가경은 주저앉았다. 갑자기 뛰는 바람에 내장이 꼬인 듯 아프고 심장이 터질 것만 같았다. 배를 움켜쥐고 다시 걸음을 옮기려 할 때였다. 그것은 아주 가는 소리였다. 들릴락 말락…… 가경은 호흡을 멈추고 온 신경을 집중해보았다. 놀라서 이명이 난 건가 하는 차에 미풍처럼 가늘지만 분명한 그 소리가 들렸다.

찰랑찰랑…….

청당 쪽이야! 가경은 날듯이 동문을 통과하고 정원을 가로질렀다. 달리면서 보니 문에는 등만 걸렸을 뿐 무관들이 보이지 않았다. 심장이 다시 쿵쿵 뛰기 시작했다. 확실히 무슨 일이 벌어지고 있는 것이다. 청당 문에 다다르자 소리는 조금 더 커졌다. 가경은 벌컥 문을 열었다. 대기방에 있어야 할 내관들이 보이지 않았다. 더 이상 소리도 들리지 않았다. 여태 내 귀가 속은 건가, 가경은 침소 문을 열고 조심스럽게 걸음을 내디뎠다. 등촉이 켜진 실내에는 별다른 게 눈에 띄지 않았다. 그때 다시 찰랑찰랑…… 가경은 창문의 휘장을 젖히고 귀를 기울였다. 소리의 진원은 한곳이 아니었다. 종잡을 수는 없지만 소리의 흐름이 이쪽으로 모여드는 것만은 확실했다. 찰랑찰랑…… 자연에서 나는 소리도 아니고 우연히 나는 소리도 아니었다. 이것은 분명 인간이 인간에게 들으라고 내는 소리. 그 사실 하나만으로도 온몸의 털이 곤두섰다. 가경은 흥분을 가라앉히기 위해 눈을 감았다. 눈을 감고 숨을 죽였다. 찰랑찰랑, 맑고 경쾌한 소리였다. 무슨 소리일까? 방울 소리보다는 여운이 길고 풍경 소리보다는 울림이 작았다. 한없이 아련한, 뭔가 귀한 것들이 서로의 몸을 건드리면서 내는 그런 애틋한 소리였다. 찰랑찰랑, 사방에서 규칙적인 간격으로 달밤 운하에 노 젓는 소리처럼 쉼 없이, 가까이서 멀리서 주고받는 것처럼 찰랑찰랑찰랑찰랑…… 밀어처럼 귓바퀴를 애무하며 밀려드는, 밀려드는 그 소리에 귀 동굴의 솜털은 간지럽고 급기야 뼛속마저 그 감각을 견뎌내느라 가경은 몸을 틀어댔다. 소리는 잠깐씩 끊기기도 했는데 그 짧은 적막이 주는 감미로움에 가경은 미칠 것만 같았다. 소리의 정체가 무엇인지 더 이상은 중요하지 않았다. 귀에 들린다는 사실만으로 가경은 이 소리를 사랑하게 되었다.

찰랑찰랑찰랑찰랑…… 소리의 간격이 점점 빨라졌다. 이젠 그 자잘한 소리가 사방에서 밀려들었다. 찰찰찰찰찰찰찰…… 심장은 기뻐서 울컥울컥 피를 뿜고, 찰찰찰찰찰찰찰…… 하아 하아, 부드러운 열기가 허리를 오르락내리락하더니 신음이 되어 입으로 새어 나왔다. 찰찰찰찰찰찰찰…… 이제 소리는 감긴 눈꺼풀과 눈썹을 쓰다듬고 뺨과 목덜미를 어루만지고 온몸의 숨구멍과 혈관을 희롱하면서, 그렇게 소리는 유가경의 신경을 사로잡고 범했다. 가경은 소리가 달아날까봐 귀를 막아버리고 싶을 정도였다.

찰찰찰찰찰찰찰찰찰찰찰찰찰찰찰찰찰찰찰찰찰찰
찰찰찰찰찰찰찰찰찰찰찰찰찰찰찰찰찰찰찰찰찰찰

찰찰찰찰찰찰찰찰찰찰찰찰찰찰찰찰찰찰찰찰찰찰찰찰찰찰찰찰찰 찰찰찰찰찰찰찰찰찰. 찰!

뇌리에선 소리의 반향이 계속 울리고 있는데, 하나 둘 셋 넷, 다섯 번이나 맥이 뛰었는데도 들리지 않았다. 뺨이 부르르 떨리고 흥분으로 신경이 파열되기 직전, 벌컥! 문이 열렸다. 실망감에 몸이 굳어 가경은 꼼짝할 수가 없었다. 내관들이 자리옷을 갈아입히려고 온 것이다. 나는 또 소리 없는 세상으로 던져지는 것인가. 그때였다. 스륵스륵, 그것은 옷자락, 옷자락이 끌리는 소리였다. 쿵쿵, 심장이 난동부리는 수말처럼 마구 날뛰었다.

"절하라."

아니야, 가경은 믿을 수가 없어 도리질을 쳤다.

"절하라!"

아니야, 아니야. 하지만 이것은 분명하고 분명한 진짜 말소리, 인간의 말소리였다. 뜨지 마! 그 순간 이상한 미신이 가경을 사로잡았다. 눈을 뜨면 다 사라질 것만 같았다. 보지 않아도 되니까, 소리만 오직 소리만 들으면 되니까. 가경은 조심스럽게 손을 뻗었다. 날개를 다치지 않게 하려고 나비에게 살며시 다가가듯 숨도 쉬지 않았다. 계속 말을 해. 말을 해봐요. 목소리를 들려줘. 제발 어서, 어서. 그러나 목소리 대신 스륵스륵. 문으로 향하는 옷자락 소리만 들려왔다.

"안 돼!"

가경은 몸을 날려 문을 막아섰다. 흥분으로 이마 안쪽이 번쩍번쩍했다.

"절하라."

다음 순간 가경은 자신이 사라지는 경험을 했다. 생각도 멈추고 호흡도 멈췄다. 오직 음성이 나오는 그곳, 황제의 입을 바라보는 것 이외는 무엇도 할 수가 없었다. 가경은 기다리고 기다렸다. 조금 전에 들었던 목소리를 반복해서 떠올리며, 곧 듣게 될 목소리를 머릿속으로 상상하며. 조바심으로 뒤틀리는 자기 팔을 움켜잡고 버텨보다가 급기야 긴장을 주체 못 해 되는대로 자신의 목덜미를 쥐어뜯었다. 황제가 입을 열었다. 절하라, 순간 가경은 귀가 먹은 줄 알았다. 동시에 그럴 수도 있다고 납득했다. 사람이 너무 행복하면 신체의 기혈이 막히기도 하니까 일시적으로 안 들릴 수도 있다고, 그러니 차분해져야 한다고, 경건해져야 한다고 가경은 자신을 타일렀다. 황제가 다시 입을 열었다. 절, 하, 라! 가경의 머리가 달군 쇠처럼 뜨거워졌다. 움직이는 입술과 그 사이에서 굴려지는 혀를 분명 두 눈으로 보았건만 소리는 들리지 않았다. 황제가 입만 뻐끔거렸던 것이다. 쇳물처럼 뜨거운 것이 가경의 눈에서 흘러내렸다. 가경은 두 손을 모아 쥐었다.

"마알…… 해주소……서…… 제……바알…… 마알, 말…… 말……."

북받친 숨 때문에 말이 이어지지가 않았다. 황제는 신기한 생물을 관찰하듯 가경을 쳐다보기만 했다. 숨소리도 아까운지 입을 꼭 다물고서. 가경의 두 손이 뻗쳐나가 황제의 어깨를 잡고 흔들었다.

"마알 마알!"

가경이 흔드는 대로 고개를 덜렁거리면서도 황제는 입을 열지 않았다. 아아, 제발! 가경은 세상에서 가장 소중한 것을 감싸듯 황제의 얼굴을 받쳐 들었다. 말씀을, 제게 말씀을 해주소서. 목소리를 들려주소서. 목울대가 눌려 소울음 같은 소리를 내며 가경은 애원을 했다. 그러다가 어느 순간 가경은 보았다. 눈물 너머 자신을 쳐다보고 있는 황제의 눈을. 그 눈동자엔 스물세 해를 평탄하게 살아온 청년으로서는 처음 보는 것이 숨겨져 있었다. 악의적인 비웃음과 가학적인 쾌감. 그것을 가경이 탐지해내고 말았다. 가슴에서 불티가 탁탁 튀더니 화염 같은 분노가 울대를 뚫고 터져 나왔다.

"이 자식, 말해, 말! 소리를 내! 소리를 내란 말이다!"

가경은 이제 눈물을 흘리지 않았다. 대신 있는 힘을 다해 황제의 턱을 뭉갤 듯이 움켜쥐었다.

"죽여버릴 거야. 말해, 말해! 어서 소리를 내. 이 개자식, 말해! 말해! 말하란 말이야!"

가경의 손이 황제의 뒷덜미를 잡고 확 뒤로 꺾었다.

"말을 해! 안 하면 혀를 뽑을 테다."

입속으로 손을 쑤셔 넣으려는 순간 날아온 주먹에 턱이 휙 돌아갔다. 그 틈에 황제가 벗어나려고 날뛰었지만 가경은 머리칼을 잡아채고 상대의 팔을 낚아 비틀었다. 몸부림을 치면서도 황제는 앙다문 입을 열지 않았다. 쿵, 가경이 다리를 걸어 황제를 거꾸러뜨렸다.

"윽!"

가경은 재빨리 황제의 머리를 잡아 올렸다. 으으으…… 일그러진 입술 사이 틈새가 닫히고 있었다. 가경의 눈알이 달궈진 쇠구슬처럼 활활거렸다. 그 열기에 눈이 먼 걸까. 다음 순간 가경은 그 소리의 원천을 먹어 치울 듯 빨아댔다. 온몸이 빨판이 된 듯 감당할 수 없는 속도와 강도로.

오장과 육부, 사지와 오금, 근육과 힘줄과 뼈 마디마디, 피 한 방울에 녹아 있는 혈기와 머리카락 한 올에 담겨 있는 정기까지 가경은 육체에서 뽑아낼 수 있는 힘 전부를 증오로 내뿜고 내뿜었다. 말할 수 있으면서 말해주지 않는다. 절대로 말하지 않는다. 이것은 사람이 아니다. 야차다. 악귀다. 가경은 앙다물고 버티는 황제의 입을 난폭하게 벌려 입술을 깨물고 삐져나오는 신음 소리를 듣기 위해 혀를 삼키고 삼켰다. 할 수만 있다면 목구멍 성대까지 삼켜버리고 싶었다. 그러면 자신의 몸 어딘가에서 계속 떠들어주는 입이 하나 생기는 것이다. 폭력의 현장에서 가경은 순간순간 떠오르는 기괴한 상상에 진저리를 쳤다. 그 고통스러운 희열은 가경을 망아 상태로 몰아넣었다. 그것은 황제도 마찬가지였는지 주먹을 휘두르고 박치기를 하고 할퀴어대는 그 악랄한 몸짓에는 집중할 때나 보이는 착실함마저 묻어났다.

말해, 말해, 말해! 가경은 자신의 팔다리로 주리를 틀어 황제의 몸을 꺾고 조였다. 온 힘을 손바닥에 실어 황제의 얼굴을 뭉갰다. 아약! 하는 황제의 비명에 거칠게 턱을 잡아 돌렸지만 황제가 소매로 자신의 입을 틀어막았다. 소매를 잡아 빼려고 해도 안 되자 가경은 황제의 머리를 바닥에 짓이겨댔다.

"윽!"

신음은 이미 사라지고 없는데 가경은 자신이 무엇을 원하는지도 잊은 채 황제의 입을 빨고 빨았다. 그럴수록 갈증은 더해갔고 더욱 악에 받쳤다. 말해, 말해, 말해…… 가경의 말도 더 이상 말이 아니었다. 정신과 육체를 잇는 쐐기가 빠져 찌꺽찌꺽 바퀴 헛도는 소리가 나올 뿐이었다.

천자님의 용안을 뵈면 안 된단다.

눈이 멀거든. 그래서 천자님은 면류관을 쓰시는 거야.

백성들 눈이 멀까봐 구슬로 용안을 가리시는 거야.

천자님의 발은 땅을 디디면 안 돼.

천자님은 기가 너무 세기 때문에 지귀地鬼들이 다 죽어버려.

지귀가 죽으면 그해 농사를 다 망쳐.

그래서 천자님은 늘 연을 타시는 거야.

천자님 용포에 손을 대면 큰일 나.

거기에 사는 용이 저주를 내리지.

그러면 마을엔 비도 안 오고 흉년이 든단다.

만卍 자로 엎어진 채 가경은 바닥을 긁으며 발작적으로 다리를 비틀어댔다. 입에서는 그르렁그르렁 활 맞은 소리가 났다. 탕, 문이 닫히더니 잠시 후 찰찰찰찰찰찰…… 소리가 멀어져갔다.

소리가 멀어질수록 가경의 기력도 소진되어갔다.

"가지 마, 가지 마……."

부질없게도 육체의 경련 또한 차츰 잦아들고 그의 조각난 의식도 잠 속으로 빨려 들어갔다. 바닥을 알 수 없는 깊고 깊은 심연 속으로.

벌떡 일어나 앉은 가경은 어젯밤 자신이 무엇을 저질렀는지 두 눈으로 똑똑히 보았다. 넘어진 꽃병과 바닥에 흩어진 서책, 떨어져 나간 휘장과 구석에 나뒹구는 합, 그 합에서 쏟아져 나온 장신구들과 좌대를 벗어나 기우뚱한 태호석, 심지어 육중한 대리석 탁자마저 제 위치에서 한참을 밀려나 있었다. 평상이고 바닥이고 제자리에 있는 것이 없었다.

"그럼 어떻게 되는데?"

어린 가경이 물었다.

"옥체를 만지면 어떻게 되느냐고? 천자님의 맨살 말이지?"

가경이 고개를 끄덕이자 유모는 음모라도 꾸미는 듯 속삭였다.

"그때는 말이야. 세상이 바뀌는 거지. 천하의 주인은 그런 식으로 바뀌어왔단다."

천하의 주인은 바뀌지 않았다. 유가경이 천자의 목을 따지 않았으니까. 왜? 목을 따면 소리를 듣지 못하니까. 천하의 주인은 여전히 황제 조융이다. 황제를 능멸했으니 이제 유가경은 참형, 참형을 당할 것이다.

"절대 꿈이어서는 안 된다. 괜찮다. 괜찮다. 괜찮고말고! 으하하하!"

가경은 옷이라고 볼 수 없는 넝마가 된 것을 되는대로 움켜쥐고 잡아 뜯으며 바닥을 데굴데굴 굴렀다. 하늘에 오르는 기분이 이럴까, 이렇게 신이 날까. 하하하! 어차피 이리된 거, 깔끔하게 자결을 하자. 그런 각오까지 하자 더욱 통쾌했다.

"그래 죽어주마! 원도 한도 없다! 나 유가경은 두렵지 않도다. 기약할 수 없는 삶을 이어가느니 차라리 죽겠노라. 황제가 그 꼴이라니. 으하하! 나는 보았다. 그대의 그 꼬락서니를. 그게 천자란 말인가. 하하, 가소롭구나! 내 손에서 벗어나려고 바닥을 기고, 소맷자락으로 입을 감추던 모습, 한심하구나, 한심해! 그게 대송의 황제라니, 만승천자가 그 꼴이라니 하하하! 조용! 조용! 그 주제에 천자라니, 그따위가 천자라니. 개자식, 개돼지 자식, 망할 자식!"

가경은 자신에게 환호했다. 스스로도 몰랐던 자신의 위력에 감탄했다. 이렇게나 박력 있는 사내였다니. 나 아니면 누가 감히, 으하하! 눈앞에 비장한 장면이 그려졌다. 절명시가 울려 퍼지면 한줄기 바람만이 내 마지막을 배웅하리. 이번에야말로 죽는다 생각하니 명치가 찌르르하면서도 홀가분하기가 하늘을 나는 듯했다. 그래, 어서 의관을 바로하고 장렬히 죽음을 맞자. 거울로 가기 위해 가경은 힘차게 일어났다. 그러나 젊은 육체는 한 발을 떼기도 전에 바닥으로 허물어졌다. 힘이 빠져 곤두박질치는 가오리연처럼.

어젯밤 가물가물한 가운데서도 귓가에 느껴지던 뜨거운 입김이 있었다. 황제가 침소를 나가기 직전이었던 것 같다. 그렇게 목소리를 안 들려주려고 발악을 하던 황제가 마지막으로 실컷 들으라는 듯 흐흐흐 흐흐흐…… 유가경은 그제야 간밤 자신이 저지른 게 무엇인지 눈에 들어왔다. 현실은 네 목숨처럼 그렇게 값싸지 않단다. 흐흐흐 흐흐흐.

시야가 와장창 흔들리더니 어떤 단어가 뇌리를 찌르고 들어왔다. 멸문! 피가 한 번에 쑥 내리더니 몸 밖으로 다 빠져나간 듯 덜덜 떨렸다. 구족지멸 멸문지화.

"구족, 구족이라니, 구족이면 어디부터 어디의 누구까지란 말이냐."

위와 아래, 좌우로 연결된 혈연이란 그물. 그것은 유가경이 잊고 있던 그의 근본이었다. 가경은 구석으로 기어가 몸을 최대한 웅크렸다. 그렇게 하면 자신이 소멸된다고 믿는 사람처럼. 그런 간절한 마음에 주먹으로 입을 틀어막았지만 악악 비명이 멈추지 않았다.

태학생 유가경, 봄철 꽃나무, 아름다운 옥반지.

높지도 낮지도 않은 종육품 호부 원외랑 유렴의 삼자 유가경.

비겁하다 할 수 없지만 겁이 없다 할 수도 없는 강남 도련님.

비단꽃

지옥은 여러 층, 마지막엔 무간지옥이라더니 이제까지의 악몽은 악몽도 아니었다. 광장에서 온갖 치욕을 당하며 목이 잘리고 허리가 잘린다. 아버님과 형님들 그리고 어린 조카들, 생각만 해도 심장이 에이고 내장이 타들어 가는 듯했다.

"저만 죽이소서. 제발 저만, 포를 뜨든, 회를 치든. 능지처참도 달게 받겠습니다. 말려 죽이든 끓여 죽이든 다 좋습니다. 저만, 제발 저만."

가경은 다시금 초조의 굴레 속으로 빨려 들어갔다. 이런 해괴한 노릇이 있나를 되뇌던 며칠 전으로 돌아갈 수만 있다면 천년만년 이곳에 뼈를 묻으리, 뼈를 묻으리, 하며 감싸 쥔 무릎에 머리를 박아댔다.

가경의 심장이 졸아붙든 애간장이 말라가든, 밀원의 물시계는 종을 친다. 해가 뜨고 해가 진다. 아침상이 차려지고 저녁상이 치워진다. 내관들이 움직이고 무관들이 교대한다. 어떤 변화의 기미도 보이지 않는 내관들의 얼굴이 이렇게 반가울 줄이야. 하루 이틀, 삼사일이 무탈하게 지나자 가경은 조금씩 마음을 놓아보았다. 작은 낌새라도 놓치지 않으려 곤두섰던 신경은 곧 피로해졌다. 여태 불벼락이 떨어지지 않는 걸 보니 혹시 폐하께서 용서하신 게 아닐까 하는 기대마저 품게 되었다. 인간이란 본래가 이렇게 단순한 동물인지 오륙일이 지나자 두려움 속에서도 살짝 권태롭기까지 했다.

멸문지화의 공포에 시달렸던 첫 며칠이 지나자 이번엔 죄악감이 가경을 괴롭혔다. 떠올리지 않으려 애쓰면 애쓸수록 두루마리 그림이 펼쳐지듯 하나하나가 생생했다. 아무리 그래도 머리만이라도 바닥에 찧지 말아야 했다. 그때 머리칼을 우악스럽게 움켜쥐던 손의 감각이며, 팔뚝에서 손아귀로 폭주하던 잔인함을 육체는 고스란히 기억하고 있었다. 폐하를 다시 뵈올 수만 있다면 발아래 엎드려 자비를 구해보련만, 그러나 스스로 생각해도 용서받을 수 있는 수준이 아니었다.

"그렇다면? 그렇다면!"

어쩌면 상상할 수조차 없는 형벌을 준비하고 있을지 모른다. 그 인정머리 없게 생긴 면상, 그 야차는 그러고도 남는다. 불안이 확신으로 변하자 지옥의 시간은 다시 열리고 흐흐흐 흐흐흐…… 그 소름 끼치는 소리에 시달리는 불면의 밤이 다시 찾아왔다. 그러나 밤이 지나고 유령 같은 내관들이 널빤지 같은 얼굴로 시중을 들러 오면 유가경은 슬쩍 마음을 놓아보는 것이었다.

그렇게 또 며칠 막연한 낙관과 치 떨리는 공포가 가경의 머릿속에서 각축을 벌였다.

내관들이 저녁상을 차리고 있었다. 온갖 걱정에 시달리고 넋이 빠져 있어도 때가 되면 배를 채워야 한다. 먹으면 뭐하랴 하다가도 굶으면 또 뭐하랴 하게 된다. 내관들과 다를 바 없이 무표정한 얼굴로 젓가락을 놀리던 가경은 자기가 지금 향미밥을 먹고 있다는 걸 깨달았다. 가경은 밥그릇을 두 손에 받치고 냄새를 흠뻑 맡았다. 고소하고 따듯한 풍미가 불안으로 너덜너덜해진 가슴을 어루만져주었다.

가경이 좋아하자 시녀들은 따로 불을 피워 향미밥을 지어주곤 했다. 두아와 계랑이, 나의 시녀들. 함께 자라 어느새 남녀 사이가 된 우리들. 아향루의 진안안도 그리웠다. 그렇게 자주 어울렸건만 왜 이제야 생각이 나는 걸까? 홍교를 건너며 함께 바라본 운하의 풍경이며 돌아오는 길에 용진교 야시장에서 유병을 사서 서로에게 먹여줬던 일도 생각났다. 유병에 찍힌 안안의 가지런한 잇자국, 그 잇자국만큼이나 안안은 얌전하고 반듯한 데가 있었다. 어서 진사가 되어 자기들을 첩으로 앉히라고 그녀들이 조르면 가경은 흔쾌히 손가락을 걸고 약속을 했다. 지켜질 약속인가는 중요치 않았다. 급제할 실력이 되는지, 그때까지 여인들이 기다려줄 건지, 그런 것도 문제가 되지 않았다. 가경과 여인들은 사랑을 나눈 이불 속에서 먼 훗날을 기약하는 그런 달콤한 분위기를 좋아했을 뿐이다.

그 착한 여인들은 다 어디 가고, 내 어쩌다 이런 우중중한 환관들에 둘러싸이는 처지가 되었나, 한숨을 쉬는데 또 다른 요리가 상에 올라왔다. 마른살구를 넣은 생선찜과 새우완자탕이었다. 그러고 보니 하나같이 자신이 좋아하는 음식들이었다. 가경은 젓가락을 놓았다.

"이제야 알아채다니, 그러니까 지금 지아비가 좋아하는 음식을 차려놓고 소꿉장난을 하자는 건가. 흥!"

가경은 자리에서 일어나 창의 휘장을 젖히고는 몇 번이고 숨을 깊이 들이쉬었다. 숲에서 내려온 찬 공기 덕분에 비위가 차츰 가라앉았다. 치르르 치르르, 창문 밑에서 여치가 울고 그 소리에 반딧불이 포물선을 그리며 날아다녔다.

어여쁜 반딧불아 내 손끝에 앉아보렴.
그리운 지난 시절 밤하늘에 총총
가까워도 멀리 있는 나는 못 가네.
그대는 오늘도 비파를 타고 있겠지.
반딧불이 깜빡깜빡 곡조 맞추네.

갈래머리 어여쁜 내 아씨들
귀여운 여치 소리 듣고 있는지.
땀땀이 수놓아준 손수건은 어디 있나.
칠석에 만들어준 향낭은 어디 있나.
치르르 치르르 여치는 알고 있는지.

가경은 「자고천」* 곡조에 사詞를 지어 나지막이 읊조렸다. 그녀들의 따뜻한 손길, 목덜미, 젖가슴, 작은 발, 한번 생각이 미치자 모든 게 사무쳤다. 여기서 나가기만 하면 두아와 계량이를 첩으로 들이고 진안안을 반드시 낙적시키겠다. 창틀 위로 떨어지는 자신의 눈물을 보며 이런 다짐을 해보는데 내관들이 다가와 가경을 에워쌌다. 가경은 놀라지 않았다. 가경의 귀에도 지금 막그 소리가 들렸으니까.

내관 하나가 가경을 업더니 욕당에 내려놓았다. 가경은 탕에 들어가며 안도의 한숨을 내쉬었다. 멸문지화만 당하지 않는다면 황제가 무엇을 원하건 다 할 수 있을 것 같았다. 가경은 앞으로 가족들의 안위만 생각하기로 했다. 생각은 열두 번도 그랬지만 벗은 등에 내관의 손이 닿자 가경은 도저히 어찌해볼 수 없는 기분에 사로잡혔다. 아무리 환관이라지만 엄연히 남자가 아닌가. 열두 살, 이제 겨우 춘기가 막 피어날 즈음 또래 친구들과 서로의 몸을 만졌다. 깔깔거리다가도 그러고 있으면 점점 침을 꼴깍이게 되고 뭔가 그리워져 살을 맞댄 채 그대로 잠이 들곤 했다. 이건 다르다. 내관들의 손길은 조심스러웠고 그 조심스러움이 가경을 못 견디게 했다. 아침마다 얼굴을 닦이고 머리를 매만지던 손과 다르지 않은데 벗은 몸을 맡기고 있자니 거머리 진창에 들어가 앉은 기분이랄까. 가경은 벌써부터 진이 빠져 몸살이 날 것만 같았다.

---

* 악곡 중 하나. 이런 악곡에 사詞(가사)를 붙여 노래하는 게 송나라 때 유행했다.

목욕을 마치고 돌아오니 방이 달라져 있었다. 천장에는 거창한 홍등이 죽 걸렸고, 침상에는 요란한 금침이 깔렸다. 향로에선 은은한 천단향이 풍기고 탁자 위엔 따뜻한 술이 담긴 온완 주자, 찬술이 담긴 배추옥 주자가 놓여 있다. 그리고 그 앞에 보란 듯이 자리 잡은 황색 등받이의 어좌. 결국 이거란 말이지, 이런 거란 말이지, 하는 낭패감이 들었지만 여기까지 오게 되니 가경의 마음도 무두질을 여러 번 당한 가죽처럼 순해져서 이 정도만 해도 어디냐고 스스로를 달래는 쓸쓸한 여유마저 생겼다. 찰찰찰찰, 옥소리가 빨라졌다.

"절하라."

이번에도 시중드는 궁인 하나 없이 혼자였고, 들어와 자리에 앉자마자 하는 첫 마디도 같았다. 엎드려 고개를 조아리고 있던 가경은 절을 올리기 시작했다. 당장이라도 죄를 물을까 조마조마하면서도 자신이 또 무슨 짓을 저지를까봐 불안불안했다. 무엇보다 제 몸에서 풍기는 비누향 때문에 이루 말할 수 없이 어색했다. 복잡한 속내를 잠재우기 위해 가경은 동작 하나하나에 더욱 정성을 다해 손을 높이 올리고 무릎을 꿇고 고개를 숙여 복종의 구배를 올렸다. 그래서인지 절을 마쳤을 때 가경의 신경은 꽤 진정되어 있었다.

"지내는 데 불편은 없는가?"

처분만을 기다리고 있던 가경에게 들려온 이 한 말씀에 가경은 언 몸에 훈김을 쐰 듯 울컥했다. 일말의 부정도 없는 정갈한 그 음성은 어딘지 초월적인 느낌마저 줬다. 그야말로 성덕으로 방 안이 가득 채워지는 느낌이었다. 아, 저분은 어쩌면, 정말 어쩌면 진정한 황제, 그러니 이제 이런 짓은 다 관두자고 말해주러 오신 건지도 몰라. 가경은 그대로 엎드려 잘못을 빌고 저분의 용서를 받고 싶어졌다. 그렇게 하면 자신도 이전의 상냥한 유가경으로 돌아갈 수 있을 것만 같았다. 가경은 조심스럽게 고개를 들어 황제를 보았다.

헉! 가경은 급히 눈을 내렸다. 평생 이런 민망을 또 겪을까 싶었다. 역시, 역시라는 말만 머릿속에서 맴돌았다. 휘황한 등롱 아래, 홍색 사라삼을 입고 머리엔 온통 붉은 꽃 장식을 한 남자가 떡하니 자신을 바라보고 있었다. 이 나라에선 좋은 날이면 남녀노소 누구나 머리에 비단꽃을 꽂는다. 하지만 아무리 그래도 저건 아니다. 청루의 기녀들도 저렇게 노골적으로 꾸미지 않는다. 무슨 조화를 부려 황제 노릇은 멀쩡하게 해내는지 모르겠지만 역시 제정신이 아닌 것이다.

"집영전에서 너에게 꽃을 받고 싶었다. 그 자리에서 차마 달라고 할 수는 없었지."

그날이었다. 이 모든 재앙이 시작된 날이 바로 그날이었다. 그 망할 놈의 모란연회. 모란연회에서 남자들은 마음에 드는 무희에게 그날 밤 따로 보자는 의미에서 꽃을 건넨다. 그런 까닭에 그날 수백 명의 무희들은 황제 앞에서 가녀린 허리를 꺾어가며 갈고 닦은 교태를 뽐낸다. 황제가 먼저 꽃을 던져야 그다음 친왕, 군왕, 고관대작들 순으로 마음에 드는 무희에게 꽃을 줄 수 있기에 남자들도 점찍어둔 무희가 행여 다른 이에게 꽃을 받을까 애를 태우기는 마찬가지였다. 애석하게도 이번 모란연회에서는 그 누구도 꽃을 주고받지 못했다. 황제가 아무에게도 꽃을 내리지 않았기 때문이었다. 여자들도 남자들도 실망으로 속앓이를 해댄 밤이었다. 가경과 친구들만 멋모르고 신났던 밤이었다. 그날 밤으로 돌아간 가경의 눈에는 집영전 난간 말석에 앉아 있는 자신이 보였다. 넋이 나가 입을 헤벌리고 있는 자신이. 그리고 저 높은 용상에서 눈을 번쩍이며 그 바보를 노려보는 미치광이도 보였다.

"백화만발하는 계절이 아닌가. 짐 또한 너와 더불어 활짝 피어나고 싶구나."

더불어, 활짝, 피어나? 가경은 울렁거리는 속을 꾹꾹 누르며 좋은 얼굴을 하려 애썼다. 참아야 한다고, 아무리 미친 도깨비라도 자신과 가족의 생사여탈을 손에 쥔 천자님이라고. 가경의 태도가 마음에 들었는지 한층 자비로운 목소리로 황제가 물어왔다.

"말해보라. 알고 싶은 게 많던데, 답해주겠다."

갑작스러운 선심에 가경의 속이 다시 술렁였다. 뭐부터 물어야 할지 궁금한 게 많아서 입이 떨어지지 않았다. 집엔 언제 보내줄 건지, 여기 사람들은 왜 말을 안 하는지, 아니다, 무엇보다 편지에도 썼듯이 언제쯤이면 추신을 만날 수 있는지, 하다가 황제와 눈이 마주쳤다. 아, 읽었구나! 하는 직감이 왔다. 편지를 읽은 게 틀림없다. 설마 파지까지 다 보진 않았겠지? 가경의 마음에 다시 풍랑이 일었다.

"왜 말이 없느냐? 궁금한 게 없어?"

얼룩진 눈물 자국하며 겁에 질려 쏟아낸 하소연, 대구도 안 맞는 어그러진 문장과 틀린 글자들, 울다가 틀리고 손이 떨려 틀렸다. 가경의 머릿속에선 파지, 오로지 파지만 펄럭거렸다.

　"어이가 없어 노엽지도 않구나. 불경함에도 정도가 있다. 짐이 하문하면 바로바로 대답을 하란 말이다. 이런 기본적인 예의까지 짐이 일일이 일러줘야 하는가. 대체 유람은 집에서 아들에게 무엇을 가르쳤단 말인가."

　가경은 파지에 시달리느라 손에 땀까지 차는데 황제는 황제대로 기가 찬 표정으로 가경을 쳐다보다가 문득 뭔가 떠올랐는지 한쪽 입꼬리가 올라갔다.

　"이런, 그날의 난투극이 마음에 걸린 게로군."

　순식간에 파지들은 사라지고 가경의 몸은 과녁판이 된 듯 빳빳하게 굳었다.

　"태어나 처음 해보는 몸싸움이었다. 여기저기 멍들고 얼얼한데도 이 안에 뭔가 복잡한 게 박살난 것처럼 기분은 후련하였다. 너와 놀이동무처럼 가까워진 기분도 들고, 나중에 생각해봐도 정말 그런 일이 있었나 싶기도 하고, 덕분에 짐은 즐거웠다. 내심 그런 원색적이고 유치한 몸싸움을 해보고 싶었는지도 모르지. 허나, 또다시 그렇게 난폭하게 놀 수는 없다. 단 한 번이기에 용납되는 쾌락이었다. 짐은 관가官家*다. 사사로운 즐거움을 위해 옥체를 훼손할 수는 없다. 명심하고 소중히 대하라."

---

* 송대 황제를 칭했던 말. 관의 사람으로 사인私人이 아닌 공인公人이라는 뜻.

가경은 화살을 맞지 않고도 몸에서 피가 다 빠져나가는 느낌이었다. 아닌 게 아니라 정말 빈혈이라도 왔는지 멍해진 가경의 눈에 복두를 뒤덮은 꽃잎들만 어른거렸다. 석류홍, 목단홍, 연지홍, 자색, 적색, 주색…… 얇디얇은 비단으로 섬세하게 오려진 꽃잎들은 마치 살아 있는 생물처럼 황제가 움직이지 않아도 파르르 몸을 떨었다. 미녀의 속눈썹처럼, 그리고 그녀가 내쉬는 한숨처럼. 귀를 기울이면 그 가느다란 소리가 들릴 것만 같았다.

"목이 마르구나."

황제가 술잔을 들자 가경은 허겁지겁 술을 따르러 탁자 앞으로 갔다.

"따뜻한 것을 다오."

이번에는 이 황금빛 액체가 가경을 사로잡았다. 잔에 담긴 관능적인 술의 질감…… 평소 술을 즐기지 않았지만 지금 가경에겐 무엇보다 저 액체가 간절했다. 한 모금 마시면 만사 다 잘될 것만 같았다. 술잔을 따라가던 가경의 시선이 술을 삼키는 황제의 입에서 멈췄다. 술잔에서 입을 떼며 황제가 말했다.

"그건 그렇고, 너는 고문체 연습을 좀 더 하라. 문장이 겉멋만 들어 어찌나 번잡스럽던지. 그런 지리멸렬한 문장으로 과장에 들려는 건 아니겠지? 무릇 글이란 질박하고 뜻하는 바가 선명해야 한다. 버겁더라도 국자감에서 펴낸 정식 판본으로 공부하는 버릇을 들여. 작고 편하다고 오자 많은 사설판본만 보지 말고. 이 나라 태학생이 오자를 내서야 쓰나."

야금야금 술을 마시며 황제가 말을 이었다.

"글씨는 정신을 보여주는 풍경이라 했다. 순화각첩*을 보낼 터이니 틈틈이 갈고 닦으라. 형과 태를 바로잡아. 너의 글씨는 유약하기 그지없다. 꾸미기만 한 게 패기도 품위도 없지 않은가. 모두 귀애만 해주니 글씨가 꽃놀이에 분단장만 하고 있더구나. 짐은 그런 경박한 글씨를 가장 염오하느니라."

천자는 귀한 가르침을 내리시고 술잔을 비웠다. 문장과 글씨는 사대부에겐 명운의 발판이니 천자가 지적하면 할수록 더 수그러들고 절절매게 되어 있다. 용안에 광채가 흘렀다. 기죽이는 데 이만한 게 없지, 흐뭇해하느라 너무 늦게 보신 걸까? 참느라 안간힘을 써보지만 어쩌지 못하고 격하게 씰룩이는 서생의 입가를. 곧 황제의 눈에도 불꽃이 튀더니 기어이 화룡점정 한마디를 보탰다.

"혹, 모르지? 주루의 그 못생긴 진가 계집은 칭찬해줄지도."

그 말은 가경에게 신호였다.

"으으윽 으으으. 더 이상은 못 참아, 더 이상은!"

가경의 손에 비단 꽃잎이 마구 뜯겨나갔다. 황제가 주먹을 휘두르기 전에 가경은 옷깃을 틀어쥐고 침상으로 끌고 가 패대기를 쳤다. 고꾸라지는가 싶더니 벌떡 일어난 황제가 가경의 뺨을 갈겼다.

"옥체는 천하의 것이다!"

그 비장함이 도리어 가경을 도발했다. 뒤통수를 낚아채 침상

---

* 송 태종 때 오래된 서첩들을 모아 10권으로 편집한 서예교본.

바닥에 황제의 머리를 짓누르며 가경이 으르렁거렸다.

"아무 말도 하지 마! 한마디도!"

조금이라도 떠들면 죽여버릴 것 같았다. 하는 말이라고는 전부 가증스럽고, 유치하게 부리는 질투는 속이 뒤집히도록 역겨웠다. 가경은 벗어나려고 버둥대는 황제를 무릎으로 내리누르고 황제의 입에 옷자락을 쑤셔 넣었다. 파지, 파지, 파지! 파지라도 되는 양 황제의 하상을 북 뜯어버렸다. 중의가 드러나자 살에서 목서향이 훅 끼쳐왔다. 목서향이라니! 이 끔찍한 것이 나와 무얼 하겠다고 이 독한 최음향을 처바르고 오는가 말이다. 정말 불쾌한 인간이다. 정말 짜증나는! 징그럽고 역겨운! 정말, 정말 죽여버리고 싶다.

그 몹쓸 향기는 가경의 피를 뜨겁게 달궈 분노를 더욱 부채질했다. 찜솥처럼 센 김이 허파에서 뿜어졌다. 가경은 손톱을 세워 황제의 허벅지를 벅벅 긁었다. 허벅지 안쪽이 붉은 선으로 어지럽게 부풀었다. 복수를 했다는 안도감에 뺨이 부들부들 떨리고, 더 괴롭히고 싶다는 갈증에 입이 말랐다. 가경은 허벅지를 물어대기 시작했다. 참을 수 없는지 황제가 끽끽 소리를 냈다. 그 소리를 들을수록 가경은 쾌감에 취해갔다. 중의를 풀어헤쳐 음낭을 거머쥐고 잡아당겼다.

"으윽ㅇㅇ ㅇㅇㅇ."

파닥거리며 아파한다. 하하, 그래 꼴좋구나. 이 망할 자식. 미친놈. 개자식. 죽어, 죽어. 가경은 음경을 뭉갤 듯 손으로 꽉 쥐었다.

"구주에 여인들이 차고 넘치건만. 뭐가 모자라서 응? 확 물어 뜯어버릴 테야."

그 소리에 황제가 결사적으로 몸부림을 쳤다. 후련했다고? 사람을 그 지경으로 몰아넣고 재밌어서 웃었단 말이지? 너도 당해 봐. 짓밟히는 게 뭔지 알게 해주마. 가경은 점점 악귀처럼 구는 자신에게 매혹되었다. 더 야비하게 괴롭혀도 된다는, 스스로 부여한 정당성. 정당하기에 반드시 완수해야 한다는 사명감까지 가세하자 가경은 주저할 게 없어졌다. 정말 물어뜯어 버리려고 입을 가져가던 가경은 다음 순간 튕기듯 몸을 뺐다.

이 지경에…… 가경은 얼굴을 쓸어내렸다. 이 지경에 황제가 발정을 하다니! 자신 앞의 존재가 정말 황제 맞나 하는 근본적인 의문마저 들었다. 실컷 모욕을 주고 싶었을 뿐이다. 지금 저 상태 야말로 자신이 가장 피하고 싶던 벼랑 끝이 아닌가. 발로 황제를 밀쳐낸 가경은 자신도 침상 구석으로 물러나 최대한 몸을 웅크렸 다. 무릎에 얼굴을 파묻고 지금 할 수 있는 최선은 모른 척 시간 을 견디는 것뿐이라고 숨죽이고 있는데 사라삼이 사각대는 소리 가 들렸다. 설마 하고 보니 황제의 팔꿈치가 옷자락 아래서 움직 이고 있었다. 가경은 상황을 점점 최악으로 몰고 가는 상대에게 분노가 치밀었다.

모른 척하고 앉아 있기도 힘들게 만드는 저 저주스러운 인간. 황제가 내는 사각거리는 소리는 가경을 자극해 잔인한 충동에 휩 싸이게 만들었다. 머리로는 안 된다고 생각하면서도 말릴 새도 없이 가경의 손이 사라삼을 확 들춰냈다.

황제는 멈추지 않았다. 가경의 시선 따위는 아무래도 상관없다는 듯 집중하기 위해 미간을 좁히고는 규칙적으로 손을 움직일 뿐이었다. 짐은 관가다. 짐은 모든 금기 너머에 거하나니, 부끄러움은 오직 너의 몫, 너의 몫일 뿐이다, 이런 소리가 들리는 것 같은데, 쯧! 하고 황제가 혀를 찼다. 시중을 들지 않는 불충한 유가경에게 짜증이 나서 낸 소리가 분명했다. 가경은 화덕에 들어앉은 듯 줄줄 땀을 흘렸다. 사라삼이 내는 소리가 빨라지면서 황제의 호흡 또한 거칠어지고 거기에 연동해 가경의 몸속 열기도 어디론가 몰려가고 있었다. 벗어나야 해. 절대 안 돼! 저 꼴의 남자에게 내가 왜? 가경은 침상에서 빠져나가려고 몸을 돌렸다. 그쪽을 안 보려고 손으로 가리고 일어서는데 털썩 주저앉혀졌다. 깜짝 놀라 돌아보니 황제가 잡은 게 아니라 옥체 밑에 자신의 옷자락이 깔려 벌어진 일이었다. 가경은 다급하게 옷자락을 잡아당겼다. 쫘악! 여름 천은 얇아도 찢어지는 소리는 컸다. 절정으로 치닫던 황제의 손이 멈췄다. 그렇게 두 사람의 눈이 마주쳤다.

두아도 계량이도 아니다. 진안안도 아니다. 첫 상대였던 유모도 아니다. 운하에서 꽃을 던지던 기녀들도 아니다. 희왕부에서 몰래 눈길을 보내던 그 여인도, 철없이 몸 장난을 쳤던 지기들도 아니다. 지금 자신의 아래서 용포를 물어뜯으며 고통과 희열과 알 수 없는 고집을 위해 버티고 있는 그는 그 누구도 아니다. 그 누구든 다 된다. 그러나 그대만은 아니어야 했다. 그대는 왜 이 꼴을 당하면서 여기 있는가? 그대는 왜 나를 이런 야차로 만드는가? 그대는 왜, 그대는 왜 하필 나를 형리로 삼았는가? 남자의 신음에 홀려 미친 듯 움직이는 자신의 몸. 단지 난폭한 정기의 방종일 뿐이다. 젠장, 젠장! 입에서는 욕설이 계속 터져 나왔다.

찬술도 더운술도 다 식어 미지근해진 걸 전부 마셔버렸다. 홍등의 촉도 다 녹아 꺼졌다. 푸르고 서늘한 야삼경, 벌레 소리는 여전하고 숲에선 소쩍새가 가까운 듯 먼 듯 울었다. 새가 한번 울 때마다 무엇인가 달아났다. 중요한 것 같은데 이젠 자신에게서 너무 멀어져 무엇이었는지 잊어버렸다. 영원히 기억해내지 못하겠지. 잃어버렸다는 사실도 잊어버리겠지. 황제는 침상에 반듯하게 걸터앉아 어둠 속 어딘가를 바라보고 있었다. 그도 저 달아나는 모습을 보고 있을까. 그렇다면 폐하, 우리는 어느 지옥으로 떨어지는 것이오니까…… 궁금해서가 아니었다. 그냥 아무 말이나 하고 싶었고 아무 말이나 듣고 싶었다.

"용포를 가져오라."

가경은 어둠 속에서 여기저기 흩어진 황제의 옷을 주워들었다. 무엇을 제대로 입히고 있는지 모르겠지만 주섬주섬 겨우 끝내자 황제가 말했다.

"상투를 매."

서툴기 그지없는 솜씨로 가경이 황제의 머리채를 올려 맸다. 겨우 비녀를 찾아 상투관을 씌웠지만 복두가 보이지 않았다. 복두를 찾기 위해 가경은 어두운 바닥을 더듬으며 기어 다녔다. 지켜보던 황제는 체념한 듯 일어나 걸음을 내딛다가 통증 때문인지 움찔하고 멈춰 섰다. 부축하려고 급히 일어서던 가경은 무릎이 풀려 그만 주저앉았다. 정신은 멀쩡한데 취한 몸이 말을 안 들어 바닥을 짚고만 있어야 했다.

"가족들은 너의 무사함을 알고 있다. 염려치 말라."

황제가 다시 발을 떼었다. 이번에는 흔들리지 않고 곧은 걸음을 걸었다. 옷자락이 일으킨 작은 바람에 얇은 조각들이 쓸리고 날렸다. 자신의 손에 뜯겨나간 비단 꽃잎들이었다. 꽃잎들은 문이 여닫히며 생긴 바람을 타고 바닥을 돌아다녔다. 그 몹쓸 향은 여전한데 옥소리가 점점 멀어져갔다. 가경은 그대로 바닥에 앉아 있었다. 밤을 새우는 새소리를 들으며. 눈물이 흘렀다. 나오는 느낌도 없는데 줄줄 흘러내렸다. 몸은 이렇게나 자기와 먼 것이었다.

나의 이름

하룻밤 사이에 궁전을 지어 바친다는 서역 요괴의 솜씨가 이러할까. 이곳 내관들은 불가사의할 만큼 소리 없이 일을 치러낸다. 족히 이천여 권은 될 서책이 처음부터 이곳의 주인인 양 서실의 벽면을 차지하고 있었다. 책들은 서명을 금박으로 새겨 넣은 비단 서함에 담겨 빛을 뿜었다. 그 빛나는 책들이 옹이가 총총 박힌 향기로운 편백나무 책장에 당당하게 꽂혀 가경을 맞이했다.

말씀대로 순화각첩 열 권은 물론이거니와 십삼 종의 유가경전, 제자백가 전집, 태평어람, 태평광기, 문원영화, 책부원구, 문선, 사서, 병서, 지리서, 율서 등 국자감에서 펴낸 책들과 급제자들의 책론을 모아 엮은 책과 논법, 논초, 책략, 그리고 각종 시험 참고서까지 총망라되어 있었다. 아름다운 책들이다. 최고급 백협죽지로 찍어낸 황실용 제본이다. 박람강기博覽强記*하다 소문

자자한 대송의 황제가 보낸 책들이다. 가경은 잡히는 대로 한 권을 꺼내 펼쳤다. 쓰다듬는 손끝으로 간지럽고 쌀쌀한 자극이 스몄다. 분처럼 부드럽고 공단처럼 매끄럽다.

가경은 집에 있는 책들이 생각났다. 부친이 물려주고 누이와 삼형제가 함께 보던 그 책들에는 각자 단 주석과 자잘한 표시로 한 장 한 장 빈틈없이 빽빽했다. 가경은 손때 묻은 그 책들이 그리웠다. 부친은 자식들에게 경전이나 시선집뿐만이 아니라 의술이나 산법(수학) 공부도 권했다. 자식들이 아무리 하찮은 질문을 해도 부친은 귀찮아하지 않았다. 가경이 풍류에 빠져들어 공부를 게을리하자 몇 번 눈치를 주긴 했지만 다 한때라고 크게 나무라진 않았다. 다그치기보다는 부모가 본을 보이면 자식은 따라오기 마련이라는 식이었다. 세상의 어른은 다 그분 같은 줄 알았다.

줄곧 마음이 안 좋았다. 음양의 도가 무너질 대로 무너진 그날의 교합은 가경의 몸에도 후유증을 남겼다. 상대는 오죽할까 하는 생각을 아니 할 수가 없었다. 예가 아니면 보지도 듣지도 말하지도 말고, 그 누구라도 예로써 대하고 홀로 있을 때도 예를 벗어나면 안 된다. 아이 때부터 집에서고 학교에서고 귀에 못이 박히도록 들었던 말, 가경은 성현의 그 말씀을 좋아했다. 부친은 더없이 부드럽고 편안한 목소리로 예를 말했다.

"얘들아, 예의란 이렇게나 서로에게 좋은 약속이란다."

그 목소리 결이 예가 무엇인지 절로 느끼게 해주었다. 성현의

* 많이 읽고 잘 외운다는 뜻.

가르침을 따라 매사에 어질고자 했다. 상냥한 부친을 닮으려고 노력했다. 급제하면 어진 관리가 되고자 했다. 그랬던 내가 왜 자꾸 망나니짓을 하는지, 왜 자꾸 괴물로 변하는지, 가경은 기둥에 머리를 쿵쿵 박았다. 아니다. 자신은 그물에 걸렸을 뿐이다. 고약한 취미에 놀아났을 뿐이다. 잡힌 생선에게 책임을 물을 수는 없다. 노리개 따위가 느낄 가책은 없다. 그래도 자꾸 떠올랐다. 어둑한 가운데 앉아 있던 얼굴이. 그 얼굴은 용안이 아닌 그냥 한 남자의 얼굴이었다. 삼십칠 세 남자의 얼굴, 흔하고도 이상한 얼굴.

가경은 천천히 서실을 나왔다.

황제가 다녀간 이후로 말을 주고받지 못해 생긴 기갈증은 점점 심해졌다. 속마음을 입 밖으로 중얼거리기 일쑤였고 혀 놀림이 둔해져 음식을 씹다가 자꾸 깨물었다. 책을 읽다가도 어느새 멍해져 황제가 했던 말을 떠올리고 있었다. 자신의 속을 뒤집어놨던 말까지 추억거리라도 되는 양 그 음성을 음미해보려고 애를 썼다. 자려고 눈을 감으면 말하던 모습이 선득선득 스쳐 지나갔다. 그러면 가경은 그 움직이는 입 모양을 정확하게 떠올리려는 무용한 집착에 빠져서 한참을 뒤척여야 했다. 도저히 참을 수 없어 가경은 다시 시도해보았다. 내관들을 붙잡고 아부도 하고 불쌍한 척도 하고 인정도 약속해보았다. 철저하게 외면당했지만 가경은 끊임없이 기회를 노렸다. 불시에 말을 걸어보기도 하고 문 뒤에 숨었다가 놀래주기도 했다. 한번은 일부러 내관의 손에 뜨거운 찻물을 엎질렀다. 비명이라도 지르겠지 했는데 꼼짝도 하지 않아 가경이 더 놀라서 차가운 물을 찾고 난리를 쳤다. 미안하다고 사죄를 해도 묵묵부답이었다. 이럴 수 있는 게 환관인가? 주루에서 보아왔던 환관들은 능글거리는 말투에 거만한 몸짓이 몸에 밴 치들이거나 쪼그라든 오이지 같은 몰골에 뭔가를 낚아채려 눈알을 굴려대는 속물들이었다. 그에 비해 이곳의 내관들은 어딘지 초연한 선승 같았다. 사람 잡는 묵언수행들을 하셔서 문제지만.

그런 그들에 둘러싸여 말 한마디 나누지 못하고 이십여 일이 지났다. 그립지는 않지만 황제가 간절히 기다려지기 시작했다. 옥이 울지 않는지, 바람결에 섞이는 저 소리가 옥 소리는 아닌지 가경은 어느새 밤낮 소리만 좇고 있는 자신을 발견했다. 그날도 오후에 수대에 갔다가 찰랑대는 물소리에 몇 번이나 귀를 곤두세웠다. 돌아오는 길에 소리가 들려 걸음을 멈추고 귀를 기울여보니 자신이 묵고 있는 청당의 가리개들이 바람에 떠는 소리였다. 얼마나 귀가 예민해졌으면 이 거리에서 저 작은 소리가 들린단 말인가, 하는 생각에 이래저래 분했지만 뒤따라오는 내관들이 눈치챌까봐 가경은 아무렇지도 않은 척을 했다. 기다린다는 것을 알게 되면 황제는 한층 더 괴상한 요구를 하고도 남을 사람이다. 가경은 스스로에게 확실하게 해두고 싶었다.

"황제는 사람이 아니야. 너의 빈틈을 노리는 괴물이야. 너는 황제를 기다리는 게 아니야. 말을 할 수만 있다면 누구라도 상관없어. 그렇지?"

가경은 거울 속 자신에게 고개를 끄덕였다.

그날 밤 가경은 붓을 들었다. 이 오리무중의 세계에서도 한 가지는 확실했다. 편지는 전해진다. 문제는 유약하다 비난받은 글씨였다. 가경은 책장에서 순화각첩을 꺼내 펼쳤다. 구양순의 황보탄비문 글씨를 따라 엄격하게 찍은 점획과 날카로운 운필을 보아가며 몇 번이고 연습했다. 어느 정도 손에 탄력이 붙자 문진 아래 종이를 눌렀다.

"앵무를 키우고 싶습니다."

단 한 줄, 강건하게 적었다. 연습한 종이는 모두 불태웠다. 다음 날 서실에 간 가경은 번쩍이는 황금쟁반에 놓인 편지를 발견했다. 떨리는 손으로 펴보니 편지엔 단 두 자가 적혀 있었다.

"불가不可."

두 글자를 한참 바라보던 가경은 다시 붓을 들었다.

"드릴 것이 있습니다."

답장이 없었다. 편지로 무엇이냐 묻지 않으니 직접 와서 보겠다는 뜻일까.

역시나 날이 저물자 사방에서 옥이 울렸다. 찰찰찰찰찰찰…… 머릴 조아리고 있자니 자신이 한심해서 허탈한 웃음이 나왔지만 곧 사람의 목소리를 들을 수 있다는 기대감으로 가경은 가슴이 간질간질했다.

"무엇인가?"

고맙게도 황제는 태연하게, 그렇다, 태연함의 정수만을 모아

빚은 것 같은 표정으로 하문하였다. 가경이 들고 온 쟁반에는 그
날 밤 끝내 찾지 못했던 황제의 복두가 놓여 있었다.

"저쪽에 두어라."

가경은 다시 장식장에서 비단함을 하나 가지고 왔다.

"무엇인가?"

"그날 두고 가신 것이옵니다."

가경은 황제의 무릎에 조심스럽게 함을 올려놓았다. 황제가
어서 열어보라고 가경을 쳐다보았지만, 궁중법도도 모르던 때
라 가경도 어서 열어보시라 거듭 눈짓만 하자 황제가 나 원, 하
더니 손수 비단함을 열었다.

"아!"

황제가 꺼내 든 것은 제철인 양 탐스러운 모란 한 송이.

"네가 만든 것인가?"

"그날 제가 망가뜨린 그걸로, 그러니까 그 꽃잎을 모아서 만들
어보았습니다."

황제가 꽃에 대고 숨을 들이쉬었다. 용안에 작은 경련이 일자
가경은 긴장으로 심장이 졸아드는 것 같았다.

"난향이 나는구나."

"제가 쓸 수 있는 향이 그것뿐이오라."

황제는 뭔가 생각이 난 듯 두리번거리더니 자리에서 일어나
거울 쪽으로 갔다. 전신이 드러나는 백동 거울 앞에서 꽃을 복두
에 이리저리 대보고는 가경에게 말했다.

"꽂아다오."

가경은 다가서서 복두를 벗기고 보통 남자들이 하듯 상투관에 꽃을 꽂았다. 촉을 가까이 비춰주자 황제가 가만히 거울을 들여다보더니 입을 열었다.

"천년을 더 산다 한들 이리 아름다운 것을 또 보겠는가!"

황제가 웃었다. 그가 웃고 있다. 꽃잎들은 살랑이고 난향이 흩뿌려지는데 폐하께서 웃으신다. 웃음 짓는 용안이라니. 이리 환할 수가. 온 누리가 밝아지는 것 같구나. 먹구름 사이로 해가 비친들 이렇게 눈부실까. 가경은 입이 다물어지지 않았다.

"흐음, 기녀들에게 전지화를 자주 오려준다더니 이런 손재주가 있었구나."

이번엔 다른 이유로 유가경의 입이 다물어지지 않았다. 그런 것까지 뒷조사를 했다는 것이 놀랍고 기쁜 와중에도 비꼬는 말을 해대는 그 비틀린 심사가 놀라워서였다.

"명절이고 해서 한 장씩 오려주었을 뿐입니다."

몰래 한숨을 내쉬던 가경은 거울 속 황제와 눈이 마주쳐 깜짝 놀라 바로 고개를 숙였다.

"호오, 너는 명절에도 주루에 출입하는가?"

명절에 주루에 간 게 뭐라고 트집을 잡다니, 오늘 밤도 아비규환으로 끝나는 건가. 가경은 자기가 또 무슨 짓을 저지를까봐 스스로 결박하듯 두 손을 꽉 맞잡았다.

"정이 깊었던 게로구나."

또 진안안이다. 안안과는 각별하다면 각별했지만 죽고 못 사는 사이는 아니었다. 둘 다 그 정도로 어린 나이가 아니었던 것이다.

"늙고 기예도 없는 아이라 들었다. 왜지? 왜 그런 아이를 좋아했지? 짐은 궁금하구나."

가경은 더 이상 말대꾸를 하면 안 된다고 스스로를 단속했다. 어떤 말을 해도 걸고넘어질 테고 거기에 말리면 자신은 또 폭주할 것이다. 대답을 않자 황제는 조개처럼 입을 꼭 다물고 가경을 빤히 바라보았다. 오늘 대화는 더 이상 없다는 듯. 유가경에겐 황제의 시선과 침묵을 버텨낼 재간이 없었다. 가경이 입을 열었다.

"안안은 착합니다."

황제가 백동 거울을 톡톡 두드리며 혼잣말을 했다.

"착하다라, 주루에서는 착한 것도 돈 버는 재주가 되는가. 아니지, 착한 척을 한 건지도 모르지. 그 애 어딘가 좀 교활한 거 같은데."

훅하고 올라온 더운 피로 뒷목이 무거워졌다. 마음속에서 누군가 말렸지만 다른 문제도 아니고 여러 밤을 함께 보낸 여인이 모욕을 당하자 가경은 참을 수가 없었다.

"아뇨, 안안은 정말 착하고 순수합니다. 그래서 다들 안안을 좋아합니다. 폐하께도 좋은 일 아닌가요? 안안이 고생해서 번 돈을 나라가 뜯어가니까요!"

"그렇군. 짐이 잊고 있었군그래. 네 말대로다. 나라는 기원妓院을 운영해 돈을 벌지. 사실이야, 사실이고말고. 그러니까, 그러니까 말이다. 짐은 그렇게 악착같이 거둬들인 돈으로 무엇을 하는고 하니……."

황제는 실로 오랜 세월 몸에 밴, 제왕이 아니라면 그 누구도 해서는 안 되는 느린 속도로 천천히 몸을 돌려 가경과 마주했다. 그 동작 하나만으로도 기가 질린 가경은 슬쩍 한 발 물러섰다.

　"짐은 그런 돈을 모아서, 그런 돈을 모아서 말이다. 꼬박꼬박 줘야 한다. 오랑캐들한테 세폐*를 말이지. 그 세폐로 구걸해 온 것이 이 나라 태평성세다. 너희 사대부들이 고상하게 칠현금을 타고 달콤한 시를 지으며 복락을 누리는 태평성세. 알고나 누려라."

　가경은 영문을 알 수 없었다. 안안을 질투하다가 뜬금없이 세폐는 왜 꺼내드는지, 세폐라 해봤자 나라 재정에 비하면 새 발의 피가 아닌가. 강남에서 자란 유가경이 알고 있기로 세폐는 천자께서 오랑캐를 길들이기 위해 던져주는 먹이, 그 이상도 이하도 아니었다. 황제가 다시 몸을 돌려 거울을 들여다보았다.

　"짐은 이 꽃이 마음에 든다. 비록 짐의 머리채를 잡던 손이 만든 거지만."

　결국 그 얘기가 나오는구나, 가경은 자라처럼 목을 움츠렸다. 그러나 곧 짝! 하는 손뼉 소리에 번쩍 고개가 들렸다.

　"괜찮다. 너는 절대 짐을 모욕할 수 없다. 너 따위는 말이지. 연운**을 되찾지 못한 황제가 더 이상 지상에서 받을 굴욕은 없다!"

---

* 군사적으로 약세였던 송나라는 요와 서하에 화의의 대가로 차와 비단을 세폐로 보내야 했다.

** 연운십육주燕雲十六州를 말함, 당시 요나라 영토였던 중국 북부지역, 연운은 역사 지리적으로 북방유목 국가와 중국 사이에 중요한 방벽이 되는 지역이었다. 송나라 입장에서 이 방벽을 잃었다는 것은 군사적으로 매우 치명적이었다.

할퀴듯 쏘아붙인 말에 가경은 바닥에 납작 엎드렸다.

"죽을죄를 지었습⋯⋯."

"받았으니 가겠다!"

천지를 뒤흔들듯 옷자락을 펄럭이며 황제가 문 쪽으로 걸음을 옮겼다. 가경은 머릿속이 하얘졌다. 저리 가면 또 언제 온단 말인가, 아니 저렇게 보내면 다음이 있기는 한 건가? 가경은 몸을 날려 일단 문부터 막고 짐짓 성을 내며 물었다.

"그리 가실 거면 꽃은 왜 받으셨습니까?"

하고는 틈을 주지 않고 재빨리 손을 잡아 어좌로 끌고 갔다. 가경은 황제의 출로를 차단하기 위해 의자를 앞쪽으로 끌어와 바짝 붙여 앉았다. 망극하게도 황제는 고개를 외로 꼬고 말이 없었다. 일단 거기까지는 했는데 그다음으로 무엇을 해야 할지 가경은 난감했다. 이번에도 망극하옵게 황제가 술잔을 들었다.

"그렇군. 목이 마른 것 같군."

술을 따르며 가경은 그제야 자기가 한 말과 행동이 상대에게 무엇을 기대하게 만들었는지를 깨달았다. 무조건 잡고 보자고 한 소리였고 그 덕에 말할 기회를 얻었지만 그걸로 끝이 아니었다. 자신은 꽃을 주었고 황제는 꽃을 받은 것이다. 좀 전의 망극함은 어디 가고 그 자리를 낙망함이 대신했다. 그러나 낙망도 잠시, 가경은 일각이 아까웠다. 말할 수 있는 시간이 줄어들고 있으니까.

술을 음미하는 황제의 표정을 살피니 잡아준 게 좋았는지 눈꼬리가 부드러워져 있었다. 지금이라면 들어줄지도 모른다, 가경의 머리에 영리한 계산이 스쳤다. 빈 잔에 술을 따르며 가경이 말했다.

"추내상을 만나고 싶습니다. 통촉하소서."

"추신은 네가 원한다고 만날 수 있는 사람이 아니다."

"폐하께서 내상에게 명하시면……."

"사람을 잘 믿는구나. 너도 누구처럼 추신에게 속는 걸 좋아하느냐."

추신이 믿을 만한 사람인지는 중요한 문제가 아니었다. 지금 가경에겐 황제와의 사이를 중재해줄 정상적인 정신을 가진 사람이 필요했다.

"사람이 말을 안 하고 온전하기가 어디 쉬운 일입니까? 이미 저는 제정신이 아닙니다. 제발 이 고통을 헤아려주소서."

"너는 정녕 모르는가, 너를 만나기 위해 짐이 얼마나 많은 걸 무릅써야 하는지. 너도 그 정도는 감수해야 하지 않느냐."

으으윽, 속이 꽉 막혀 물이든 술이든 아무거라도 좀 마셔야 될 것 같은데 가경이 손을 대기도 전에 황제가 술잔을 가로채 갔다. 그러고는 이제부터 하는 말은 절대 까먹지 말라는 듯 또박또박 말을 이어갔다.

"사람의 정이란 이 술과 같다. 양이 정해져 있지. 주자에서 무한정 나오는 게 아니야. 너라는 주자에 담긴 술은 짐만을 위한 것이다. 짐은 그 누구와도 나눌 생각 없다. 인간의 말은 정을 실어 나른다. 네가 누군가와 말을 나눈다면, 그자의 혀를 뽑겠다. 네가 누군가를 마음에 둔다면, 그자의 심장을 도려낼 것이다. 그게 추신이라 할지라도 말이지. 심장이란 장기는 몸 밖에 나와서도 한참이 지나도록 뛴다더군. 박동이 멎기 전에 네가 애호하는 여요 접시에 올려 보내주마."

하고는 술을 들이켜고 맛이 좋은지 빈 잔을 들여다보며 미소 지었다. 가경이 알기로 황제는 결코 잔인한 군주가 아니었다. 황제는 사서에 등장하는 온갖 불인을 일삼는 폭군들과는 거리가 먼, 유사 이래 가장 공명정대하고 원칙을 지키는 군주로 칭송을 받았다. 간간하기로 유명한 태학의 율학 교수들마저 인정하는 바였다. 화평연간 직언극간으로 처벌을 받은 신료나 유생은 단한 명도 없다고 한다. 그 정도 언로를 열어놓은 상태로 통치권을 틀어쥐고 국정을 안정되게 운영하는 것이 얼마나 어려운 일인지는 일개 서생인 가경도 안다. 그런 분이 왜?

"왜 저에게만 이토록 가혹하십니까? 너무 부당하신 처사가 아니옵니까? 제발 저에게도 공정하소서."

"지금 짐이 투기를 한다고 성토하는 것인가?"

"아니 그게 아니오라……."

"쯧, 어찌 짐과 네가 같을 수 있는가. 천자에게 어행御行(황제의 잠자리)이란 수많은 국사 중 하나, 사사로운 문제가 아니란 말이다. 질투가 개입할 문제는 더욱 아니다. 천자는 우주의 양기를 담지한 자다. 짐의 양기가 만물에 종자를 주어야 해. 짐은 천하의 운행을 위해 무엇 하나 소홀한 적 없어. 매사에 최선을 다하듯 어행에도 최선을 다할 뿐. 너는 그런 것도 모르고 따지는가?"

일부러 동문서답을 해서 사람을 미치게 하려는 의도가 없다면 저럴 수는 없다고 가경은 생각했다. 이런 식이면 벽을 보고 떠드는 게 낫다. 가경은 가슴이 답답하다 못해 아파왔다. 주먹만 한 돌멩이가 열 개는 들어앉은 것 같았다.

"폐하께선 이렇게 둘만 있다가 제가 무슨 짓을 할지 겁도 안 나십니까? 미쳐 날뛰다가 저번처럼……."

"저번처럼 뭐?"

말을 잡아채 묻는 황제의 서슬이 예사롭지가 않았다. 막상 말을 꺼내려니 두려웠지만 가경은 이 문제만큼은 제대로 사죄를 하고 싶었다.

"그러니까 제가 폐하께, 그러니까 이런 일이 처음이라 저 스스로도 무척이나 심란하고…… 제가 그런 행동을 할 줄은 상상조차 해본 적이…… 저는 제가 자꾸 그럴까봐 두렵습니다. 그러니까 저는, 전 원래 그런 사람이 아닙니다."

결심과는 달리 자신이 저질렀던 야만적인 언행을 입에 담을 용기가 없어 머뭇대는데 황제가 세차게 고개를 저었다.

"아니, 넌 그런 사람이다!"

여지없다는 듯 판결을 내리는 말투였다. 억울합니다, 저는 내몰려서 그랬을 뿐입니다, 여기 오기 전엔 그런 야비한 언행으로 누굴 괴롭힌 적도 난폭한 방법으로 몸을 섞은 적도 없습니다, 이렇게 짐승처럼 갇혀 지내면 누구라도 그런 광기에 휩쓸리지 않을까요? 제가 이렇게 된 건 다 폐하 탓입니다, 이렇게 따지고 싶었지만 잡아먹을 듯 쏘아보는 황제의 기세에 눌려 가경은 입도 열지 못했다.

"명명백백 이제 넌 짐과 운우지락雲雨之樂을 나누는 그런 사람이야!"

"네? 아!"

사죄의 글을 쓰려던 백지는 날아가고 대신 현란한 빛깔의 화선지가 펼쳐진 격이랄까. 황제는 오직 그날의 정염에만 집중하고 있었다.

"겪어보니 생각했던 것과는 무척 달라서 짐 또한……."

황제가 미간을 좁히며 손가락으로 술잔을 톡톡 쳤다.

"그럼에도 기쁨이 더 크기에 짐은 감수하기로 했다. 색이란 것은 그렇게 예상치 못한 곳에 쾌락을 숨겨두었더구나. 짐은 네가 옥체를 그토록 강렬하게 갈망한 것을 높이 사고 싶다. 옥체를 거칠게 다룬 너의 불경함은 벌하지 않겠다."

"망극하옵니다. 황은이 망극하옵니다."

가경은 반사적으로 고개를 조아렸다. 어딘지 억지스럽고 그래서 찜찜한 것도 사실이었지만 용서를 받았으니 다 된 건가 하는 홀가분한 기분도 들어버렸다. 황제는 이번엔 곁눈질을 하며 화대를 흥정하는 오입쟁이처럼 속삭였다.

"이곳 내관들은 글을 모른다. 편지는 나만 보니까 부끄러워할 필요는 없다. 그리고 우리 둘이 여기서 나누는 말도 아무도 못 들어. 그러니 너는 거리낄 것 없이 소임을 다하면 된다. 소임, 짐이 너에게 부여한 소임 말이다. 그건 그렇고, 흐음. 다시 한번 밝히는데 짐은 너 유가경을 각별히 대하겠다. 그 영광됨을 명심하도록."

황제는 그렇게 대전에서 어지라도 밝히는 양 반듯한 말투로 궤변을 마무리 지었다. 가만 생각해보니 가경 자신의 처지는 하나도 바뀌지 않았다. 휘장을 건드리며 불어온 바람에 황제의 머리 위에서 꽃잎들이 한들거렸다. 가경의 속은 자글자글 타들어가는데, 황제는 손을 올려 꽃을 만지며 빙그레 웃는다. 이 사람과 대거리를 하다가는 주유*처럼 울화통이 터져 죽을 거라는 생각이 들었다. 아니 반드시 그렇게 될 것만 같았다. 그렇다 해도 그것은 나중 일. 가경은 잠깐의 공백도 참을 수가 없었다. 그새 말이 하고 싶었고 말소리가 듣고 싶었다. 성대를 울리고 입천장을 스쳐 혀에 놀려지고 드디어 입술이 벌어지며 나오는 말소리. 그 감미로운 소리가 듣고 싶었다. 밤새도록 책을 읽어달라 간청하고 싶을 정도였다. 물론 가당치도 않은 소망이었다. 자기 앞의 남자는 입을 꼭 다물고 가경이 성지를 헤아려 어서어서 그걸 하기를 기다리고 있지 않은가.

"저기 폐하께서는……."

"응?"

급한 마음에 아무 말이라도 해야겠기에 입을 열었지만 가경은 바로 말문이 막혔다.

"폐하께서는…… 그러니까 제가 여쭙고 싶은 게…… 그러니까…… 오늘 어떻게 지내셨습니까?"

"궁금한가? 정말 짐이 어떻게 지내는지 마음 쓰이는가?"

---

* 삼국지에 나오는 오나라 장수.

의심의 눈초리를 이겨내며 가경은 착한 표정을 지어 보였다. 생각 없이 던진 말이지만 하고 보니 여간 신통한 질문이 아닌가.

"그러하옵니다. 소생은 폐하께서 오늘 무엇을 하셨는지 하나하나 전부 알고 싶습니다."

"흐음, 그으래? 짐이 오늘 뭘 했냐 말이지. 뭐, 똑같았지. 늘 그렇듯 짐은 오늘도 각저角觝를 했다."

"각저라면 씨름을요? 폐하께서 누구랑 씨름을?"

"누구겠는가. 친애하는 신료들이지. 짐은 매일 그들과 각저를 한다. 짐의 충성스러운 신료들은, 그자들은 말이다, 짐의 목을 비틀어대며 말하라고, 자신들이 듣고 싶은 말을 해달라고 졸라대지. 그러면 반대편에 선 무리는 절대 아무 소리도 하지 말라며 포삼자락으로 짐의 입을 틀어막지. 그러면 짐은 말하라고 다그치는 이에겐 절대 한마디도 안 해주고, 아무 소리 하지 말라는 자에겐 끊임없이 캐묻지. 그러다 보면 두 쪽 편 모두 독이 오를 대로 올라 짐을 원망하고 저주하며 어서 내놓으라 가만있으라, 윽박지르지. 그러다 안 되면 나를 저리 내팽개쳐놓고 서로 못 잡아먹어 으르렁거리지. 그들은 우아한 승냥이 떼다. 천하를 너무 사랑하고 걱정하는 바람에 자기 생각대로 안 되면 천하가 무너질까봐, 자기 충고를 안 들으면 짐이 망가질까봐, 자기 간언이 안 통하면 사직이 위태로울까봐, 지겨울 정도로 편을 갈라 싸운다. 대의명분을 위해 싸우다 관직 자리를 놓고 싸우고, 종묘사직을 위해 싸우다 첩의 가슴싸개를 위해 싸우지. 그들은 겨자씨만 한 차이를 들이대며 결사적으로 싸운다. 그러면서 나더러 판정을 내려달라 피를 쏟으며 간청하지. 자기 손을 들어주지 않으면 들어줄 때까지 상소를 올릴 테니 각오하라고 겁박하면서 말이야. 당파의 거미줄에 뒤엉켜 들어가며 나까지 끌고 가고 싶은 거지. 그럴 땐 입에 재갈이라도 물리고 싶지만 그러면 판이 깨져버려. 판이 깨지면 더 이상 각저는 못 놀아. 일을 시켜 먹으려면 각저를 놀게 해야 해. 그러니 어쩌겠나, 참아줘야지, 쳇!…… 사실, 짐은 신료들이 논쟁하는 모습을 좋아한다. 활발하게 치고받다 보면 마음속 숨은 자락들이 마구 튀어나오거든. 그러니 이리 메쳐지고 저리 차여도 정신을 바짝 차려야 해. 누가 왜 저런 소리를 지껄이는지 살펴야 해. 다른 이보다 먼저 알아채야 해. 마음속에 뭐가 들어 있는지 낚아채야 해. 제 속에 무엇이 감춰져 있는지 본인들도 모를 때가 많거든. 그래서 짐은 구석에서 쥐새끼처럼 눈치를 살피지. 한 번씩 찍찍 흥을 돋워주면서 말이지. 그러면 아주 볼만해지지. 그런데, 너 지금…….″

문득 가경 쪽을 돌아본 황제가 미간을 좁혔다.

″너 지금 우는 것인가? 네가 왜…….″

바람이 불었다. 창에 늘인 비단 휘장들이 달싹였다. 바람결에 치자꽃 향기가 따라 들어왔다. 달고 풍성한 그 향은 두 사람의 호흡을 하나로 섞었다. 황제는 내내 비단꽃에 얼굴을 묻고 있었다. 가경이 치우면 어느새 다시 꽃으로 얼굴을 가렸다. 왜 저러는지 알 수 없다. 알 수 없는 것투성이다. 가경은 자기 자신도 알 수 없었다. 슬프지도 않은 그 얘기를 듣고 왜 눈물이 났는지, 이

얄미운 사람이 죄책감을 느끼게 하려고 한 얘기에 왜 눈물을 흘렸는지. 가경은 이번에도 자신의 몸을 가장 알 수 없었다. 이 살집 없고 뻣뻣한 몸에서 전해지는 온기에 감격이라도 하듯 화답하는 자신의 몸이.

다음 날 서실에 간 가경은 책상에 놓인 편지를 발견했다. 편지엔 이렇게 적혀 있었다.

"허하노라. 이제부터 짐을 융隆*이라 불러라. 이름을 바꾸겠다."

이름을 바꾼다고? 가경은 어이가 없어 피식 웃음이 났다. 심지어 이름을 부르라니. 황제의 이름은 부르기 위해 존재하지 않는다. 그 자체로 두려워 피하기 위해 존재한다. 누가 감히 황제의 이름을 입에 담고 글로 쓰겠는가. 구주에서 피휘避諱**가 얼마나 철저하게 지켜지는지 아는 분이 이런 유치한 장난을 치고 싶을까. 그때만 해도 가경은 알지 못했다. 황제가 장난뿐만 아니라 빈말도 거의 하지 않는 성격이라는 것을.

황제는 공식적으로 융隆에서 융隆으로 휘를 바꾸었다. 조정에선 융隆 자가 남편이 아내를 부를 때도 쓰는 글자라 휘로는 마땅치 않다고 상소가 올라오고 갑론을박 며칠간 소동이 일었지만

---

* 아내 융, 만주에서 아내를 룽룽(융융隆隆)으로 부름. 즉 융융은 마누라, 여보, 색시라는 뜻.
** 군주나 자기 조상의 이름에 쓰인 글자를 사용하지 않는 관습.

황제의 고집을 꺾을 수는 없었다고 한다.

"짐의 이름, 융은 일상에서 쓰임이 많은 글자이다 보니 그간 온 나라가 융 자를 피하느라 고생이 많았다. 짐은 이제라도 일상에서 거의 쓰지 않는 글자로 이름을 바꾸어 백성의 불편을 줄이겠다."

황제의 애민의지가 이렇듯 강고하니 신료들은 결국 어지를 받들 수밖에 없었다고 한다. 가경은 보란 듯 서실에 놓여 있는 저보(관에서 펴내는 신문)를 통해 저간의 사정을 확인할 수 있었다. 황제는 이름에도 기어이 꽃(艹)을 올렸다.

융융, 그대가 이름을 수천 번 바꾼들,
융융, 앵무새 한 마리에도 못 미친다네,
융융, 머리에 비단꽃이 그리 좋았소?
융융, 이 미친 밤도깨비야!

하, 융융이라니, 가경은 자기 입을 때리며 농담이라도 입에 담지 말자고 다짐했다.

각저

천자는 하늘의 아들이다. 천자는 지상의 중심이다. 천자는 천명을 받들어 인간세를 주재한다. 황제 조융은 이 아름다운 진리를 믿어 의심치 않았지만 작금의 대송에서는 당쟁으로 천명이 결정된다는 사실 또한 잘 알고 있었다. 물론 천자에게도 몫은 있었다. 당쟁의 각저판에서 씨름꾼을 정하고 방해꾼을 내쫓는 게 천자가 할 일이었다. 그리고 중간에 한 번씩 뛰어들어 너희에게 녹을 주는 이가 누구인지 알려주는 것이야말로 천자가 해야 할 중요한 일이었다.

무일戊日*은 황제 조융이 백관들과 자신전에서 조회를 하는 날이었다. 전각의 북쪽 중앙, 단폐 위에 놓인 눈부신 황제의 의자, 용의龍椅. 오늘따라 용의 주변에는 산뜻하고 왕성한 기운이 흘러

---

* 천간의 다섯 번째 날, 즉 음력 5일, 15일, 25일.

넘쳤다. 그 기운은 황제 조융에게서 뿜어지는 생기였다. 충심이라곤 없는 유가경과 티격태격하면서 되찾은 거칠 것 없는 생기. 그래서인지 골치 아픈 현안을 앞두고도 조융은 어느 때보다 머리가 맑았다. 조융은 정자세의 표본이라도 되는 양 반듯하게 앉아 단폐 아래 대소신료들을 내려다보았다.

전각 안은 물시계 소리가 또렷하게 들릴 만큼 고요했다. 곧 각저가 시작될 참이었다. 황제를 여러 해 겪은 대신들은 저마다 수계산을 마치고 짐짓 여유 있는 표정들이었다. 중진들은 냉정한 얼굴이었고 신진 관료들은 어느 쪽이든 부르르 결의를 내보였다. 누구나 대마를 잡고 싶어 했지만 먼저 입을 떼면 그만큼 수세에 몰리기 마련, 무릇 가장 무모하거나 가장 강한 자가 입을 열게 되어 있었다.

"폐하, 사시정(오전 10시)이 지났사옵니다. 고단하시오니까?"

입을 연 사람은 옆에 서 있던 추신이었다.

"그래 보이는가? 내상이 보기에 그렇다니 일어나볼까. 더 이상 논의가 없으면 그만 폐하도록."

조융은 사뿐히 몸을 일으켰다. 결국 노신 황리교가 나서서 우는 목소리로 고하기 시작했다.

"폐하, 거책삼론은 하나를 얻고자 열 개를 잃는 미봉책일 뿐입니다. 어찌 영명하신 폐하께서 그 망극함을 헤아리지 못하신단 말입니까?"

이름난 청백리에 엄격한 유학자인 까닭에 조융으로선 정색을 하고 대거리하기에 적당치 않은 인물이었다.

"아, 이런. 공을 대하니 이제야 며칠 전 꿈이 생각나는구려. 꿈에 선황제를 뵈었는데, 나귀가 끄는 수레에서 옥루를 흘리고 계셨다오. 아바마마! 몸 둘 바를 몰라 내가 울며 부르니, 선황제께서 덥석 손을 잡으시며 금웅만은 너를 알리라. 의지하라……."

조융은 말끝을 흐리며 황리교를 바라보았다. 이렇게 진실한 눈빛을 본 적이 있는가, 하듯이. 금웅은 황리교의 호였다. 태종황제가 요나라와 전쟁 중 다리에 화살을 맞고 나귀수레로 겨우 탈출한 이래 '나귀가 끄는 수레'는 군사력이 열세인 대송에게 있어 치욕의 상징이었다. 꿈이라고는 하지만 선황제의 말을 거역할 수 없던 황리교였던지라 황은이 망극한 채로 간단하게 입이 봉해졌다. 그런 식으로 완고한 노신을 씨름판에서 쫓아내고 각저가 시작되었다. 오늘 조회는 지리지리하게 끌려다닐 모양이니 마음 단단히 먹자고 신료들이 각오를 다지는 모습이 용의에 앉은 조융의 눈엔 고스란히 다 보였다.

한림학사 문징이 과거시험 개혁방안을 상주했다. 일명 거책삼론擧策三論.

첫째, 지역별 급제자 편중을 줄이기 위해 예비시험뿐만 아니라 본시험에서도 지역할당제를 도입해야 하고 둘째, 전문분야에 있어 실무에 능한 관리를 선발하는 잡과를 신설할 것이며 셋째, 무과를 신설해 문무 겸비한 진사무관을 선발하자는 내용이었다.

문징은 출사 후 줄곧 주장했다. 작금의 학풍은 심히 기형적이다, 스스로 탐구하는 과정이 없으니 배움이 주는 기쁨을 맛보기 힘들다, 이게 다 실속 없는 경전으로만 과거시험을 치르기 때문이다, 나라 전체가 경전 재능만 키우고 있지 않은가. 문징은 다방면의 학문을 활성화시키려면 무엇보다 과거제도를 개혁해야 한다는 결론에 도달했다. 그래야만 이 극심한 학문 편향에서 벗어날 것이다. 그래야만 이 경직된 사유체계에서 벗어날 것이다. 젊은 피는 뜨겁고 부지런해서 자꾸 뭔가를 내놓는다. 세상이 다 자기 생각대로 되는 줄 알고. 조용은 일단, 의기 충만한 문징에게 고개를 끄덕여주었다. 거책삼론을 옹호하는 관료들은 소수였다. 대부분이 급제자가 적은 화북 지역 출신들이거나, 황제의 측근인 한림학사들, 황제의 스승이었던 태사 범찬과 채환의 문하생들뿐이었다.

"폐하, 화북의 백성을 측은하게 여기소서. 화북은 오랫동안 크고 작은 전란과 가뭄으로 물자가 부족한 탓에 유생들이 과거에 전념할 형편이 못 된다 하옵니다. 진사 오백을 뽑는데 근 십 년 동안 단 한 명의 급제자도 배출하지 못한 변경지역도 있사옵니다. 화북 출신 관료가 줄어드는 문제는 비단 화북의 문제로만 끝나지 않습니다. 이 나라 조정에서 화북의 맹기가 사라지니 나라 전체가 문약에 빠져들고 있지 않사옵니까. 지역할당제로 천하에 균형을 잡아주소서. 폐하 통촉하소서."

태사 범찬은 사태를 파악하는 안목이 있었다.

"폐하, 대송의 과거제도가 아름다운 것은 인재를 공정하게 선발하는 데 있습니다. 이는 고금의 유래 없는 찬란한 성덕이옵니다. 변경지역은 이미 예비시험에서 혜택을 보고 있는데 본시험에서까지 배려를 한다면 시험이 본래 가져야 할 공정성이 크게 훼손되옵니다. 통촉하소서."

과거급제자의 대다수를 차지하는 동남지역 출신 관료가 당연히 하고도 남을 말이었다.

"사서에도 이르길 관리를 배출하지 못하는 땅의 민심은 조정과 멀어진다 하였습니다. 소신이 들은 바, 출사를 못 한 접경지의 인재들이 요로 투항해 그곳 왕을 섬긴다 합니다. 폐하, 지역할당제는 시급한 문제이옵니다. 제도를 바꾸시어 화북의 인재들을 위무하소서."

채환이 꼬투리 잡힐 말을 했다.

"채공, 그대는 폐하께서 불충한 자들에게까지 성은을 베푸셔야 한다는 겁니까? 과거는 인재를 뽑는 제도이지 민심을 달래는 도구가 아니라는 말씀입니다. 시험에 떨어졌다고 나라를 버리는 수재*들은 이미 본성이 간악한 자들입니다. 폐하, 채환은 지금 반역한 자들을 가엾다 두둔하고 있사옵니다. 폐하, 정녕코 채환의 불충을 좌시하지 마소서."

바로 이렇게 말이다. 조용은 채환에게 고개를 살짝 갸웃해 보였다. 좀 잘하라는 뜻에서.

"폐하, 신이 듣기로 서북 변경에는 시의 음운을 맞출 수 있는 이가 한 고을에서 한 명을 찾기 힘들다 하옵니다. 현실이 이러한데 이들보다 실력이 뛰어난 다른 지역 응시생들이 불이익을 받

---

* 과거 응시생을 말함.

아야 하겠습니까? 폐하, 통촉하소서."

"불이익이라, 그렇군. 시험이란 공정함이 생명이거늘. 공정, 공정하다라."

조융은 진지한 표정으로 몇 번이나 공정을 입에 담았다.

"아, 폐하, 화북과 강남의 여건이 이리 다른데 어찌 공평한 기회라 할 수 있겠습니까? 태어난 환경부터 격차가 큰 상황이 아니옵니까. 근본적으로 공평한 기회가 무엇인지 너른 시야로 헤아려주소서."

나올 말이 대충 다 나왔다. 조융은 허리를 곧추세우고 입을 열었다.

"그렇다. 공평무사는 나라가 지켜줘야 하는 미덕이다. 그런데 참 묘하오. 과거시험 급제자가 차지하는 비중보다 음보 천거로 관리가 되는 자의 비중이 여전히 더 높지 않은가. 당나라 때보다 줄었다고는 하나 아직도 음보로 관리가 되는 자가 육 할이 넘는다. 그렇다면 묻겠소. 공정한 기회를 위해 음보 수를 줄여보자는 소리는 왜 아무도 안 하는가?"

예비시험도 번번이 떨어지는 자식을 둔 대신들만 콕콕 찍어 눈을 맞추며 말했다. 그들의 아들들은 시험을 포기하고 음보 출사에 이름을 올려 황제의 윤허를 기다리는 중이었다. 관료들이 애지중지하는 음보 천거권을 황제가 이런 식으로 치고 나올 줄은 몰랐을 것이다. 대소신료의 원망을 넘어 공분을 사고도 남을 말이었지만 조융으로선 지금이 뒷다리를 걸어줄 때였다. 각저는 잔꾀가 통할 때 재밌어진다. 추신은 내내 미소를 지었지만 눈빛은 조금 심각해졌다. 조융은 이 역시 모른 척하기로 했다. 추신은 세 번째 안건인 진사무관을 누누이 강조했지만 황제 입장에선 이것이야말로 부담스러운 문제가 아닐 수 없었다.

이제 대전 안은 부글대는 기름 가마솥이 되었다. 신료들의 머리 위로 펄펄 더운 김이 피어오르는 게 보이는 것 같았다. 조융은 어좌에 비스듬히 기대앉아 생각에 빠진 듯 혼잣말을 중얼거렸다.

"흐음, 선황제께서는 공존의 덕을 해치는 비공심非公心을 가장 미워하셨지. 공존이라, 공존이라…… 화북의 안정이 중한지, 강남 수재들의 이익이 중한지…… 짐도 불공평은 싫다. 시험으로도 인재를 선발하고 천거로도 인재를 발탁하는 게 짐이 베풀 수 있는 최선의 공평무사려나."

조융은 자신이 지을 수 있는 한 가장 관대한 미소를 지으며 신료들을 바라보았다. 그 미소는 그대들의 소중한 음보 천거권은 건드리지 않을 테니 할당제에는 입 다물라는 경고였다. 조융에게는 변경지역을 안정시키는 것이 무엇보다 중요했다. 황제가 이렇게까지 나오니 더 이상 지역할당제에 대한 이견을 꺼내기가 힘들어졌다.

두 번째 안건인 잡과 신설은 명경과까지 축소 폐지된 전력이 있는 마당에 논쟁거리도 되지 못했다. 아나나 다를까 문징만이 다양한 직능으로 인재를 선발해야 한다고 목소리를 높이다가 사방에서 불어오는 분노의 모래폭풍에 휩쓸려 날아갔다. 거책 삼론을 처음 봤을 때부터 조융은 이렇게 되리라 예상했다. 추신도 알고 있었을 것이다. 거책삼론에서 문징이 가장 공들인 잡과 신설에는 가능성이 없다는 것을. 그리고 또 한 명, 문징을 격려하고 부추긴 이사명도 처음부터 예상했을 것이다. 물론 젊은 문징은 몰랐겠지만.

이제 전각 안은 세 번째 안건인 무과시험을 향한 증오로 달아올랐다. 무관이 진사가 된다니! 과연 분풀이 같은 격론이 쏟아져 나오기 시작했다. 문징과 신진 관료 몇 명이 탄핵을 받고, 채환 또한 황제를 미혹시키는 요설을 부린다 질타를 받았다. 논쟁에 뛰어드는 신료들은 결사적이었다. 모두 한다하는 문신 관료다 보니 물 한 모금 마시지 않고 오랜 시간 논쟁을 벌여도 자세하나 흐트러지는 자가 없었다. 당파의 이익이든 일신의 명리든 사심 없는 충심이든, 저마다의 이유는 있겠지만 황제가 지켜보고 있는 이 자신전 현장에서 소년 시절부터 벼르고 별렀던 논쟁실력을 발휘하는 것, 그 행위 자체가 문신 관료들에게 얼마나 큰 희열을 주는지 조용은 잘 알고 있었다. 특히 오늘처럼 말 한마디 안 하고 넘어가기 힘든 사안을 만났을 때는 더욱 그랬다. 오직 참지정사 이사명과 중서사인 곽오서만이 한마디 보태지 않고 조용히 서 있을 뿐이었다. 가뜩이나 새 부리같이 높은 코를 가진 이사명은 발을 담그고 선 황새처럼 꼼짝 않고 그날만큼은 재상이라는 존재감을 지우려는 듯 눈을 내리깔고 있었고, 곽오서는 곽오서대로 두 손으로 두툼한 뱃구레를 받치고는 자신의 멋진 육합화에 뭐라도 묻었나 살피는지 고개를 계속 숙이고 있었다.

무관 출신이었던 태조황제는 칼을 쥔 군인들을 믿지 못했다.

태조는 개국 초에 숭문경무崇文輕武, 즉 문을 숭상하고 무를 경시한다는 원칙을 통치의 근간으로 삼았다. 이로써 무관은 병권을 쥘 수 없으며 국정 전반에서도 배제되었다. 후대의 황제들은 누구나 이 원칙을 마음에 들어했다. 조융도 마찬가지였다. 문제는 전쟁이 났을 때 사령관 자리를 문관이 맡는다는 것, 이것만 생각하면 조융은 아찔했다. 문신 사령관들은 전투가 코앞인 급박한 상황에서도 문묘文廟*로 달려가 공자께 향을 사르는 의식부터 행한다. 기가 막힐 노릇이 아닌가.

"저들 오랑캐를 자극해서 좋을 것이 없습니다. 초원에서 흩어져 살아가던 융적을 내쫓아 무리를 짓게 만든 것이 전국시대 조와 연과 진의 장성이었습니다. 결국 자구책으로 나라를 세운 유목민들이 융성해져 도리어 중원을 압박하고 있습니다. 이것이 오랑캐를 자극하여 구주가 얻은 결과입니다. 통촉하소서."

사서에 능한 학자 관료다운 고명한 말씀이었다. 하지만 당연히, "그대는 어느 나라의 신하요? 지금 그걸 말이라고 합니까? 대송제국에서 무과시험도 요와 서하의 눈치를 봐가며 치러야 한다는 말씀이오? 폐하, 저 무도한 자를 두고 보시겠습니까? 통촉하소서." 이런 질책을 받아도 싼 말이었다.

"폐하, 아아 폐하, 이것만은 불가하옵니다. 사서에 이르길 백명의 문관이 끼치는 해악보다 한 명의 무관이 휘두르는 칼날이 더 치명적인 법이라 했습니다. 난을 일으켜 왕조를 찬탈했던 배

---

* 공자를 모신 사당.

덕한 자들은 문신 관료가 아니었나이다. 폐하, 역사가 말하고 있지 않사옵니까."

입을 다물수록 일신이 편한 사람이라고 생각했는데 역시 기대를 저버리지 않았다. 조융은 양공이 안쓰러웠다. 양공의 저 단호함은 충절일까? 아마 그럴 테지. 저런, 눈물까지 글썽이고 있구나. 하지만 역사가 말하는 그 배덕한 무관이 바로 후주의 절도사였다가 왕조를 찬탈한 태조황제 조광윤이 아닌가. 백번을 탄핵당하고도 남을 말이었다. 저이는 또 어디로 유배를 보내야 한단 말인가. 조융의 예상대로 눈치 없는 양공을 향해 한바탕 비난의 화살이 쏟아졌다.

"이토록 무관을 업신여기는 세상에서 어떻게 전쟁에 능한 장수가 나오겠나이까? 이제라도 땅에 떨어진 무관들의 위신을 세워줘야 합니다. 자부심을 느끼도록 합당한 지위를 마련해줘야 합니다. 그래야만 강병의 기틀이 잡히옵니다. 그래야만 천하가 안정되옵니다. 폐하, 통촉하소서."

"진사무관이라니요! 폐하, 진정한 강병의 기틀은 창검이 아닌 노심초사 천하를 위해 고민하는 유가의 정신에서 나옵니다. 폐하! 저런 사특한 책론에 귀 기울이지 마소서."

"폐하, 좌전에 이르길 바른 법은 바꿔서는 아니 된다 했습니다. 개혁이 개정이 아니라 개악이 될 수 있음을 명심하소서."

"참 태평한 말씀들만 하십니다. 우리의 등 뒤로 여전히 연운이 뚫려 있습니다. 보호막이 없단 말입니다. 외면한다고 없어지는 문제가 아니란 말입니다. 제발들 대안이라도 말하면서 읍소

하세요. 폐하, 저들의 몽매함을 깨우쳐주소서."

"폐하, 이런 수준의 무과시험은 역사에 없는 초유의 일입니다. 통촉하소서."

"세상사는 전부 초유의 일이지 똑같은 일이 재연되지 않습니다."

"대부께서 그걸 몰라 하신 말씀이겠습니까? 우리가 역사를 중히 여기는 까닭은 과거를 보고 나아갈 바를 배우기 위해서입니다."

"정공, 역사를 보고 배우신 게 고작 몸을 사리는 법이오니까. 역사란 현재를 사는 우리가 만들어가는 길입니다. 나라가 변화해야 할 시기를 놓치면 결국 파국을 맞습니다."

"위공은 춘추를 다시 한번 보면 좋겠군요."

"정공께서 그렇게 말씀하시니 어쩔 수 없이 시생이 쓴 주석서 『춘추본의강』이라도 한 권 보내드려야겠습니다."

"이미 봤으니 딱한 마음에 권하는 게 아니겠소이까."

"머리는 떼어두고 눈알로만 보셨나 봅니다, 그래."

"제가 눈알이 좀 크다 보니 그대의 논리에 숭숭 뚫린 구멍까지 다 보이더이다."

조융이 풋, 하고 웃었다. 정공의 입꼬리가 올라갔다. 술사가 많다 보니 논의는 이리 새고 저리 빠지고 지엽말단에 갇혀 맴돌다가 점점 거책삼론을 벗어나더니 엉뚱한 문제가 논쟁의 중심을 차지하게 되었다.

"정작 경전에서 궁극적으로 가르치는 바는 깨닫지 못하고, 천여 년 전의 말들을 곧이곧대로 오늘날의 문물에 적용하는 것이야말로 독서인으로서 무책임이며 나태입니다. 폐하, 그러한 자들이야말로 비단옷을 망치는 좀벌레와 같습니다. 통촉하소서."

기회를 벼르고 있던 문징이 구당에 일침을 놓았다. 구당의 완고한 대신이 바로 응수를 했다.

"신이 우려하는 바, 요즈음 젊은 급제자들은 출사 후에는 경전 공부를 멀리합니다. 참고서 몇 권 읽고 요령만 배워 급제를 했으니 요령껏 처세할 생각만 하는 게지요. 그러다 보니 자극적인 사안으로 시선을 끌어 이름을 날릴 궁리만 합니다. 폐하께서도 그 경박한 무리들이 국정을 농단하는 폐해를 보시지 않았나이까? 통촉하소서."

조융은 이 말을 놓치지 않고 불씨를 키웠다.

"그도 그렇군. 경전의 자구도 못 외우는 진사들이 꽤 있지. 여기에 그런 허랑한 자들은 없겠지요?"

역시나 황제의 한 말씀에 불기운이 괄해졌다. 신당과 구당, 이쪽 문하생과 저쪽 문하생, 한림원 신진 관료와 완고한 노신, 네 편과 내 편으로 조밀하게 나뉘어 누가 얼마큼 알고 있는가, 누가 얼마나 더 제대로 알고 있는가 하는 저열한 수준의 힘겨루기가 시작되었다. 달아오른 철판에 콩 튀듯 다시 격론이 오갔다. 조융은 중간중간 "아, 그런가! 아, 그렇군. 아, 그렇단 말이지?" 하며 고개를 끄덕였다. 그러다가 안 좋은 냄새라도 맡은 것처럼 가끔 인상을 썼다. 그러면 장내는 한층 달아올랐다. 적절한 시점에 보이는 황제의 경멸은 반대파에게 던져주는 좋은 불쏘시개였다. 조융은 때로 모호한 표정으로 수수께끼 같은 말을 흘리기도 했다. 어지가 불확실해야 신하들이 긴장을 유지하기 때문이었다.

그렇게 조용은 지치는 기색 없이 풀무질을 해대며 씨름판을 지켰다.

신중한 사람이라도 과열된 난장에서는 상대방의 유도에 넘어가 편벽된 말을 내뱉게 되어 있다. 편벽된 말은 간혹 단호한 결의로 비치기도 하지만 거개는 트집 잡혀 설화를 부르기 일쑤였다. 돌아가는 모양새를 보니 말실수로 인한 줄탄핵으로 이어질 판이었다. 줄탄핵만큼 한심하고 무용한 게 또 있을까. 조용은 분위기를 바꿔줘야 했다. 이것이야말로 씨름판에서 황제가 해야 할 일.

"공맹의 말씀은 이 나라 성업의 근간이다. 그런데도 경전을 소홀히 하는 자가 버젓이 출사를 한다면 문제가 있지 않은가? 안 그렇소? 형공."

황제가 병부시랑 형선을 바라보며 말했다. 형선은 구당의 핵심답게 누구보다 완고하게 반대의 목소리를 내고 있었다.

"신은 여전히 경서를 가까이하며 공맹지도를 몸소 실천하려고 노력할 뿐입니다."

"훌륭하오. 역시 장원 급제자답군그래. 흐음, 여기 추신도 어찌나 경서를 소중히 하는지. 짐에게 처음으로 글을 가르쳤던 사람이니 빼어나지 않을 리 없지. 추신이 과거를 보았다면 급제할 수 있었으려나. 오호, 늘 아깝게 여겼는데 잘되었군. 추신에게 재주를 펼쳐볼 기회를 주고 싶구나. 어떤가, 내상은?"

"폐하, 시간이 꽤 지났사옵니다. 옥체 상하실까 저어되옵니다."

추신이 간청하는 얼굴로 조용을 말렸다.

"짐은 전혀 곤하지 않아. 어떤가? 경이 한번 내상을 시험해주지 않겠어?"

"제가 어찌 추내상을 시험할 수 있습니까? 황공하옵니다."

"그래봤자 일개 환관이다. 천하제일 독서인이 뭐가 걱정인가? 시간도 늦었다 하니 그럼 간단하게 하지."

조융은 깍지 낀 손을 앞으로 쭉 내밀고 몸을 풀었다. 제대로 한번 놀아보자는 듯. 그렇게 추신과 병부시랑 형선의 내기가 시작되었다. 신당 쪽 사람들은 입을 가리고 웃었고 구당 관료들은 형선에게 동정의 눈빛을 보냈다. 신진들은 황제의 파격에 눈이 휘둥그레졌고 점잖은 신료들은 한숨을 쉬며 수염을 쓸었다. 어좌에서는 곽오서가 이사명을 슬쩍 곁눈질하는 것도 보였다. 이사명은 눈을 감고 악기 소리를 음미하는 사람처럼 가끔씩 고개를 까딱거렸다. 저 여우가 혼자서 각저를 놀고 있군, 피식 웃으며 조융이 입을 열었다.

"『논어』계씨편에 락樂 자가 몇 번 나오는가? 촌각(1분 30초)을 주지."

문제는 더없이 쉽고 단순했지만 관건은 시간, 그야말로 촌각을 다투는 시합이었다. 형선의 얼굴은 차마 보기가 민망했다. 문신 관료가 환관을 상대로 이겨보았자 본전인데 애초에 이길 수 있는 상대가 아니었다.

"몇 번인가? 내상이 먼저 말해보라."

"열세 번인 줄 압니다."

"경도 대답하라."

"폐하, 신이 알기로는 열세 번 나옵니다."

친종관*이 열세 번이 맞는다고 확인하자 조융은 다시 문제를 냈다.

"그냥 편하게 계속 『논어』로 하겠다. 그럼 안연편에 색色 자는 몇 번 나오는가?"

잠시 시간을 두고 조융이 채근했다.

"이번엔 경부터 대답하라."

"폐하, 신이 알기로는 두 번 나옵니다."

"내상은?"

"제가 알기로도 그렇사옵니다."

"흐음, 백중지세로다. 그렇다면…… 위정편에 위爲 자는 몇 번 나오는가?"

전각 안의 모든 이가 전속력으로 『논어』 위정편을 외며 손가락을 꼽기 시작했다. 곽오서가 싱글거리는 것을 보고서야 조융은 깨달았다. 무작위로 뽑은 글자에서 자신의 속마음이 드러났던 것이다.

락樂 색色 위爲, 즐겁구나, 색을 행하는 것은!

조융은 피식 웃으며 형선에게 몇 자를 찾았는지 하문했다.

"열…….."

형선이 자신 없게 입을 열다가 힐끔 추신의 눈치를 보았다. 추신이 재빨리 눈을 한번 찡긋했다.

---

* 황제 곁에서 시중드는 관리.

"소신은…… 열한 번 찾았사옵니다."

"내상은?"

"폐하, 소인은 아직 다 헤아리지 못하였나이다."

그날 밤 궐내 추신의 집무실로 형선이 찾아왔다고 한다.

"내상, 뭐라 감사를 드려야 할지, 감사하고 또 감사드립니다."

"무슨 말씀이온지요?"

"그 누가 내상의 기억력을 따라가겠습니까? 부러 져주신 거다 압니다."

"대감께서 저보다 뛰어나셨을 뿐입니다."

"둘만 있는데도 이 사람 면을 그리 살려주십니까?"

"이런이런, 이렇게 겸손하셔서야. 그러니 폐하께서도 칭찬을 아끼지 않으시나 봅니다."

"예? 폐하께서 저를요?"

"대감의 일가는 복건성에서 서책인본을 업으로 하지 않습니까? 과거제도가 바뀌면 새로 찍어낼 책 권수가 얼마인가요? 일가의 재보가 지금에 비할 바겠습니까? 그런데도 거책삼론을 그리 반대하시니, 아아, 정말 사리사욕이라고는 없으신 분입니다, 대감께선."

"아!"

"보세요. 그런 계산, 염두에 두지도 않으셨잖습니까? 공께서이리 올곧으시니 폐하께서 충신을 얻었다며 어찌 기뻐하지 않으시겠습니까?"

"황은이 망극하여 형선이 몸 둘 바를 모르겠나이다. 아아, 폐하……."

형선은 일어나 침전을 향해 절을 올렸다. 나중에 추신이 전해준 바 그때 형선의 눈엔 눈물이 그렁그렁했다고 한다. 추신이 일어나 형선을 부축해 자리에 앉혔다.

"어떠십니까? 대감. 거책삼론이 가능하겠습니까? 저는 아니라고 봅니다. 아마 폐하께서도 다 바꾸자고는 안 하실 겁니다. 걱정도 많고 생각도 깊으신 분입니다. 구주를 책임지는 관가의 입장을 우리가 어찌 가늠이나 하겠습니까. 대감, 제가 오늘 대감의 면을 살려드렸다 생각하시면 이번엔 대감께서 성지를 헤아려드리면 어떻겠습니까? 대감."

거책삼론을 지지하는 상소가 각지에서 올라오고 그것보다 훨씬 많은 반대 상소가 폭주하고 이편저편 이 당 저 당 서로를 탄핵하는 상소문도 빗발쳤다. 그 모양새가 흡사 붓으로 치르는 전쟁 같기도 하고 종이끼리 겨루는 씨름 같기도 하고 어떤 면에선 떠들썩한 잔치 같기도 했다. 병부시랑 형선도 거책삼론에 대한 상소를 올렸다. 조용이 기다린 것이 바로 그것이었다. 예상대로 그의 상주문은 삼론의 내용을 근본적으로 비판한 것이었으나 두 가지 보론補論을 실어 방향을 제시하고 있었다.

첫째, 예비시험을 치를 때 유가경전 이외에도 병학을 포함한 잡학의 기초적인 내용을 포함시키는 것과 둘째, 급제자를 내지 못하는 지역에 대한 한시적인 할당제 실시와 태학에 화북인 정원을 높이는 방안이었다. 구당 인사 중에서도 유별나게 보수적인 형선이었다. 병부에서도 무관들의 사기를 꺾는 발언을 자주해 불만을 샀다. 경전의 자구를 절대시해 일 처리에서도 융통성이라곤 없었다. 오죽하면 별명이 답답형공이었다. 그런 형선으로선 꽤나 파격적인 건의였다.

"수고하였다."

조융은 항* 위에 앉아 형선의 상주문을 훑어보고는 옆에 선 추신에게 건넸다.

"이것으로 괜찮으시겠습니까?"

"야금야금 가야지 어쩌겠나. 반대가 저리들 심하니."

추신이 형선에게 분명 폐하께서 진사무관을 원한다 귀띔했겠지만 다행히 형선이 황제의 본심을 제대로 헤아렸다.

"재상부에선 뭐라 하는가?"

"이사명은 형선의 보론이 미진하다고 합니다."

"이 정도가 좋다. 불을 제때 끄는 것도 중요해. 너무들 시끄럽지 않은가."

"이토록 부담스러운 사안을 그 누가 또다시 상주하겠나이까? 무리가 따르더라도 이번 기회에 진사무관을 얻으소서."

"한꺼번에 폐단을 고치려 들면 반발이 심하다고, 역대 개혁이 실패한 걸 보고 배우라고, 혈기왕성한 짐을 말리던 이가 누구였지, 응?"

* 온돌 평상.

"세월이 허락할 때는 그렇사옵니다만 폐하, 형세란 건 늘 변하옵니다. 올해도 황하 이북은 한발로 작황이 좋지 않습니다. 천감관이 고하길 양하별에 혜성이 잦은 걸 보니 앞으로도 장기간 흉년이 지속된다 하옵니다. 이리되면 변경은 어지러워지게 되어 있사옵니다."

"내 모르는 일도 아니고. 매번 같은 말을 지치지도 않고 하는구나. 이리 부담을 줘서야. 일단 문약한 분위기부터 바꾸자고 하지 않았나."

조용은 대놓고 피곤한 얼굴을 지어 보였지만 봐주지 않는 선생처럼 추신이 말을 이어갔다.

"이 시절 문사들이 병서를 읽어봤자, 얼마나 체득하겠나이까? 제갈량의 시대가 아니옵니다. 연운십육주가 붓으로 찾아지겠습니까. 백 년이 넘게 나라의 맹기를 눌러놨습니다. 자긍심 충만한 무관을 양성하소서. 들보가 되고도 남을 재목들이 땔감으로 잘려 나가고 있사옵니다. 나라에 이보다 더한 낭비가 어디 있겠나이까."

"또 그 소리. 바깥 호랑이가 무섭다고 집안에서 호랑이를 키울 순 없잖은가."

"호랑이를 키우시라는 게 아니라 집 지키는 개를 강하게 키우시라 누차 말씀드리지 않았사옵니까. 인의를 배운 개가 주인을 물겠나이까?"

"그야, 개는 절대 그러지 않겠지. 하지만 사람은 주인도 문다. 물기만 하랴. 나라를 세운 장수들은 제 임금의 골수를 바순 자들이다."

"예방할 방책은 많사옵니다. 문제는 폐하의 의지이옵니다."

"맨날 의지 의지, 하는데 황제의 의지란 사실 별 볼 일 없다는 걸 그대도 잘 알지 않는가. 황제야말로 가장 변화를 두려워하는 자다. 문무를 다 갖춘 장수만큼 위험한 게 또 어디 있겠느냐? 그들과 병권을 나누는 요령을 짐은 배우지 못했다. 쯧……."

그만 좀 하라 투정을 부려놨으니 수그러들지 않을까, 조융은 추신을 힐끗 쳐다보았다. 창문 틈으로 들어온 오후의 햇살이 추신의 얼굴에 한줄기 빛을 던지고 있었다. 그 빛은 추신의 눈동자를 투과하여 홍채의 오밀조밀한 모양을 선명하게 보여주었다. 마치 추신의 눈만 다른 세계에 속한 것 같았다. 갈색 음영을 드리운 미세한 주름들은 작은 파도처럼 움직이며 조융에게 무언가를 속삭이는 듯했다. 말없이 그 모양을 응시하던 조융이 입을 열었다.

"……그래, 그래야겠지. 그대가 또 일보를 내딛자 하니 가는 게 맞겠지. 짐이 뭘 어쩌겠는가."

조융은 왠지 힘이 빠져 헛웃음이 났다.

"폐하께서는 누구보다도 강하신 분이옵니다. 지금까지 얼마나 많은 문제를 해결하셨나이까? 제왕에게 가장 어려운 과제는 나라의 고질적인 병폐를 찾아 고치는 것이옵니다. 진정한 영웅은 시황제도 초패왕도 아닌 화타와 편작*이라 했습니다."

추신의 얼굴에 웃음이 피어나자 조융은 습관적으로 마음이

* 중국의 전설적인 명의들.

놓였다. 그리고 생각이 났다.

"참, 밀원에서 온 것은?"

추신이 소매에서 편지봉투를 꺼내자마자 조융은 잡아채 바로 서신을 펼쳤다.

"이것을 좀 보아라. 사내가 이리 앙증한 짓을. 홍화 꽃물로 종이를 물들였구나. 쳇, 공부는 않고 말이지."

왠지 쑥스러워 코웃음을 쳤지만 조융은 가슴 한가득 홍화가 피어나는 것 같았다.

"심심하니 어쩌겠나이까. 하루 종일 말할 사람도 없는데……."

추신은 밀원의 이야기만 나오면 복잡한 표정을 지었다. 조융은 추신의 잔소리가 나올까봐 가경이 보낸 편지를 소리 내어 읽었다.

"능금을 땄습니다. 아직 떫습니다. 그래도 첫물이라 그 맛으로 먹을 만합니다. 가장 예쁜 것만 남겨놓았습니다? 이런 싱거운 소리나 하고. 쳇, 편지라고 세 줄을 안 넘기는구나."

조융이 입을 비죽하자 웃음을 터뜨리며 추신이 말했다.

"정녕 모르시겠나이까? 유공께서 능금을 왜 남겨두었겠나이까?"

고개를 갸웃하던 조융의 머릿속이 한순간 환해졌다.

"이런, 그냥 오라 하면 될 것을, 부끄러운 겐가."

조융은 편지를 코에 대고 냄새를 맡아보았다. 빛깔만 고울 뿐 처음부터 향이 나지 않는 것을 알면서도 괜히 그래보았다. 편지를 손에서 내려놓기 아쉬웠던 조융은 햇빛에 편지지를 비춰보

왔다. 주홍빛으로 물든 종이의 섬유질이 손끝에 닿아 실핏줄로 이어지는 것만 같았다.

"내 천년을 산들 이리 아름다운 것을 또 볼까."

조융은 서탁으로 가 붓을 들었다. 적어 보내고 싶은 말은 많았지만 가경의 짧은 편지가 떠올라 샐쭉한 마음에 "남겨두라"는 한 마디만 적었다. 하지만 곧 못내 아쉬워 두 자를 더 적은 다음 필산에 붓을 놓았다.

"이걸 밀원에 전하도록 해."

서탁 문진 아래 편지의 내용은 이러했다.

남겨두어라. 보고 싶구나.

쌍병雙餅

유가경이 꽃물을 들인 편지를 쓰기 한 달 전의 일이었다.

그날 가경은 아침상에 올라온 마른 과일이 잔뜩 들어간 동그란 떡을 먹었다. 꿀에 절인 떡은 매우 달았다. 점심에는 찬국수가 나왔다. 얼음물에 담겨 나온 물 많고 다디단 복숭아를 세 개나 먹었다. 유별나게 후텁지근한 날이었다. 가경은 연못 수대로가 평상에 누워 한창 빠져 있던 『태평광기』*를 읽었다.

기담, 괴담, 연담, 음담, 모험담, 환생담······ 이야기 속 사내들은 외로운 업이라도 타고났는지 상대를 가리지 않는다. 귀신과 사랑에 빠지고 천녀와 시한부 연애를 하고 여인으로 둔갑한 호랑이에게 장가를 든다. 그래도 그렇지, 아무리 외롭기로서니 호랑이라니. 호랑이가 미인으로 둔갑해 시문까지 지어 보였다고

* 송대 펴낸 고소설 총집, 500여 권으로 된 이야기책.

는 하지만…… 근데 이 남자, 잠자리할 때도 정말 몰랐을까? 가경은 이 부분이 정말 궁금했다. 아무튼 부부가 되어 아들을 둘이나 낳고 잘 살았다. 그러던 어느 날 오래전에 자기가 벗어놓은 호랑이 가죽을 발견하게 되는데, 여인은 일말의 망설임도 없이 가죽을 뒤집어쓰고 도로 호랑이로 변신, 남자가 잡을까봐 으르렁 할퀴고는 문을 부수고 숲으로 달아난다.

"뭐 이런 얄미운 여자가 다 있담."

별수 있나. 새장가 들어야지. 세상에 여자는 많다. 호랑이에 비할 바인가, 하며 가경은 낮잠이나 자려고 얼굴에 책을 덮었다. 생각해보니 남겨진 남자가 안되긴 했다. 사랑했던 여자가 사나운 호랑이가 되어 눈앞에서 날뛰면 기분이 어떨까. 그래도 여전히 사랑스러울까? 그런 엉뚱한 생각을 해보는 유가경이었다.

늦은 오후부터 바람이 강해졌다. 바람에 습한 기운이 느껴진다 싶더니 청당에 들어서자마자 한두 방울씩 떨어지기 시작했다. 그렇다. 비가 왔다. 저녁상에는 새와 꽃과 나비 장식으로 알록달록 거창한 떡이 올라왔다. 가경은 그래도 몰랐다. 층층 쌓인 떡의 색깔이 진한 원색이라 보기만 해도 부담스러워 손도 대지 않고 저녁을 마쳤다.

비 오는 창밖을 보고 있자니 연전에 소주에서 연하와 비를 피하기 위해 조그만 화다방(기생이 있는 찻집)에 들어간 일이 생각났다. 그곳 누방은 유난히 낮았는데 난간에 앉아 차를 마시며 파초에 듣는 빗소리를 듣기 안성맞춤이었다. 관례 전이라 둘 다 머리를 늘어뜨리고 다니던 시절이었다. 연하가 막 배우기 시작한 비파를 뜯으며 음란한 노래를 불렀다. 마음에 드는 기생이 눈앞에서 알짱대니 관심을 끌어보려고 한 짓이었다. 가경은 여인의 발목이 보고 싶어 옷자락이 펄럭이게 그쪽에 대고 힘껏 부채를 부쳤다. 그때는 그렇게 실없는 짓을 하고 놀았다. 연하는 잘 있을까? 개봉은 질렸다며 소주로 돌아가지나 않았을까?

산그늘 호숫가 하늘 담긴 맑은 물
남풍에 살랑 옷소매 부푸는데,
물풀 일렁이는 물가에서 잃어버린 신 한 짝
아직도 나는 잊지 못하네.

은하수 바라보며 웃음 짓던 여름밤
너는 가장 빛나는 별을 찾아냈지.
누웠던 대자리는 삭아 끊어지고,
그리운 시절은 멀어지고,

고향의 성벽은 여전히 우뚝한지,
버들길은 여전히 아름다운지,
어여쁜 각시는 아이를 낳았는지,
삼현 솜씨는 늘었는지.

가경은 창틀에 올라앉아 한쪽 다리를 늘어뜨리고 밤비 내리는 앞뜰을 하염없이 바라보았다. 굵은 빗방울이 널따란 파초 잎에 연달아 타닥타닥 떨어지며 팟팟 포말 튀는 소리가 정겨웠다. 빗소리를 들으며 몸을 씻고 자리옷으로 갈아입고 막 잠자리에 들려는데 찰찰찰찰 옥이 울더니 곧바로 황제가 들이닥쳤다.

"너는 날짜도 못 헤아리는가?"

들어올 때 낯빛은 나쁘지 않았는데 가경의 모양새를 훑고는 표정이 싹 바뀌었다.

"아침에 쌍병은 먹었겠지?"

쌍병? 아, 그 징그럽게 달던 떡이 쌍병이었구나, 하고 가경이 고개를 끄덕이는데 황제가 버럭 호통을 쳤다.

"정녕 짐이 찾아올 줄 몰랐더란 말이냐. 오늘이 칠석이다, 칠석! 육궁을 다 물리고 비를 맞으며 여길 왔건만 정작 너는 황공한 줄도 모르는가."

모처럼 젖어든 달콤한 상념을 망친 게 누군데! 이 지경에 칠석이 나와 무슨 상관이라고! 가경이야말로 친구 생각, 고향 생각으로 아릿해지고 싶은 밤이었다. 황제를 기다리긴 한다. 유일하게 말할 수 있는 상대니까. 황제에게 바라는 건 그것뿐이다. 견우직녀 놀이를 하고 싶으면 육궁에서 만끽하시지 왜 여기 와서 사람을 들볶아대는지. 소생은 견우도 직녀도 아닙니다. 게다가 연을 타고 왔을 터, 비는 한 방울도 맞지 않았잖습니까! 상대가 황제이다 보니 따지지도 못하고 가경은 정말 머리에 뿔이 날 것만 같았다.

"저는 집에 언제 갈 수 있습니까?"

그동안은 반은 미쳐 있었고 해서는 안 되는 만행을 저지른 전적이 있기에 말도 못 꺼내보았다. 황제의 기분이 풀릴 때까지 묵묵히 견디다 보면 보내주겠지 했다. 허나 가경의 기대와는 달리 황제는 점점 거창하게 인연의 홍실을 감아대고 있었다.

"언제 보내주실 건데요?"

"짐도 모른다."

황제는 자신과는 상관없다는 듯 특유의 뻔뻔한 얼굴로 가경을 쳐다보았다.

"그럼 누가 압니까?"

"짐은 이름도 바꿨다!"

"누가 그리 해달라 조르기라도 했습니까? 천자께서 이름을 바꾸셔도 제 처지는 하등 달라진 게 없습니다. 아까우시면 도로 바꾸소서."

하룻밤 기분에 휩쓸려 이름을 바꾼 게 무슨 자랑이라고 유세를 부리느냐 말이다. 솔직히 그게 대송의 황제가 할 짓인가. 가경이 몰아붙이자 노기등등하던 황제는 박해라도 받는 사람처럼 힘없이 말했다.

"저 구슬피 내리는 비를 보고도 아무런 생각이 안 든단 말인가? 견우와 직녀가 만나서 울고 있지 않은가. 얼마나 그리웠겠는가. 참으로 무정하구나, 너란 사내는."

"아무런 생각이 안 들긴요. 소생은 하루 종일 말 한마디 못 하고 생각만 하고 삽니다. 부모님 생각에 집 생각에 친구 생각에, 생각, 생각, 생각만 한단 말입니다!"

"너는 어떻게 네 생각만 하느냐. 이런 날, 널 찾아온 짐을 어찌 이리 냉대할 수 있는가?"

아아, 제발 이 이상한 남자가 눈앞에서 사라졌으면! 이 끈끈한 밤, 날벌레까지 자꾸 와서 달라붙고 이젠 추적추적 내리는 빗소리까지 정신을 사납게 했다.

"어차피 도마 위에 놓인 고기 아닙니까? 죽이지 않으실 거면 어서 놀다 버리소서."

한 달이고 두 달이고 안 와도 상관없다고 그러니 제발 좀 가라고 가경은 붕붕 부채를 부쳐댔다. 그랬건만 황제는 더 깊숙이 의자에 몸을 묻었다. 이 와중에 어디서 왔는지 딱정벌레가 눈치 없이 용포 위를 기기 시작했다. 가경이 귀찮아 모른 척하자 어쩔 수 없는지 황제가 손수 벌레를 잡았다.

"빛을 찾아 날아왔어도 결국 저 향에 취해 죽겠지. 이렇게 황동 갑옷을 입고 있어도 너 또한 별수 없구나. 놀다 버리라니, 인연을 어찌 그리 가볍게 말하는가."

벌레를 손가락 위에서 놀리며 황제가 나지막이 절구를 읊었다.

칠월이라 칠석 비는 내리고
은하수 잔잔해도 하늘만큼 너른 물
칠월이라 칠석 오작교도 없는데
이 작은 날개로는 건널 수 없어요.

적반하장이었다. 내 앞에서 불쌍한 척을 하다니. 그러나 가경을 더 분노케 한 것은 황제의 시 짓는 솜씨였다. 청루의 어린 소저보다도 못하지 않은가. 심지어 황제는 답가라도 바라는 듯 넌 지시 가경을 쳐다보았다. 가경은 벌떡 일어나 황제의 손에서 벌레를 낚아채 창가로 가져가 휘장 밖으로 던졌다. 이젠 한계다, 더 이상은 못 하겠다는 생각만 들었다. 가경이 한참이나 등을 지고 서 있자 황제가 기어들어가는 소리로 말했다.

"언제 나가는지가 궁금하다고 했느냐. 그건 정말 짐도 몰라. 왜냐하면…… 그건 네게 달렸으니까. 네가 진심으로 짐을 연모하면, 그때 여기서 내보내주마."

연모? 가경은 단번에 머릿속이 시원해졌다. 그게 뭐 어렵다고.

"정말, 정말입니까? 그것뿐예요?"

가경은 용포자락을 부여잡고 재차 물었다.

"정말이죠? 놀리려 하시는 말씀은 아니죠?"

황제가 허리를 쭉 펴며 말했다.

"덥구나."

승기를 잡은 황제는 도도하기 그지없는 평온을 되찾았다. 가경은 살랑살랑 잰 바람이 나도록 부채를 부치며 가까이 다가가 앉았다.

"저는 지금도 폐하를 연모합니다. 앞으로도 쭉 그럴 거고요. 지아비 노릇도 그만하면 곧잘 하지 않습니까?"

희망은 젊은이를 간사하게 만들었다.

"글쎄다."

어서 용포나 벗기라고 황제가 두 팔을 벌렸다. 나긋해진 손길로 용포를 벗기며 가경의 머릿속에선 어떻게 하면 점수를 딸까, 바쁘게 팽이가 돌아갔다. 그래서 우선 그 일부터 해명하기로 했다.

"그때 제가 어실에서 그만 너무 당황해서. 그러니까 지아비란 건, 누구라도 천자의 지아비가 되란 명을 받는다면, 그러니까 그 게 강상지도를 무너뜨리는 일이 아닙니까. 종묘의 위패가 다 제 머리 위로 쏟아지는 것 같고 너무 두려워서 그만……."

"사과라도 하고 싶은 거냐?"

"폐하께 용서를 구하고 싶습니다."

"용서라니, 너는 죄를 지은 게 아니다. 확실하게 대답을 안 했을 뿐이다. 네 대답은 유예되었다."

"그래도 어쨌든 그날, 너무 놀라서 그런 망령된……."

"말하지 않았나. 너는 무슨 짓을 해도 짐을 모욕할 수 없다. 그러니 그날 일은 다시 꺼내지 말라!"

그 일을 입 밖에 꺼내는 것조차 금하는 것 보니 역시 상처를 받았던 것이다. 그러니 꽁해서 여기 가두고 괴롭히리라 작정했겠지, 왠지 그 심사가 재밌어서 밀원에 오고 난 뒤 처음으로 가경은 억울한 기분이 들지 않았다.

"오늘은 궁금하지 않느냐? 늘 묻지 않았어. 짐이 하루를 어떻게 보냈는지."

교합이 이어지면서 둘 사이에는 나름의 절차가 생겼다. 황제는 잠자리에 들기 전에 그날 하루 이야기를 들려주었다. 가경은 이 시간이 좋았다. 듣고 있으면 조용조용 말하는 목소리도 좋고, 무엇보다 혼자 길게 떠들어줘서 좋았다. 그럴 때만큼은 황제가 온전한 사람 같았다. 자신이 상대하는 사람에게 온전한 면이 있다는 사실이 가경에게 주는 위안은 실로 컸다.

"오늘은 일찍 대對*를 마치고 저녁까지 가족들과 지냈다. 쌍병을 열 개나 먹었지. 그중 하나는 너를 생각하며 먹었다! 네가 그 노고를 알겠느냐?"

생각할수록 괘씸한지 황제가 가경을 쏘아보았다. 가경은 재빨리 황제의 볼에 입을 맞췄다. 여인들을 달랠 때 하던 행동이 자기도 모르게 나왔던 것이다. 볼이든 손이든 이마든 일단 입을 맞추고 보는 그 버릇이. 황제가 헛기침을 하더니 천천히 말을 이어갔다.

"……혼인한 황자들에게 아기인형을 나눠주고, 제희들과 쌍륙을 놀고, 태후마마들께 노래를 불러드렸지. 올해 태어날 아이를 위해 걸교루**에 인형을 바치고."

말을 하다 말고 황제가 가경의 입술이 닿았던 그곳을 조심스레 만져보았다.

"얘기가 재미없지? 그만둘까?"

"웬걸요. 좀 더 듣고 싶어요. 폐하의 옥음은 그야말로 옥소리 같아 들어도 들어도 좋아요."

가경이 도리질을 치며 반색을 하자 황제는 마지못해 입을 열었다.

"……황후는 짐에게 향낭을 걸어주고, 잉태한 숙비에게도 똑같은 걸 주었어. 신비는 어린 자식들과 호박으로 말을 만들어 내

* 임금이 신하들의 보고를 받는 일.
** 칠석에 아이나 재주를 얻게 해달라고 장식으로 세우는 작은 누각.

게 주고, 덕비와 현비는 견우시를 지어 읽어주었다. 귀비는 직접 길쌈한 천으로 지은 옷을 내게 입혀주었지. 짐의 황후와 빈어들은 전부 의젓하고 현숙하다. 다들 책 읽기를 좋아하지. 어쩌면…… 짐에게 맞춰주는 걸지도 모르겠구나…… 선황제께서는 나긋하고 여리여리한 여인들을 좋아하셨다. 그때는 태후께서도 그렇고 어마마마도 그렇고 궁 안의 모든 궁녀들이 무슨 일만 있으면 잘 울었다. 여관들도 그렇고 내관들까지 말이야. 슬퍼도 울고 기뻐도 울고 황공해도 일단 아바마마 전이면 울기부터 했다. 누가 얼마나 가련하고 어여쁘게 울 수 있는가 내기라도 하듯. 선황제께서도 옥루를 자주 흘리셨지. 원단 대조회 때도 우시고, 문덕전에서 조정례를 받으실 때도 옥루를 줄줄줄…… 뭘 어쩌자는 건지. 모두 그 한 분만 바라보고 있는데 어쩌자고 그토록 나약한 모습을……."

생각에 빠진 황제는 건드리면 그대로 넘어갈 것처럼 허술해 보였다. 가경은 황제가 왜 저러는지 알 수도 없고 알고 싶지도 않았지만 어쨌든 이래야 유리할 것 같아 황제의 손을 잡아 자기 뺨에 갖다 댔다. 그제야 혼자만의 생각에서 빠져나온 황제가 아, 그게 있었지, 하고는 용포를 가져오라고 하더니 소맷자락에서 뭔가를 꺼내 가경의 손에 쥐여주었다. 화려한 은갑 안에는 은입사 상아 비녀가 들어 있었다. 비녀는 미녀의 눈썹처럼 날렵한 게 눈을 홀릴 만큼 예뻤다. 어서 상투에 찔러보고 싶어 급히 감사의 절을 올리려는데 황제가 자신의 상투관을 자랑스럽게 가리켰다. 이제 보니 가경에게 하사한 것과 한 쌍임이 분명한 상아로

깎은 상투관이었다. 칠석의 밤, 이토록 원색적인 하사품이라니. 이 사람에겐 정녕 한 치의 부끄러움도 없는 걸까. 하지만 가경은 애써 기쁜 척을 했다.

"황은이 망극하옵니다. 소생 유가경은 폐하께 드릴 게 없어서……."

말을 맺기도 전에 황제가 안겨왔다. 가경의 가슴에 용안을 묻은 채 말했다.

"마음을 다오. 너에겐 색도 정도 차고 넘치니 어려운 일도 아니잖아, 응?"

황제는 분위기를 민망하게 만드는 재주가 있었다. 안고 있으려니 자신이 부린 아양이 저주스럽고 귓가에 남아 있는 황제의 목소리가 살갗을 따갑게 했다. '연모'를 해야 할 시간이 도래한 것이다. 이곳에서 나가려면 진심인 걸 제대로 보여줘야 한다. 그런 생각이 들자 조금 비참해지면서 허리에 힘이 빠졌다. 침상 옆의 등롱에 뭔가 탁탁대서 보니 조금 전의 그 풍뎅이였다. 잘됐다싶어 가경은 황제를 품에서 떼어내고 일어나 등롱에 붙어 있는 벌레를 잡아 황제의 손에 놓아주었다. 반가웠는지 황제가 손가락으로 건드리자 아까처럼 손 위를 기기 시작했다. 같은 종류라도 소주의 풍뎅이는 크고 색도 화려했다.

가경은 저 벌레를 먹어본 적이 있었다. 어릴 때 외사촌 누나가 시켜 하란 대로 입에 넣고 삼켰다. 고모한테 이르면 안 돼, 알았지? 나중에 알고 보니 작은형에게도 먹이고, 연하에게도 먹였다. 음양도 모르는 나이였건만 사내애들에게 휘두르는 사촌누이의 위력은 대단했다. 소문 자자한 절세미인이었다. 그런 여인도 제 뜻대로 살지 못하고 스물 전에 죽었다. 오랫동안 연모하던 이에게 거절당하고 그날로 청금단을 삼켰다고 한다. 외가댁 정원 후미진 곳에서 유모들이 피 묻은 누이의 옷을 태우는 걸 보았다. 그날 가경과 연하는 세상을 잃은 듯 울었다.

"어리석구나. 떠나는 법은 배우지 못하였느냐. 놓아줘도 떠나지 못하니 집착이 강한 미물이로고."

황제가 벌레를 손등에서 이리저리 놀리며 말했다. 이듬해 가경의 맏형은 정혼자와 무탈하게 혼례를 치렀다. 이제는 아무도 사촌누이에 대해 이야기하지 않는다. 외가 식구들마저 가끔 그녀의 화려했던 장례에 대해서만 이야기한다.

"그래서 운명인가 봅니다."

가경 입에서도 한숨이 나왔다.

능금 하나

칠석 이후 가경은 자주 편지를 썼다. 황제가 원하는 연모는 가경에게 달성해야 할 목표가 되었다. 그걸 해야 여기서 내보내준다니 어서 빨리 해치우고 싶은 마음뿐이었다. 그러자면 접촉을 자주 해서 제대로 연모를 증명할 기회를 만들어야 했다. 가경이 가진 방편이라곤 오직 편지뿐이었다. 가경은 전과는 달리 편지에 안부를 묻기도 하고 싱거운 소리를 써 보내기도 했다. 답장은 재깍재깍 왔다. 누군가와 말을 섞지 않고 짧으면 삼사일, 길면 칠팔일을 버틴다는 게 쉬운 일은 아니었지만 편지가 자주 오가니 처음과는 비할 바가 아니었다.

어느 날 아침 산책을 하던 가경은 걷다 보니 북쪽 헌軒까지 가게 되었다. 빼어나게 아름답지만 묘하게 박복해 보이는 건물, 그래서인지 이후 한 번도 발걸음을 안 한 곳이었다. 헌의 문들은 처음과는 달리 자물쇠로 잠겨 있지 않았다. 자신이 안을 궁금해하는 것을 보고 내관들이 자물쇠를 빼놓은 게 아닌가 하는 생각이 들었다. 그럼 한번 구경이나 해볼까, 가경은 문고리를 당겼다. 첫눈에 들어온 것은 중앙에 놓인 거대한 흑단목 탁자, 역시 시회를 하려고 만든 건물이로군 하며 둘러보다가 가경은 밀원에서 처음으로 벽에 걸린 편액을 발견했다.

"천가지필화락天歌地筆和樂(하늘의 노래를 땅의 붓이 받아 적으니 함께 즐겁다)이라."

아무리 봐도 황제의 글씨였다. 지금의 글씨와 비교해보면 전체적으로 가늘고 부드럽다. 꽃단장까지는 아니더라도 가뿐한 게 날아갈 듯 젊은 글씨였다. 아마도 스물 전후에 쓴 글씨인 듯싶었다.

"쳇, 그때도 잘 쓰긴 했네."

자신의 글씨를 비웃던 황제의 얄미운 얼굴이 생각나서 분하긴 했지만 이 사람에게도 젊은 시절이 있었구나 하는 생각에 가경은 기분이 조금 묘해졌다.

돌아오는 길에 가경은 가지가 휘도록 자그마한 열매가 다글다글 열린 능금나무를 만났다. 막 익기 시작할 때라 대부분이 노랬는데 기특하게도 몇 개는 황홍 빛깔로 물이 들고 있었다. 좀 시원해졌다 싶더니 어느새 가을인가, 하며 한 개를 따서 베어 먹었다. 맛이 들기 전이라 풋내는 났지만 새콤한 게 그런대로 먹을 만했다. 가경은 개중 잘 익은 몇 개를 따서 소매에 넣었다.

"드릴 것이 있습니다."

아니지 아니야, 가경은 종이를 구겼다. 대단한 걸 기대하게 하면 안 된다. 비단꽃 정도를 기대했다가 성에 안 차면 '에계, 이게 뭐야' 하고 면박을 주고도 남는다.

"능금을 드시러 오십시오."

써놓고 보니 노골적인 유혹이었다. 잘보여서 어서 여길 나가고 싶지만 너무 티가 나게 굴면 반감을 살 수도 있다. 한번은 이런 감사의 글을 올린 적이 있었다.

"조금 전 세모시로 지은 여름 배자를 받았습니다. 황은이 망극하여이다."

바로 답장이 왔다.

"새삼스럽구나. 입에 발린 소리 하지 말라."

이토록 봐주는 게 없는 사람이다. 황제는 편지 글자 하나하나에 진심이 깃들어 있는지 감별을 해낸다. 점수를 따도 모자랄 판에 깎이는 짓을 해선 안 된다. 계산속이 없어 보이면서도 오고 싶게 만드는, 한마디로 은밀하게 유혹하는 문장을 만들어야 했다. 가경은 다시 적었다.

"능금을 땄습니다. 아직 떫습니다. 그래도 첫물이라 먹을 만합니다. 가장 예쁜 것만 남겨놓았습니다."

암시를 못 알아보면 어쩌나 싶어 홍화를 찧어 편지 테두리에 장식까지 했다. 황제는 약은 척은 다 하면서도 마음을 주고받는 일엔 어수룩했고, 가리는 금기 없이 뻔뻔한 반면 은근한 정취에 대해서는 놀랄 만큼 둔했다. 이러면 청루 기녀들에게 가장 인기 없는 남자로 뽑히고도 남는다. 그날 오후 늦게야 '보겠으니 남겨두라'는 어딘지 퉁명스러운 답장을 보내더니 어쩐 일인지 평소보다 꽤 이른 시간에 황제가 찾아왔다.

"이것인가? 정말 예쁘구나."

항 위에 앉아 백자기에 놓인 능금을 집어 이리저리 돌려보며 황제가 미소 지었다.

"드셔보소서. 먹을 만합니다."

황제가 고개를 가로저었다.

"능금 싫어하십니까?"

"짐은 어선방에서 올린 것만 먹는다."

"하, 제가 독이라도 묻혔을까 겁나십니까?"

"너라면 그런 짓을 하고도 남지. 나라도 그럴 테니. 하하하."

보물이라도 되는 양 손바닥에 소중하게 능금을 올려놓고 웃는 황제의 모습은 어딘지 착한 아이 같았다.

"그런데 정말 어선방에서 올린 게 아니면 안 드십니까? 여태한 번도? 진짜?"

고개를 끄덕이는 황제를 보니 왠지 오기가 난 가경은 능금을 채 와서 한입 베어 물었다.

"내 것이다. 내 것."

가경은 항의하는 황제의 입에 베어 문 능금 조각을 넣어주었다.

"이제 독이 퍼져 폐하와 저는 함께 죽을 것입니다. 흐흐흐. 겁이 나시면 어서 뱉으소서."

잔뜩 굳은 용안을 보자 가경은 통쾌하기까지 했다. 황제가 천천히 능금을 씹기 시작했다. 겁먹은 얼굴로 능금을 처음 먹어보는 사람처럼. 웬일인지 가경까지 숨을 죽이고, 꼴깍 삼키는 소리에는 울대가 함께 떨렸다. 가경은 다시 한입 베어 입에 넣어주었다. 또 한 입, 또 한 입. 황제의 입을 바라보는 가경의 눈동자가 풀려갔다. 입안은 신맛으로 흥건한데 몸이 자꾸 앞으로 기울어지고 상대에게 빨려 들어가는 맹렬한 무력감…… 마음속에서 누가 자꾸 말려도 그만두지 못하고, 그래서 괜히 황제가 얄밉고 그랬지만 가경으로선 불가항력이었다. 더 이상 베어 물 게 남지 않자 서로의 눈빛을 살피는 시선이 부딪쳤다. 갑자기 황제가 가경의 손에서 속치를 빼앗아 접시에 던졌다. 그 뒤로는 누가 먼저랄 것이 없었다. 난폭하게 서로를 잡아끌었다.

"혀를, 혀를."

가경은 황제의 차가운 침을 삼키고 삼켜도 갈증을 견딜 수 없어 서둘러 손을 뻗어 유액이 든 정병을 열었지만 오늘따라 황제의 몸이 열리지 않아 두 사람은 끙끙댔다. 어떻게든 해보려고 입으로 공을 들이던 가경은 무심결에 좋은 모양이야, 하고 생각했다. 그동안은 어떻게든 눈길이 가지 않도록 조심해왔다. 물론 황제는 일관되게 거리낌이 없었다. 등촉을 끌까요? 그냥 두어라. 분명 옥체를 친견하는 영광을 베푼다 생각했을 것이다. 짐의 모든 것은 성스럽지만 짐의 음경은 특히 성스럽다. 왜 아니겠는가. 그 뻔뻔한 과시도 한몫했겠지만 황제의 음경은 그 자체로 가경에게는 곤혹스러움의 요체였다. 아무리 좋게 생각하려 해도 결국 남자인 것이다. 그런데 지금 그 요체가 전과는 다른 무엇으로 가경에게 다가왔다.

하나의 아름다운 형상으로.

제대로 살펴보니 음낭 또한 누에고치처럼 단정했다. 빠져들 듯
바라보던 가경은 문득 정신을 차리고는 교만하게 피식 웃었다.
별다른 의미는 없다고, 형태가 보기 좋아 인정하는 것뿐이라고.

관계가 끝나면 가경은 스스로에게조차 마음을 닫고 맹숭맹숭
한 침묵 속에 가라앉곤 했다. 그 공허하고 서먹한 느낌은 어떻게
해서도 익숙해지지가 않았다. 옆에 누워 있는 황제는 귀찮기만
했고 어서 저 사람이 잠들었으면 하는 마음에 가경의 손은 서둘
러 등촉을 끄고 다니기 바빴다. 그런데 오늘은 평소와 다르게 기
분 좋은 나른함이 몰려와 가경을 침상에 붙어 있게 했다. 고개를
돌리니 숨을 몰아쉬는 황제의 옆모습이 보였다. 주작문 야시에서
감주를 파는 사씨랑 비슷하게 생겼다고 생각했는데 지금 보니 전
혀 그렇지가 않았다. 누구더라. 저 길고 가는 눈, 반쯤 내리뜬 눈.
오래전부터 알고 지내던 사람이 분명한데. 아, 그렇군, 불현듯 어
머니 방의 불단에 모셔진 연화관음상이 떠올랐다. 귀한 양지백옥
羊脂白玉으로 조각된 그 관음상의 아래쪽은 양기름처럼 누르스름
했고 위쪽은 부드러운 젖빛이었다. 특히 관음의 이목구비 부분은
투명할 정도로 깨끗했다. 반쯤 눈을 감은 관음보살, 그 단정한 인
상이 황제와 꽤 닮았다. 아니, 보면 볼수록 똑같았다.

황제는 아직도 몸에 남은 파문에 떨며 숨을 몰아쉬고 있었다.
여인이었다면 안고 달래줬겠지만 솔직히 거기까지는 내키지가
않았다. 외면하고 등을 돌리는데 갑자기 '연모'가 떠올랐다. 세

상일이란 게 막상 해보면 못할 노릇만은 아니기에 가경은 황제의 허리에 팔을 둘렀다. 몸이 닿자마자 황제가 품에 파고들었다. 가경은 둥지에서 떨어진 작은 새를 안은 것처럼 조심스러워졌고 그래서 자신이 할 수 있는 한 가장 부드러운 손길로 황제의 등을 쓰다듬었다. 잠시 후 황제가 미간을 찌푸렸다.

"배에……."

진정이 되자 배 위에 남은 정액이 불편하게 느껴진 모양이었다. 침상 곁 대야의 물이 있었지만 급한 대로 자신의 중의로 황제의 배를 닦는데, 훅 하고 냄새가 끼쳤다.

"능금."

"응?"

황제가 반쯤 뜬 눈으로 무슨 일이냐고 쳐다보았다.

"능금 풋내가 폐하의 것에서."

"……."

그제야 말뜻을 알아챘는지 황제가 고개를 홱 돌렸다. 귀까지 빨갛게 달아올라 있었다. 저분, 설마 부끄러워하는 건가, 하고 생각을 하는데 가경의 목덜미로도 열기가 퍼져 올라왔다. 휘몰아치기 직전의 예감처럼.

밀월의 시작이었다.

그다음 날 연못가에서 잉어 먹이를 던져주던 가경은 커다란 연꽃들 사이에서 수줍게 이쪽을 보고 있는 연밥송이를 발견했다. 옳지, 잘되었구나, 가경은 배를 띄웠다. 하나를 꺾어 알을 빼

먹어보니 좋은 품종이라 맛이 그만이었다. 가경은 출렁이는 연잎들을 이물로 헤치고 다니며 연밥 줄기를 꺾었다. 꽉 오므린 씨주머니 정수리에 점이 찍힌 파란 연자가 송알송알 박혀 있는 모습이 가경을 들뜨게 했다. 노를 저으랴 연줄기를 꺾으랴 정신이 없었는데 어느새 쪽배 안이 제법 수북해졌다. 연못의 한쪽에서만 딴 게 이만큼, 연못의 절반을 뒤덮은 청청한 연잎 위로는 여전히 홍련이 탐스러웠다. 어서어서 연밥이 되어라, 두고두고 딸 생각을 하니 부자가 된 기분이었다.

가경은 포삼을 벗어 연밥송이를 담아 청당으로 옮기고는 평상에 앉아 저녁 내내 알을 뺐다. 연자는 하나같이 잘 익어 동글동글 살졌다. 어떤 송이는 두 주먹을 합친 것보다 컸는데 연자가 서른 알도 넘게 나왔다. 거기까지는 좋았는데 일일이 껍질을 벗기고 심까지 제거하려니 생각보다 일이 많았다. 처음 해보는 일이라 요령이 없어 손끝이 아렸다. 다 끝내지도 못한 채 가경은 그대로 침상으로 가 곯아떨어졌다.

다음 날 일어나 보니 연자는 흔적도 없고 연밥 줄기와 껍질로 어질렀던 평상 위도 말끔했다.

"여기 있던 연자, 폐하께 보내긴 한 겁니까?"

내관들은 꾹 다물고 세숫물 대야만 들이밀 뿐이었다. 직접 주고 싶어서 열심히 깠건만, 가경으로선 아쉬움이 이만저만한 게 아니었다. 설마 어선방을 통하지 않은 음식은 안 된다며 다 갖다 버린 건 아니겠지? 가경은 갈색으로 물든 손끝을 내관에게 내보이며 골난 얼굴로 한숨을 쉬었다.

그날 아침 산책을 하고 돌아온 가경은 탁자 위에서 못 보던 것을 발견했다. 달려가 비단손수건을 들추자 아! 큰 합에 볶은 연자가 한가득. 연자에서 올라오는 고소한 훈기를 맡자 가경은 울컥했다. 이렇게 고마울 데가! 말을 못 해 답답했던 건 자신만이 아니었다. 가경은 미끄러질 듯 서실로 달려갔다.

"연밥을 땄습니다."

오후에 답장을 받았다.

"다 먹지 말고 남겨두어라."

그날 밤 황제가 문을 열고 들어오자마자 가경은 절할 새도 없이 황제의 손을 잡고 탁상으로 끌고 가 연자를 입에 넣어주었다.

"음. 먹을 만하구나. 짐이 연자를 좋아하는 건 어찌 알았지?"

"성문 앞 시장에 있는 이화네 가게에서 들었습니다."

"이화네 가게?"

"온갖 씨앗을 볶아 파는 가게예요. 폐하께서 간식으로 드시는 연자가 바로 거기 거예요. 폐하께서 드신다고 소문이 나 거기 굉장히 유명해요."

"너는 평생을 개봉에서 살아온 나보다 개봉을 더 잘 아는구나. 그런데 그런 가게에 몸소 가느냐? 흐음, 그 먼 데까지 왜 갔을까. 누구에게 연자를 사다 바치려고, 응?"

대답 대신 볼에 입을 맞추려고 하자 어림없다는 듯 황제가 고개를 돌렸다.

"연못에 아직 많이 남았습니다. 다 따드릴게요. 헤헤."

비위를 맞추느라 날개를 파닥이며 꽁무니를 따라다니는 수

컷. 가경은 본래의 자신으로 돌아온 기분에 뭐든 해도 될 것 같
은 자유로움마저 느꼈다. 황제는 콩알을 쪼아대는 비둘기처럼
바빴다. 오도독거리는 입 모양을 보고 있자니 가경은 마음이 급
해져 그 자리에서 무릎을 꿇고 황제의 하상을 걷어 올렸다. 계속
누구였냐고 따져 물으며 뿌리치는 황제의 손에 기어이 옷자락
을 쥐게 하고는 곧장 얼굴을 묻고 숨이 막힐 만큼 삼켰다. 황제
는 쾌감으로 가쁜 숨을 내쉬면서 가경에게 자꾸 뭔가를 맹세하
게 했지만 어느 순간부터 옥체는 순해져 가경의 손이 닿는 대로
흔들리는 연꽃줄기처럼 정직하게 반응하기 시작했다. 끝없이
펼쳐진 연잎 바다에서 황제와 함께 출렁출렁, 심장에 흩뿌려지
는 간지러운 쾌감에 가경은 흐흐흐 웃음이 났다. 황제의 허벅지
가 바르르 떨자 잡고 있던 가경의 손바닥에 찌릿찌릿 번개가 훑
고 갔다. 번개는 몇 번이나 다시 찾아와 두 몸을 하나로 감전시
켰다.

　아, 함께 일그러지는 것이 이렇게나 짜릿하다니!

그리고 달콤한 것이 따라왔다

낮이 짧아지고 밤이 길어짐에 어둠은 일찍 오고 방문은 빈번해졌다. 가경은 한 아름씩 산국화를 따다 놓기도 하고 낙엽을 뒤져 알밤을 주워놓기도 했다. 그날도 가경은 황제가 밀원에 올 수밖에 없게 만드는 편지를 보냈다.

"어제는 홀로 월루에 오르니, 나눌 임도 없는데 달빛만 한가득."

검푸른 밤하늘은 순간순간 몸을 트는 구름으로 요란하건만 외로운 상현달은 저 홀로 고요했다. 가경은 동창으로 그 장관을 구경하며 황제를 기다렸다.

남쪽으로 날아가던 기러기 떼
배웅하던 내 손끝 보았는지,
오늘 밤은 어느 하늘 아래 쉬고 있는지,
달빛 아래 서로의 목에 감기우는 잠

그리운 태호에는 언제쯤 닿으려나.

그 가을 낚싯배 띄우고 놀 때
너희는 둥둥 자맥질을 하고
물풀을 쪼고 물고기를 쫓고
이럴 줄 알았으면 편지라도 전해달랠것을.
이럴 줄 알았으면 고향을 떠나지도 말것을.

　가경은 고향을 떠나고 나서야 가을이 쓸쓸한 계절이란 것을 알게 되었다. 개봉은 상달(음력 10월)이 되기 전부터 추워 종일 손난로와 족탕파(발난로)를 끼고 살아야 했다. 시녀들은 적응을 못해 감기에 자주 걸렸다. 두아가 시린 손을 호호 불며 방에 들어오면 가경은 그 찬 손을 품속에 넣어 녹여주곤 했다. 계랑이가 꿀 넣은 따뜻한 시호탕을 내오면 셋이서 나란히 항에 앉아 마셨다. 두아와 계랑이는 삼 년마다 계약을 하는 시녀였다. 가경이 기억하기로 올 연말이 기한이니 계속 시녀를 살게 하려면 정초에 그네들의 집에 몸값을 보내줘야 한다. 설마 내가 없다고 어머니께서 본가로 돌려보내진 않겠지? 십 년 가까이 딸처럼 데리고 있었고 나와의 관계도 대충 아실 테니 그렇게까지 매정하게 구시진 않을 거야, 그렇게 좋은 쪽으로 생각을 하려 해도 두아와 계랑이가 울면서 배를 타고 소주로 쫓겨 가는 모습이 자꾸 눈앞에 아른거렸다.

"조칙을 살피느라 늦었어. 중요한 일이라 어쩔 수가 없었다."

변명만은 아닌 듯 눈가에 주름이 깊었다. 괜히 편지를 보냈다 싶어 미안해하자 황제가 애써 밝은 표정을 지으며 안겨왔다. 소매 속까지 찬 기운이 가득하고 맞댄 뺨이 몹시 서늘했다.

"연에서 잠이 들까봐 걸어왔더니 덕분에 기운이 나는구나."

어서 따듯하게 해주고 싶어 가경은 연인을 더 꼭 안았다.

"폐하께 좋은 냄새가 납니다. 뭔가 달콤한, 당을 졸일 때 나는 냄새가 나요."

"음, 그러고 보니 그런 듯도 하구나. 가을엔 공기도 익나 보다. 이 또한 가을의 정취려나."

황제가 말하며 옷을 벗기라고 두 팔을 벌렸다. 펼쳐진 소맷자락에는 연못 풍경이 수놓아져 있었다. 황제가 소매를 흔들자 연잎이 출렁대고 맑은 물이 밖으로 넘쳐날 것 같은 착각이 일었다. 양쪽 소매에는 잉어가 한 마리씩 그려져 있었는데 마주 보는 잉어들의 눈이 보석처럼 빛났다. 여름날의 전율이 오늘 밤에도 이어지길. 용포를 벗기는 가경의 손에 신이 났다. 그날은 휘장을 걷어 올리고 그대로 달빛을 받으며 서로의 몸을 안았다. 재미도 잠깐, 용안은 푸르스름해지고 옥체에는 소름이 돋았다. 만추의 월하는 상상과는 달리 별로 낭만적이지 않았다. 가경은 급히 창문을 닫고 황제의 차가운 몸을 침장 안으로 끌고 들어갔다.

다음 날, 가경은 그 냄새를 또 맡았다. 내관 중 처음 보는 이가 식사 시중을 들러 왔을 때였다. 매일 보던 그 고목같이 생긴 늙은 내관 대신 이 젊은이가 왔다. 스물이나 되었을까, 주근깨가 가득한 어린 얼굴이었다. 젊은 환관은 긴장을 숨기려 화난 표정을 짓고 있었는데 가경에겐 그 모습이 귀엽게만 느껴졌다. 빙긋 웃으며 첫술을 뜨던 가경은 하마터면 젓가락을 놓칠 뻔했다.

그거였구나!

가경은 점심상을 물리고 일부러 느긋한 품새로 산책을 나갔다. 꼬리처럼 따라오는 무관과 내관 무리를 뒤에 달고 연못을 한 바퀴 돌고는 천천히 발걸음을 서쪽으로 옮겼다. 서원으로 향하는 반월문을 지나 주랑이 끝나자 바로 그것이 나타났다.

쭉 뻗은 계수나무 길.

봄에 봤던 그 너른 길은 이제 노란 낙엽으로 뒤덮여 있었다. 약한 바람에도 나뭇잎이 하염없이 떨어졌다. '호호히 호호히' 뒤쪽에서 새소리가 들렸다. 가경은 낙엽을 지르밟아보았다. 몇 걸음 만에 벌써 그 냄새가 풍겼다. 소주 부학 후원에 계수나무 숲이 있었다. 소년 시절 가경과 친구들은 수업을 마치면 후원으로 몰려가 놀았다. 가을이면 팔랑팔랑 지전처럼 떨어지는 노란 낙엽, 그 위를 너구리새끼들처럼 뒹굴며 놀았다. 그때도 분명 이런 냄새가 났지, 가을 계수나무 낙엽 길을 걸으면 발밑에서 단내가 올라온다.

'호호히 호호히' 다시 새소리가 들렸다. 가경은 태연한 척 앞으로 계속 나아갔다. 과실수가 심어져 있는 너른 정원이 나오고 이층으로 된 누청이 나왔다. 전에 본 대로였지만 사람 그림자는 어디에도 없었다. 가경은 과실수 사이를 노닐듯 걸었다. 까치발을 세워 괜히 감도 하나 따보고 슬렁슬렁 거닐며 휘파람을 불기도 했다. 누청 뒤쪽은 평범한 뒤란이었다. 한 귀퉁이 작은 채소밭에는 배추들이 묶여 있고 짚으로 만든 지붕을 얹은 이랑도 있었다. 밭 뒤로는 빽빽한 대숲이 보였다. 그 너머엔 울울창창 탱자나무가 가시를 세우고 있을 것이다.

침소로 돌아온 가경은 항 위에 걸터앉자마자 신을 벗어 코에 대고 냄새를 맡아보았다. 어젯밤 연에서 내려 걸었다고 했다. 황제는 분명 계수나무 길을 걸어 이곳에 온 것이다. 그 주근깨 내관도 그 길을 통해 이리로 온 것이고. 새소리로 신호를 보내며 경계하는 것을 보면 그곳에 숨겨야 할 무엇인가가 있다는 뜻이다. 조금 전에도 확인했듯 대숲 쪽은 연은 고사하고 사람 하나 드나들기도 불가능한 곳이다. 출구를 찾아 헤맬 당시 무관들이 앞을 막은 이유가 그곳 사람들과 접촉하지 못하게 하려는 것인 줄만 알았다. 그게 아니었다. 누청 건물, 그곳에 출입구가 있기 때문이었다. 그동안은 체념하고 있었다. 자신의 재주로는 도망을 칠 수 없는 곳이라 여겼다. 어쩌면 처음에 너무 호되게 고생을 해 다시 실패하는 참담한 기분을 맛보고 싶지 않았을지도 모른다. 무리하기보다는 쉽게 포기하는 성격도 한몫했다. 겨우 이곳 생활에 적응해가던 참이었다. 황제와도 꽤 즐거워 지낼 만한 나날이었다. 정말 지낼 만한 줄 알았다. 그러나 나갈 수도 있다는 희망이 보이자 걷잡을 수 없이 해방감이 밀려왔다.

"나갈 수만 있다면, 여기서 나갈 수만 있다면!"

흥분을 주체 못 해 가경은 보료를 가슴에 안고 퍽퍽 때렸다. 아아, 집으로 돌아가면 어머님 아버님이 얼마나 기뻐하실까. 형들과 누이, 어린 조카들, 두아와 계랑이 모두 다 질리도록 얼싸 안아야지. 내 방 침상에 누워 이불에 얼굴을 묻고 그 익숙한 햇볕 냄새를 맡으며 다시는 떠나지 말자고, 악몽일랑 꾸지 말자고, 난 너무 행복해서 울겠지. 내 책상 내 의자에 다시 앉아봐야지. 정이 든 내 벼루, 내 붓, 내 문진 다 만져봐야지. 그리운 것은 끝없이 튀어나왔다. 나중엔 그 심술 맞던 말까지 보고 싶어졌다. 말을 타고 한없이 달리고 달려 소주에 가서 연하와 배를 타고 바다로 나가 남으로 남으로, 생각만 해도 남방의 바람이 가슴으로 불어오는 듯했다. 남해엔 숨어들어갈 섬이 많으니 몇 년이고 처박혀 있으면 된다. 아니, 아예 대리국 같은 데로 넘어가버리는 게 나을지도 모른다. 가경은 부풀어 오르는 기대를 주체할 수 없어 항 위에 벌렁 드러누웠다. 바로 위에 보이는 천장은 반사광 덕분에 가경의 기분만큼이나 환했다. 천장 가운데에서 빛나고 있는 황룡 한 쌍, 정간井間에 조각된 두 마리 용은 한 몸인 양 뒤엉켜 여의주 주위를 굽이치고 있었다.

"아무리 그래도 아주 도망치는 건 좀 그러려나."

가경은 천천히 몸을 일으켰다. 가족들은 가경이 숭문원 비각*에 소속되어 밀명을 수행중인 걸로 알고 있다고 한다. 황제의 사사로운 욕망 때문에 사대부 집안을 속인 것이니 자신이 이곳에서 도망을 친들 가족들에게 책임을 물을 수는 없을 것이다. 문제는 이곳 사람들이었다. 말만 나눠도 혀를 뽑겠다며, 저들의 안위

---

* 황실도서관에서 회귀도서나 명화를 관리하는 부서.

가 너에게 달려 있으니 알아서 하라고 대놓고 협박을 하지 않았나. 유령 같아도 반년을 함께 지낸 사람들인데 나 몰라라 하는 건 인간으로서 도리가 아니라고 가경은 생각했다.

"그래, 일단 하룻밤 잠깐 나가 가족들 얼굴만 보고 오자. 아무도 몰래 갔다 온다면 그게 무슨 문제가 되겠어? 돌아오면 되는 거니까. 돌아온다니까. 그래 꼭 돌아올 거야."

가경은 자기 자신을 믿었지만 다른 사람들을 위해 다시 한번 굳게 다짐했다.

그날 밤, 가경은 일찍 등촉을 끄고 밤이 깊어지기를 기다렸다. 달이 서쪽으로 기울어질 즈음 가경은 조심스럽게 창을 열었다. 가경이 알기로 이곳 무관들은 황제가 머무는 날엔 이중으로 청당을 둘러싸지만 보통 때는 청당 출입문 앞에서만 번을 선다. 나와 보니 바깥은 달빛에 손금이 보일 정도로 훤했다. 갑자기 인영이 어른거려 재빨리 기둥 뒤로 몸을 숨겼다. 순찰을 도는 무관들이었다. 그들이 모퉁이를 돌자마자 가경은 아래로 뛰어내려 나무 그늘로 숨어들었다. 낙엽 소리에 놀라 순간 장딴지에 쥐가 날 뻔했다. 가경은 신발을 벗어 쥐고 발끝으로 걸음을 옮겼다.

역시 서원의 누청에선 불빛이 새어 나오고 있었다. 다행히 건물 밖을 지키는 군사가 없어 가경은 몸을 낮추고 살금 다가갔다. 불빛이 새어 나오는 문틈으로 안을 들여다보니 실내엔 무관 둘이 호콩을 까먹으며 이야기를 나누고 있었다. 아무렇지도 않게 말하는 사람들을 보고 있자니 감히 저렇게 말해도 되나 싶고, 자꾸 울대가 아프고 서러워 눈물이 나려 했다. 두 사내는 중양절에 집에 다녀온 얘기를 나누고 있었다. 저이가 벌써 애가 셋? 나보다 어려 보였는데. 그 바위 같던 얼굴 밑에 저런 익살맞은 표정이 숨어 있었단 말이지, 하는데 한순간 무관의 눈이 날카로워지더니 고개를 획 돌리며 주변을 살폈다. 가경은 재빨리 몸을 낮췄다. 머리털이 쭈뼛했다. 가경은 창문 아래서 한참을 쪼그리고 앉아 있다가 게걸음으로 그곳을 떠났다. 그러고는 정말 게라도 된 듯 좁은 틈만 보이면 눈을 대고 누청 안 곳곳을 엿보고 다녔다. 부엌 같아 보이는 데도 있고 창고 같아 보이는 데도 있었다. 희미해서 잘 보이지 않았지만 정문 안쪽은 특별할 게 없는 너른 대청이었다. 대청은 밋밋한 게 사방에 장촛대만 놓여 있었다. 문틈을 들여다보며 한 바퀴 돌아봤지만 이거다 싶은 게 없었다. 대체 출구는 어디에 있단 말인가. 가경은 힘이 빠져 기단 아래에 쪼그려 앉았다. 정녕 혼자만의 착각이었나…… 그래도 미련을 버릴 수 없어 괜히 한번 이층을 올려다보았다. 이층 누방엔 사람이 있는지 없는지 컴컴하기만 했다. 하긴 이층에 출입구가 있을 리가 없지 하며 눈을 내리던 가경은 도로 고개를 올렸다.

"저게 뭐지?"

처마 끝, 뭔가 이상한 게 줄지어 달려 있었다. 둔탁하게 달빛을 반사하는 둥근 물체들. 가까이 다가가 보니 그것은 이층뿐만 아니라 아래층 처마에도 매달려 있었다. 가경은 구석에 놓인 나무 상자를 끌어다 딛고 올라섰다. 그 둥근 것은 바라같이 생긴 동판이었다. 풍경으로 달아놓은 게 아니었다. 바람이 흔들기엔 꽤 묵직해 보이는 데다 동판들은 전부 줄로 연결되어 있었다. 아무리 봐도 줄을 당겨 동판끼리 부딪혀 소리를 내게 하는 장치 같았다. 소리를 내는 게 목적이라면 왜 종을 달지 않았을까? 의문은 곧 풀렸다. 소리가 탱자나무 숲을 넘으면 안 되니까. 왜? 황제의 출입이 외부에 알려져서는 안 되니까. 크고 넓게 퍼지는 소리가 아닌 이곳에서만 들리고 사라져야 하는 적당한 소리가 필요했던 것이다. 황제가 납신다 동판이 울리면 여기저기 흩어져 있던 내관과 무관들이 옥을 울려 서로에게 신호를 보냈을 터, 분명이 누청은 외부에서 받은 신호를 밀원 내부에 전하는 곳이다. 그러니 이 건물 어딘가에 출입구가 있을 수밖에 없다. 밖으로 나갈 수 있는! 가슴이 부르르 떨렸다.

문득 문틈으로 엿보았던 대청의 모습이 떠올랐다. 기물 하나 없이 장촛대만 놓여 있던 곳. 연이 드나들 수 있는 너른 공간은 대청밖에 없다. 분명 거기다. 정수리가 짜릿, 하고 저려왔다. 바닥이다! 분명 바닥에 지하로 연결되는 통로가 있을 것이다. 지하로 통하는 출입문. 이렇게 딱딱 맞아떨어질 수가!

"이 당연한 걸 몰랐다니."

가경은 누청의 정문을 보았다. 바로 저 문 너머에 출구가 있다. 일단 들어가보는 거야, 결심이 서자 입에 침이 말랐다.

물 밑 그늘

추신은 양손에 상주문책을 하나씩 올려놓고 무게를 가늠해 보았다. 하나는 중서사인 곽오서가 올린 '직업군 감축안'이었고 다른 하나는 추밀원*의 대부 육섭이 올린 '징병제 활성계책'이었다. 두 책론 모두 묵직한 게 무게마저 비슷했다. 곽오서의 말로는 현지 조사만 일 년이 넘었다고 한다. 내용을 떠나 손에 전해지는 무게만 봐도 허풍은 아닌 듯했다. 추신은 다른 상주문은 다 보류시키고 그날 아침에는 이 두 개의 책론만 어전에 올렸다.

곽오서와 육섭, 두 사람은 부서도 다르고 당파도 달랐지만 그들이 올린 계책은 한 쌍으로 맞물려야만 실효성을 갖는 군사정책이었다. 두 책론은 군개혁의 방향에 대해 한목소리를 냈고 구체적인 해결책 또한 많은 부분에서 겹쳤다. 재정의 팔 할을 군비

* 군사정책 기관.

로 쏟아부어도 군사력은 나아지는 게 없었다. 심지어 군비는 해마다 눈덩이처럼 불어났다. 대송의 군대는 나라의 예산을 갉아먹는 거대한 바구미 떼였다. 오십 년 동안 쏟아진 강병책들은 개선은커녕 극심한 저항과 부작용만 발생시켰다. 그럼에도 확실하게 해내는 일이 있었으니 그것은 당파싸움에 불을 지르는 것. 구당에서 제안하면 신당에서 반대하고, 신당이 뭔가를 들고 나오면 구당이 꼬투리를 잡는 식이었다. 추신은 늘 황제에게 말해왔다.

"당파를 제압할 방법이 없다면 이용이라도 하셔야 하옵니다."

알려진 대로 육섭은 구당 쪽 사람이었고 곽오서는 참지정사 이사명이 이끄는 신당 쪽 사람이었다. 두 당의 중진이 한목소리를 냈으니 모처럼 당쟁에 휩쓸리지 않고 실행해볼 만한 강병책이 나온 것이다.

추신이 어실에 들어갔을 때 용안은 방금 욕탕에서 나온 사람처럼 붉게 상기되어 있었다.

"조금 전에 육섭을 불러 곽오서랑 둘이 짠 거냐고 물었더니 그저 우연일 뿐이라고 딱 잡아떼더군. 아주 근엄하게 말이야. 하하하."

신이 난 아이처럼 웃는 황제를 보자 추신은 만감이 교차했다. 황제는 그토록 군사 문제에 시달렸던 것이다.

"아주 틀린 말은 아니옵니다. 두 사람이 술자리에서 군사 문제로 논쟁을 벌이다가 곽오서가 육섭에게 내기를 하자고 졸랐다고 합니다. 각자 책론을 지어 결론이 같으면 곽오서가 이기고 다르면 육섭이 이기는 걸로 했다 하옵니다."

"적게 잡아도 칠 할 이상이 겹치니 곽오서가 이겼구나. 둘이 뭘 걸고 내기를 했지?"

"곽오서가 이기면 폐하께 상주하고 육섭이 이기면 양쪽 다 올리지 않기로 했답니다."

"흐음, 이사명이 곽오서라는 너구리를 잘 키워냈군그래. 그 너구리를 꾀려고 추신은 무엇을 줬을꼬?"

추신은 대답하지 않고 빙긋 웃기만 했다.

"뭔가를 막아주었단 말이군. 더 묻지는 않겠다. 그래도 탄핵받을 만큼 해 먹지는 말라고 해."

"본인이 더 잘 알고 있는 듯합니다."

"흥, 꽤 거들어주는구나. 허긴 재주가 있으니 뭘 좀 누리게 해줘야지. 오서에게 동각東閣으로 가 있으라 하라. 차나 마시자고."

"준비하겠나이다."

하고 물러나려는데 황제가 추신의 소매를 잡았다.

"편지 안 왔어? 밀원에서?"

"아직 안 왔나이다."

태자가 없는 동궁은 여전히 황제의 공간이었다. 황제가 태자였던 시절, 원부관*에서 공부하며 나랏일을 배우느라 뜨거워진

---

* 태자 개인 학당.

머리를 식혀주기 위해 추신은 동궁의 정원인 동각을 새롭게 조성했다. 추신은 동각을 보고 즐기는 정원에서 옥체에 쌓인 피로를 푸는 장소로 개조했다. 산책로를 오르막과 내리막의 연속으로 만들고 바닥에는 굵은 자갈을 깔아 발바닥의 기행을 돕게 했다. 즉위한 후에도 황제는 동각 길을 걷다 보면 찌뿌둥한 몸이 가벼워진다며 그곳을 애호했다.

가을이 되면 정원사들은 누각 전체를 지붕부터 계단까지 국화로 장식했다. 국화로 뒤덮인 계단을 한 발 한 발 오르면 그 노란 빛깔에 눈이 취하고 그 맑은 향기에 머리가 시원해진다. 누각에 올라 난간 너머로 펼쳐진 정원을 보면 노란 은행잎과 붉은 단풍잎이 양탄자처럼 깔려 있고 그 비현실적인 색채의 세계를 동각의 짐승들이 유유히 걸어 다닌다. 산해경에 나오는 상서로운 동물인 양. 이 모든 게 서리가 내리기 전, 늦가을 며칠 동안 누릴 수 있는 지극한 호사였다.

황제는 동각루에 올라 어좌에 앉자마자 상주문 책을 뒤적이며 맞은편에 앉아 있는 곽오서에게 질문을 쏟아부었다. 정책의 득실을 따질 때 황제는 어느 때보다 치열했다. 곽오서도 마음의 준비는 하고 있었겠지만 오전에 올린 상주문을 그날 오후에 만나 샅샅이 뜯어 살피자 하니, 이 배짱 좋은 관리도 긴장했는지 자꾸 수염을 만지작댔다. 그래도 역시 곽오서인지라 하나하나 막힘없이 답변을 했다. 황제는 예상되는 문제점을 많이도 짚어냈다. 앞서 추신이 검토하며 곽오서와 육섭에게 우려를 표했던 지점을 황제 또한 염려하고 있었다. 똑같은 질문을 받을 때마다 곽오서는 두 분께는 못 당하겠다는 듯 추신을 쳐다보곤 했다. 의문점이 어느 정도 해소되고 나서야 황제는 들고 있던 차를 입에 가져갔다. 목이 마를 법한데도 곽오서는 식은 차에는 손도 대지 않았다. 황제도 식은 차를 마시는 마당에 입에 대는 시늉이라도 해야 하건만, 곽오서는 차 한 잔에도 극상의 미각을 추구하는 사대부였던 것이다. 추신은 황제가 눈치채지 못하게 새로 우린 차로 곽오서의 잔을 바꿔주었다. 지는 햇살을 받자 동각의 단풍이 선홍빛으로 불타올랐다. 은행잎들이 바람개비처럼 뱅글거리며 끊임없이 떨어졌다.

"동각도 오늘이 절정이군 그래. 가을도 이리 찬란하거늘 가을이 왜 쓸쓸하다고들 하는지, 짐은 도통 모르겠어."

정원을 바라보는 황제의 표정과 목소리는 조금 전 세목까지 따져 물을 때와는 사뭇 다르게 나긋했다. 차 맛을 음미하던 곽오서가 입을 열었다.

"동각이라 가을도 찬란한 것이 아닌지요. 소신의 눈에 동각은 서리가 내려도 아름답고 눈이 내려도 아름답습니다. 그것은 동각이 늘 새롭기 때문이옵니다. 지극한 아름다움은 아무리 오래되어도 매번 다른 모습으로 사람을 매혹합니다. 소신이 들은 바……."

곽오서는 정원에 두었던 시선을 돌려 의미심장하게 황제를 바라보더니 말을 맺었다.

"장소는 그곳의 주인과 감응을 한다고 하옵니다."

곽오서는 세련된 아부를 구사할 줄 아는 사람이었다. 동각의 주인은 여전히 황제, 용안이 활짝 피어났다.

"아아, 오서의 말이 짐을 취하게 하는구나. 지략이 뛰어난 사람이 미감까지 발달했구나. 짐도 들어 안다. 가산을 털어가며 그림과 글씨를 수집한다고?"

"과찬이십니다. 폐하."

"흠, 이 말이 칭찬으로 들리는가? 그러다 말년에 고사리죽도 못 끓여 먹을까 내 걱정이 돼 하는 말이다."

"소신은 최선을 다해 선친의 유지를 받들 뿐이옵니다. 아름다운 것을 섬겨라, 놓치지 말고 즐겨라, 즐겁지 않으면 버려라, 느낀 만큼이 너의 생이다. 소신이 어찌 따르지 않겠사옵니까."

"이런! 들은 바 최고의 유언이 아닌가. 응?"

황제가 추신을 보고 웃자 추신도 고개를 끄덕이며 웃어 보였다. 너구리 곽오서가 죽은 아비까지 동원해 꾸며낸 말장난이 분명했지만 황제는 흔쾌히 속아주고 있었다.

"추신의 글씨는 얼마나 모았지?"

"애석하게도 내상의 글씨는 한 점밖에 못 구했나이다."

"소인은 드린 기억이 없습니다만……."

"내상께는 죄송하게 되었습니다. 숙왕께서 하사하셨나이다."

"숙왕이?"

"일전에 소신이 한단 땅 풍수를 봐드렸습니다."

"궁을 옮기겠다더니 빈말이 아니었군. 그래, 터는 골라주었는가?"

"불가능했사옵니다."

"왜?"

눈을 내리깔더니 곽오서가 씩 웃었다.

"한단은 땅이 좁습니다."

한순간 미묘한 공기가 세 사람 사이를 흘렀다. 곽오서는 승부사였다. 자기 확신이 강하고 아슬아슬한 전율을 즐기는 사내였다. 한단이 좁다는 말은 땅에 비해 인물이 크다는 말. 한마디로 시황제 영정이 태어난 한단도 숙왕 조민을 품기엔 부족하다는 얘기였다. 추신은 곽오서가 저 정도로 무모할 줄은 몰랐다. 황제 앞에서는 아무리 황제의 아들이라도 저런 극찬은 할 소리가 아닌 것이다.

"이런, 이 나라 북경(한단)도 그 한량 녀석 사냥터로는 좁단 말이지. 우리 숙왕 전하께서 얼마나 들쑤시고 다니는지 말이야."

다행히 황제가 농담으로 말을 받아주었다. 행여 말이 새어 나가 곽오서가 쓸데없는 설화에 휘말리는 걸 막기 위한 배려였다. 곽오서는 자신을 향한 황제의 애정을 확인하고 만면의 미소를 지었다. 그날 황제는 곽오서에게 백옥과 단향나무로 꾸민 족자 하나를 하사했다. 당나라 저수량의 글씨를 본 곽오서는 가슴을 움켜쥐고 숨을 헉헉대더니 끝내 눈물을 흘렸다. 중귀인의 부축을 받아 물러나는 곽오서의 뒷모습을 보며 황제가 말했다.

"호들갑스럽구나. 자기가 속물인 걸 숨기지 않는 것도 큰 미덕이다. 저러면 오히려 귀여워진단 말이지."

황제는 차를 한 모금 마시고는 입안에서 굴리더니 꿀꺽 삼켰다.

"짐이 보기엔 추밀원 육섭이 진정 군자인 듯싶구나. 일부러

내기에 걸려들고 일부러 져준 게야. 육섭이라면 변방 사정을 잘 알고 있으니 당파를 떠나서 무슨 수라도 내고 싶었던 거지. 아니면…… 추신이 또 무언가를 미끼로 육섭을 꾀어낸 거겠지."

"그럴 리가요. 육섭은 여전히 소인을 경계하옵니다."

육섭이 젊은 시절 경기관내 판관으로 있을 때 추신을 탄핵하는 상소를 올린 적이 있다. "이곳에서 신이 들은 바, 폐하께서 곁에 두신 환관에게 나라의 중차대한 사안을 판단케 하신다 들었습니다. 심지어 중요한 문서에 폐하 대신 주비를 달게 하신다 들었습니다. 이 나라 조정에는 집정 대신이 있고, 육부의 능력 있는 관리들이 있사옵니다. 추신이 아무리 출중하다 한들 환관 한 명의 의견이 어찌 조정 신료의 다양한 의견을 넘어설 수 있겠나이까? 추신이 아무리 공명정대한들 어찌 사사로운 은원이 개입되지 않겠나이까? 소신은 장차 추신이 폐하의 눈과 귀를 막을까 몹시 두렵사옵니다. 보십시오. 추신이 조정을 우롱하는 단적인 예가 추신만 환관의 직무 윤번을 따르지 않는다는 것입니다. 폐하께선 이를 어찌 모른 척하시옵니까? 예외가 있으면 반드시 인사 기강이 문란해지게 되어 있사옵니다. 통촉하소서."

상소를 본 황제는 육섭을 불러들여 말했다. "그대의 상소는 어눌하기 짝이 없다. 탄핵을 하려면 뭘 좀 제대로 조사부터 해야 하지 않겠는가. 그렇게 주먹구구로 추신에게 맞서려 하는 것이냐. 추신이 얼마나 간교한지 그리도 모르는가. 어사대로 보내줄 터이니 가서 추신을 샅샅이 조사하라."

자신을 어사로 천거한 이가 추신이라는 사실을 알고 육섭은 추신에 대한 우려를 접었다고 한다. 육섭은 더 중요한 일을 하고 싶다며 출세가 보장된 요직을 사양하고 변방 지방의 통판을 자원해 태원부로 떠났다. 그리고 육 년 뒤 추신은 육섭을 추밀원에 천거했다.

"그 반듯한 군자를 환관의 얕은꾀로 어찌 홀려내겠나이까?"

"훙, 명예가 있지 않은가. 명예야말로 사대부에겐 가장 거부할 수 없는 허영이지. 그대의 그 간사한 혀로 육섭의 명예를 드높여줬겠지."

"사실 명예야말로 가장 편리한 방편이 아니옵니까."

"쳇, 정말 악당이 되기로 하였느냐?"

추신이 창가에서 국화 한 송이를 뽑아 황제의 옷깃에 꽂아주며 말했다.

"군주라면 늙은 악당도 곁에 두고 쓰실 줄 알아야 합니다."

황제가 장난스럽게 눈을 흘기더니 추신이 꽂아준 국화를 뽑아 얼굴에 묻고는 향기를 맡았다. 곽오서의 말이 아부만은 아니었다. 추신의 눈에도 용안은 화양연화 그 시절이 돌아온 듯 젊어 보였다. 그런 황제를 지켜보고 있자니 추신은 어쩔 수 없이 착잡해졌다. 그렇다고 유가경을 책망할 수도 없는 일이었다.

"헌데, 밀원에서 편지는 아직?"

오늘따라 황제는 틈만 나면 물었다.

그날 아침 어전회의를 끝내고 황제가 내저에서 수라를 드는 동안 추신은 추밀원에서 추밀부사와 이번 책론에 대해 논의를 했다. 일을 마치고 의휘전 자신의 집무실로 돌아오니 교위(장교) 길자후가 기다리고 있었다. 금군의 일개 병사였던 길자후는 검술과 표창, 격투에 두루 뛰어나 어린 나이에 추신의 눈에 들어 황성사에서 이십 대를 보낸 뒤 황제를 경호하는 금위군 소속이 되었다. 밀원의 무관들은 모두 길자후를 하늘같이 믿고 따르는 그의 수하들이었다. 길자후는 용맹하기가 범 같고 우직하기가 바위 같은 사내였다. 그런 길자후의 기색이 심상치 않았다.

"유공께서 출구를 알아냈습니다."

길자후는 지난 밤 유가경이 누청에 잠입하여 지하 출구를 발견하고 도망치려다 다친 경위를 보고했다. 그 무거운 판문을 유가경이 혼자 들어 올리다가 무게를 못 이겨 놓쳤다고 한다. 떠엉! 바닥이 깨지는 소리에 다들 몰려갔을 때는 이미 유가경이 지하 계단에 굴러떨어진 상태였다고 한다.

"몸은 어떠하시냐?"

"크게 다치신 곳은 없는데, 긁힌 자국과 멍든 곳이 많습니다."

멍이 완전히 없어지려면 십여 일, 적어도 황제의 발을 팔구일은 잡아둬야 한다. 그 정도쯤은 문제없다고 추신은 판단했다.

"없던 일로 한다."

"유공께서도 그렇게 하자고 말씀하십니다. 알리지 말아달라고 다시는 말썽 피우지 않겠다고, 본인이 먼저 당부하셨습니다."

"유공에게 폐하께 절대 발설해선 안 된다는 뜻을 전해. 물론 말도 글도 안 된다."

그제야 길자후의 얼굴에 긴장기가 가셨다. 밀원에선 초조감에 다들 피가 마를 것이다. 그들에겐 목숨이 걸린 일이었다. 무관들도 무관들이지만 그 성실하기만 한 내관들은 또 무슨 죄란 말인가? 밀원의 내관들은 요령이라곤 없어 궁중에서 궂은일을 도맡아하던 사람들이었다. 교활한 동료들에게 이리 치이고 저리 치여 하위 잡직을 벗어나지 못하던 사람들이었다. 추신은 그들을 밀원 일에 발탁하여 품계를 올려주고 뒷배가 되어주었다. 그들에겐 평생 처음으로 누려보는 편한 시절이었다. 그나마도 유가경이 감금되기 전까지였다. 그 순하고 순종적인 사람들이 자신들이 섬기는 유가경을 철저히 외면해야 하는 마음고생이 어떨지 추신은 짐작이 가고도 남았다. 은혜를 베푼다고 한 일이 도리어 그들에게 끔찍한 일을 시키는 꼴이 되었다.

"냉찜질 자주 하게 하고, 잘 듣는 연고를 줄 테니 하루빨리 상처를 가라앉게 해."

"……죄송합니다."

"전보다 더 주의를 기울여야겠지만 유공이 숨 막힐 정도로 감시를 붙여선 안 된다. 가여운 분이다. 다들 고생이지만 그분만 하겠느냐."

"혼신을 다해 모시겠습니다."

길자후가 울먹였다. 대송 최고의 무사가 고작 이런 일에 쓰이다니, 추신의 미간에 주름이 잡혔다. 그걸 잘못 읽은 길자후가 갑자기 납작 엎어져 바닥에 이마를 박았다.

"다음엔 목숨을 내놓겠습니다!"

"무사가 쉽게 무릎 꿇지 말라! 흉하다!"

유가경이 탈주를 시도해 봤자 밀원은 애초에 도망도 침입도 불가능한 곳이었다. 하늘로 날아 도망가면 모를까. 밀원을 빠져나갈 수 있는 유일한 출구는 복녕전 지하에 연결되어 있고 그곳에는 추신의 심복 수십 명이 밤낮으로 번을 선다. 추신은 생각했다. 유가경이 황제에게 털어놓지 않는 한 이쪽에서 숨기면 숨겨질 일. 밀원의 문제는 며칠 지나면 해결될 일이지만 그 며칠은 이 나라의 미래가 걸린 시간이었다. 황제는 군 문제에만 정신을 집중해야 한다. 황제의 심경을 흐트러뜨릴 문제가 생기면 안 된다. 그렇지 않아도 추신은 당분간 밀원을 황제의 관심에서 치워놓으려 했다.

근 일 년을 공들인 문제였다. 사실 훨씬 전부터 사람을 물색해 끈으로 엮고, 누구에게는 자리를 주고, 누구에게는 글씨를 주고, 누구에게는 자긍심을 주고, 골 아픈 일을 없애주고, 약점을 잡고, 입을 막고, 당파의 틈을 치고 들어가 이간질을 하고, 그래도 안 되면 탄핵을 종용해 제거하고, 그렇게 길을 트고 막으며 진행시킨 일이었다. 추신 본인도 만나고 다녀야 할 사람이 한둘이 아니었다. 만반의 준비를 했어도 엉뚱한 곳에서 꼬투리가 잡히면 진절머리 나는 논쟁이 시작된다. 파국의 씨앗은 어디에 숨어 있을지 모른다. 그 누구보다 앞서 예상되는 수를 짚어봐야 하고 분란의 싹은 미리 밟아놔야 한다. 나라에 꼭 필요한 정책일수록 이권 문제로 곳곳에서 갈등을 일으키게 되어 있다. 구당과 신당, 군부와 지방의 장관들, 변경지역의 실력자들. 하다못해 군대를 끼고 돈을 버는 수많은 밀매업자들까지.

칠 년 전, 추신은 황제로부터 방해받지 않고 쉴 수 있는 비밀 장소를 마련하라는 명을 받고 황궁 동북쪽 금군 야영지에 밀원을 조성했다. 황제는 신경이 날카로워지면 그곳에 가서 몇 시간씩 앉아 있다가 돌아오곤 했다. 그것도 처음 일이 년 동안이었고 그 뒤로는 점점 방문이 줄더니 나중엔 거의 납시지 않았다. 진작 없애버렸어야 했다. 인간이 가진 것은 무엇이든 오래도록 비워두면 좋을 게 없다. 인간의 마음도 시간도 장소도 전부 마찬가지다. 결국 이런 괴상한 용도로 쓰이고 있지 않은가.

황제는 어려서부터 그 어떤 도락이든 심취하는 법이 없었다. 황후와도 금슬이 나쁘지 않았고 빈어들과도 어울렸지만 각별하게 대하는 여인은 없었다. 시문이나 서화에도 큰 관심을 보이지 않았다. 오직 지식을 섭렵하고 정사를 돌보는 일에만 한결같이 열심이었다. 훗날 역사가 판단할 일이지만 추신이 보기에 황제 조융은 유사 이래 가장 성실한 황제였다. 문제가 아주 없지는 않았다. 언제부터인가 추신은 황제를 걱정스럽게 바라보곤 했다. 황제는 나랏일에 짓눌려서인지 인간적인 감정이 점점 엷어지고 있었다.

좋은 군주는 검약해야 하지만 화려함도 누릴 줄 알아야 한다. 좋은 군주는 온정을 잃어서도 안 되고 분별을 잃어서도 안 된다. 좋은 군주는 상대의 마음을 받아주기도 해야 하고 상대의 마음을 사로잡기도 해야 한다. 좋은 군주는 마음에 균형이 잡혀 중용의 도를 걸을 수 있는 사람. 그가 한쪽으로 기울어지면 나라 전체가 기운다. 결국 좋은 군주란, 심신의 상태가 건강한 사람이다. 감정이 메마른 군주는 가혹해질 수 있다. 날고 기던 영웅도 마음결을 다스려놓지 않으면 결국 엉뚱한 데서 독을 뿜는다. 사서의 수많은 지면들이 결국엔 군주에게 하는 경고가 아니던가. 추신은 웃음이 적어지는 황제가 염려스러웠다.

그러던 차였다. 상대가 남자라 의외였지만 도락이나 색에 처음으로 보인 적극적인 반응에 추신은 안도했고 황제가 원하는 만큼 여흥을 마련해주고 싶었다. 황제의 연치로 보나 정세의 여건으로 보나 잠시 풀어져 즐기기에 적당한 때였다. 그것은 추신의 오래된 소망이기도 했다. 황제가 누군가에게 흠뻑 마음을 주고 서로의 마음을 갖고 장난치는 모습, 상상만 해도 사랑스러운, 그런 모습을 추신은 곁에서 지켜보고 싶었다. 뒤늦게 찾아온 봄날의 기운이 이런 식으로 고약하게 꼬일 줄은 꿈에도 몰랐다. 태후들과 대신들이 정한 대로 묵묵히 혼례를 치르고 황후를 맞이했던 황제였다. 그런 황제가 하룻밤으로 끝날 수도 있는 남색의 상대에게는 까다로운 조건을 들이댔다. 유가경이 신의가 있는 사내인지 시험하겠다고 했을 때 추신은 내심 당황했지만 모처럼 찾아온 춘기를 망칠까봐 군말 없이 일을 도모했다.

황제의 격정은 추신이 생각한 것 이상이었다. 그 격정은 기묘했다. 기묘하기에 격정이겠지만 그토록 이지적이던 황제가 뭔가에 사로잡혀 막무가내로 굴 때마다 추신은 황제가 몹시 낯설었다. 길어봐야 열흘보름 정도로 끝날 줄 알았던 유가경의 위리안치가 이렇게 길어질 줄도 몰랐다. 문제는 유가경이 상냥한 부모 밑에서 구애 없이 자란 덕에 너무 천진하여 쉽게 길들지 않은

데에도 있었다. 황제와 치고받고 몸싸움을 하다니, 도저히 감당할 수 없는 사태에 추신은 아예 모른 척을 했다. 유가경은 물정에 밝은 강남 도련님이 아니었다. 조금만 머리를 쓰면 앞날이 열릴 텐데 요령이 없는 건지 욕심이 없는 건지, 이 또한 추신이 예상하지 못한 점이었다.

그날 밤 침전에 들기 전에 황제는 편지에 대해 또 물었다. 안 왔다고 하자 "흐음, 어디가 아프기라도 한 건가?" 하며 걱정을 했다.

"그런 보고는 들어오지 않았습니다. 내일이라도 가보시겠습니까?"

"내일? 내일은 시강학사들이 몰려오는 날이잖아."

추신이 다음 날 저녁에 열리는 시강경연을 모를 리 없었다. 두 개의 책론에 관한 논의가 길고 길게 이어질 것이다.

"기다리지만 마시고 폐하께서 먼저 안부를 물어주시면 유공도 기뻐하지 않겠나이까."

"그게 왠지, 모양새가 이상하지 않을까? 이쪽에서 먼저 하기는 좀……."

황제가 어릴 때처럼 입술을 뾰족 내밀고는 추신을 보았다.

"무슨 말씀이온지, 소인이 아둔하여 성지를 헤아리지 못하겠나이다."

"내외의 구별이라는 게 있지 않은가. 자칫 뻔뻔해 보일 수 있단 말이다."

내색을 하지는 않았지만 추신은 적잖이 놀랐다. 황제는 지금 일개 서생을 상대로 여인인 양 행동하고 있었다.

"두 분은 군신 관계이기도 하옵니다. 천자께서 신하에게 안부 편지를 내리시는 일이온데 허물이 될 수는 없나이다."

한순간 용안이 등롱처럼 환해졌다. 그렇게 추신은 황제의 편지를 받아내 밀원에 전했다. 그다음 다음 날 추신은 삼사의 대부들에게 보고를 올리도록 준비시켜 황제를 늦게까지 내저에 붙잡아두고 온통 숫자뿐인 회계문서 더미에 파묻히게 했다. 또 그다음 날은 황후의 성절(생일)이라 황제는 오후부터 내내 곤녕궁에 머물러야 했다. 그다음 날 낮엔 대조회로 바빴고 저녁 이후엔 군사 문제로 다시 시강이 열렸다. 유가경도 눈치껏 편지를 보내왔다. 그렇게 며칠이 지나자 상처가 많이 아물었다는 보고가 들어왔다.

불충한 자여, 어찌 유혹을 멈추느냐

편지를 읽은 조융은 역시 이상하다는 느낌을 받았다. 요 며칠 편지 문구가 눈에 띄게 건조했던 것이다. 한마디로 밀원에 오라고 유혹하는 내용이 아니었다.

"오늘은 문선을 읽었습니다. 오랜만에 문향에 취했습니다."

"보내주신 단차 맛이 아주 좋습니다. 감사드리옵니다."

"『태평광기』를 계속 읽고 있습니다. 아직도 삼백여 권이나 남았습니다."

"오늘은 산법을 했습니다. 어려운 문제를 네 개나 풀었더니 꽤 피곤합니다."

그전에도 오라는 말을 직접적으로 쓰지는 않았지만 내용인즉슨 결국 오라는 소리였다. 그렇게 줄기차게 유혹을 하다가 뚝 끊어버리다니, 하물며 안부를 묻지도 않는다. 어찌 이리 무심한가 말이다. 하지만 곧 자신이 너무 과민한 건가, 하는 생각에 조융은 다시 편지를 살펴보기 시작했다. 그렇게 내저 평상 위에 누워 종잡을 수 없는 유가경의 마음을 추적하느라 조용은 이리저리 몸을 틀어댔다. 평상 옆 서탁에서는 추신이 대기하고 있는 옥당 사령에게 건네줄, 중서성으로 보낼 문서를 추려내고 있었다. 일을 마치자 추신이 평상으로 다가왔다.

"밀원에 가시겠습니까? 준비하라 이를까요?"

추신은 평소와 다름없이 차분했지만 어째서인지 조용은 그 목소리에서 십여 일 꼬박 나랏일에만 전념했으니 오늘 같은 날은 밀원에 가서 맘껏 즐기시라 등을 떠미는 느낌을 받았다.

"그럴까, 그럼."

조용은 화답하며 몸을 일으켰지만 왠지 혼자만 안달을 내는 것 같은 서글픈 기분이 들어 도로 주저앉았다.

"아니다. 흐음, 덕비를 만나야겠다. 덕비가 보고 싶구나."

"분부대로 준비하겠나이다. 소인은 내일이 휴목休沐*이오라 이만 퇴궐할까 하옵니다. 허락해주소서."

"왜……."

조용은 풀썩 몸을 뉘었다.

"폐하?"

"이렇게 괘씸할 수가 있는가!"

조용은 벌떡 일어나 앉았다.

"당장 밀원에 가겠다!"

---

* 송대는 목욕하는 날을 휴일로 삼아 관리에게 닷새에 한 번 휴일을 줬다.

"준비를 하겠나이다. 중귀인을 불러 욕당으로 뫼시겠나이다."

진심이라 해도 한결같지 않으면 소용이 없다는 것을 똑똑히 알려주고 다시는 변덕을 못 부리게 버릇을 고쳐놔야겠다! 그렇게 결심을 해보았지만 옥체가 평상바닥에 붙은 듯 쉬이 떨어지지가 않았다.

"아니다. 곤하구나. 곤한데 짐이 굳이……."

곤하다는 말이 마술을 부렸는지 정말 힘이 빠져나가는 느낌이었다. 그래서 조용은 다시 옥체를 뉘었다.

마음 없는 몸일지라도

"폐하, 피곤하십니까. 따듯한 술을 올릴까요?"

가경이 주자를 들자 황제가 말없이 술잔을 들었다. 들어올 때부터 표정이 심상치가 않았다. 입에는 미소가 걸려 있는데 눈에는 초점이 없었다. 차림새 또한 그랬다. 공들여 꾸미고 오던 이전과는 달리 오늘은 쉬다가 그대로 왔는지 구겨진 배자 차림이었다.

"요즈음 많이 바쁘셨나 봅니다. 정말 오랜만에 오시고, 헤헤."

가경은 태연자약 활짝 웃어보려 했지만 뺨에 딱딱한 심지가 생긴 것처럼 쉽지가 않았다.

"폐하, 오늘은 어떻게 지내셨나요? 말씀해주세요."

황제가 잔을 내려놓더니 천천히 고개를 돌려 가경을 보았다. 여전히 입으로만 웃는 용안. 오싹한 기분에 가경은 침을 꿀꺽 삼켰다.

"너는 오늘 무얼 했느냐? 또 산법을 했어? 아니면 얘기책을 읽었느냐."

표정과는 달리 부드러운 목소리에 가경은 마음을 조금 놓아보았다.

"이런 얘기가 생각나는구나. 어떤 사내가 유비 현덕을 사모하였다. 너무 사모한 나머지 사내는 아름다운 여인으로 화신했다. 유비는 그 여인을 촉땅으로 데려갔다. 허나 여인은 얼마 못 가죽었다. 촉땅의 풍토가 맞지 않아 죽었다고 전해지기는 하지만, 아니다. 여인은 유비의 마음이 전과 같지 않으니 상심을 하여 자결이라도 한 게지. 어떠냐, 네 생각은?"

"무슨 말씀이온지."

"사내의 마음이 변하는 건 어쩔 수 없는 일이다. 그렇지?"

설마, 하고 뜨끔했지만 화를 내지 않는 걸 보니 황제가 아는 것 같지는 않았다. 의중을 파악하느라 가경이 뜸을 들이자 황제가 재차 물었다.

"네가 보기에도 그렇지?"

"마음이란 아녀자도 변할 수 있고, 사내라고 모두 변한다 할 수 없고, 아니 그러니까, 사내 중엔 변심하는 자들도 있긴 하지만 남녀 사이 속사정이야 아무도 모르는 문제니 딱 잘라 한쪽이 잘못했다 단정할 수 있을지. 아니, 그러니까 제 말씀은 여자가 잘못해서 그랬다는 게 아니라 사내란 본시, 아니 사내도 저 나름의 사정이, 아니 제가……."

지금 무슨 소릴 하고 있는 건지, 유가경은 입에 침이 말랐다.

"너는 중요한 대목에서 늘 분명치가 않아. 말해보아라. 무슨 말이든 다 듣겠다. 짐도 사내니 어느 정도는 이해한다."

황제의 표정은 막내를 타이르는 맏이처럼 자애로웠지만 목소리에는 어딘가 절박한 구석이 있었다. 그 무관이 결국 일러바친 건가, 하는 생각이 들었다. 그렇다면 왜 그런 시늉을 했단 말인가. 지하 출구에서 굴러떨어진 가경을 우악스럽게 끌어냈던 무섭게 생긴 무관이 그다음 날 방문을 열고 들어왔다. 그때까지 방에 갇혀 있던 가경은 저자가 그예 날 해치러 왔구나, 하고 침상으로 도망쳤다. 무관은 눈을 부릅뜨고 두 손으로 입을 가리는 농아 시늉을 몇 번이고 반복했다. 가경이 고개를 끄덕이자 무관은 안도한 얼굴로 꾸벅 절을 하고는 나갔다.

아무리 생각해도 그렇게까지 해놓고 일러바쳤을 것 같지는 않았다. 무엇보다 전말을 알고도 저렇게 좋은 말로 달래고만 있을 황제가 아니다.

"일개 서생이 황제였던 유비의 마음을 어찌 알겠나이까."

가경은 끝까지 모르쇠로 버티기로 했다. 그 듬직한 무관을 믿어보기로 했다. 최근 편지에 오라는 암시를 안 했더니 섭섭해서 저러는 걸지도 모른다는 생각이 들었다. 황제의 미간은 아까부터 손가락으로 꾹꾹 눌러대는 바람에 벌게져 있었다. 가경이 그만 누르게 하려고 손을 뻗는데 황제가 죄지은 사람처럼 고개를 푹 떨궜다.

"마음 없는 몸이 부리는 변덕. 유비도 그렇고 너도 그렇고, 이젠 재미가 다하였느냐? 더 이상 즐겁지 않아 짐을 버리는 것이냐?"

심장이 쿵 내려앉더니 순식간에 머릿속이 뒤엉키자 가경의 혀가 걷잡을 수 없는 소리를 쏟아내기 시작했다.

"아니, 저기 저 그러니까 신발에서 단내가 나서 제가 알아만 보려고, 그걸 이상하게 생각하시지는 말고, 그러니까 진짜 돌아오려고 했습니다. 진짜 오해하시면 안 되는 게, 제가 설마 대리국으로 도망을…… 하하하, 아니 제가 미치지 않고서야. 진짜예요. 잠깐 나갔다 오려고만 했는데. 부모님은 뵈어야 하잖아요. 솔직히 그렇잖아요. 이건 정말이에요. 정말. 괜히 쓸데없는 의심하지 마시고, 아니 그러니까 제가 드리고 싶은 말씀은 폐하께서 진정하시고, 전후 사정이란 게 있으니까 괜한 오해 마시고. 사실 출구가 어떻게 생겼나 구경만 하려고 했는데 그때 문짝만 안 놓쳤어도, 아이고 제가 얼마나 혼비백산했는지, 다시는 하라고 해도 안 해요. 맹세해요. 진짜…… 아아 다 필요 없고, 그러니까 제가 드릴 말씀은 다른 것은 신경 쓰지 마시고, 오직 이것만 믿어주시면, 그러니까 제가 돌아오려고 했다는 거."

"거짓말!"

불쌍했던 얼굴에서 순식간이었다. 치켜뜬 눈에서는 퍼런빛이 이글댔다.

"거, 거짓말이 아닙니다. 가족들 얼굴만 보고 돌아오려 했어요. 제가 아주 도망을 가면……."

"가면?"

"내관들이 무슨 벌을 받을지, 무관들도 그렇고. 아아 폐하, 저들은 정말 잘못이 없습니다. 벌하지 마소서. 다시는, 다시는 그런 짓 안 하고 얌전히 소임을 다하겠나이다. 통촉하소서."

가경은 무릎을 꿇고 황제의 옷자락에 매달렸다. 요란하게 잘 못을 빌어 일단 노여움부터 풀게 해야 한다고 가경은 생각했다.

"통촉하소서. 소생이 어리석었나이다. 다시는 사고 치지 않을 터이니 용서하소서. 폐하, 제발 제발."

우는 소리로 매달리니 효과가 있었는지 황제의 표정이 조금 누그러졌다. 지금부터가 정말 중요하다고 생각하며 가경은 살 며시 일어나 자리에 앉았다. 좀 어정쩡한 상황이지만 이대로 관 계를 가지면 이번 일도 유야무야되고 모두에게 좋은 것이다. 혼 신을 다하자는 각오로 가경은 황제의 뺨을 두 손으로 감쌌다. 막 상 손에 온기가 전해지자 두려운 마음은 사라지고 오랜만에 만 져서 그런지 기분이 좋아졌다. 이런 게 정인가도 싶었다. 빨리 이불을 뒤집어쓰고 정답게 소곤대고 싶어졌다, 가령 이런 말을.

"중요한 건 지금 제가 여기 있는 거잖아요."

그렇게 속삭이며 입을 맞추려는데 쿵! 눈에서 불이 번쩍했다.

"아야야."

이마를 감싸고 정신을 못 차리는 가경을 향해 황제가 불을 뿜 었다.

"너는, 잔인한 자다! 그런 상냥한 얼굴로 짐을 또 농락하려 하 는가."

농락? 농락이란 그 말에 그동안 가경의 가슴에 쌓였던 울화가 화산처럼 터져 나왔다.

"여기 갇혀 그동안 하란 대로 했더니, 농락? 내가 무슨 여염집

아녀자를 희롱한 것도 아니고, 하! 기가 막혀서. 정작 농락을 당하는 사람은 접니다!"

"그렇군. 그것이 네 진심이었군."

"진심이든 아니든 이게 사실입니다. 아시겠습니까? 폐하는 제정신이 아니세요. 미치지 않고서야 대명천지에 글 읽는 선비를 잡아다가 이게 무슨 짓입니까? 솔직히 이게 사람이 할 짓입니까?"

가경의 말에 충격을 받은 듯 황제는 잠시 주춤했지만 다시 입을 열었다.

"그래, 네 말대로 짐이 실성했다 치자. 그래, 그럴지도 모르지. 그래, 그래, 그래, 그래! 부정하지 않아. 미쳤다 해도 상관없어. 뭐 어때. 뭐 어때!"

"어떻긴요, 제 입장 한 번이라도 생각해보셨어요?"

황제가 벌떡 일어섰다. 갈피를 못 잡는 눈과 꽉 깨문 아랫입술, 어머니께 혼나고 온 시녀들의 표정이 꼭 저랬지. 가경은 일어나 황제의 두 손을 움켜쥐었다.

"잘못했습니다. 다 다 제가 잘못했어요. 제가 한순간 정신이 나가서, 그러니까 이제 다시는 안 그럴 테니. 제발 진정하시고, 방금 제 말도 다 잊으세요. 응?"

가경은 얄미운 얼굴을 보는 쪽이 속 편하다는 걸 깨달았다. 이 가여운 꼴을 보느니 무조건 항복하고 무조건 잘못을 비는 게 나은 것이다. 가경은 어떻게 해서든 기분을 풀어주고 싶었다. 제발이지 마음이 편해지고 싶었다. 자자, 하며 가경이 황제를 자리에 앉히려는데 황제가 뿌리치며 말했다.

"말해보라. 너는, 그동안 짐을 진심으로 대하였느냐?"

진심, 아, 또 그 진심. 어쨌든 황제는 몸을 섞는 상대였고 무엇보다 유일하게 말을 나누는 사람이었다. 지금 상황에서 가경에게 가장 필요하고 중요한 사람이었다. 근데 진심이 그런 건가?

"솔직히 그건 아직 모르겠지만 소생 노력을 하고 있으니, 제가 포기하지 않는 이상, 물론 포기할 리가 없으니, 그러니까 제 말은 이제 조금만 더 지나면 진심이 되지 않을까요?"

말이 좀 이상하다 싶어 가경은 저도 모르게 웃었던 것 같다. 가경은 긴장을 하면 조리 없는 말을 하고선 제가 한 말이 웃겨저 먼저 웃곤 했다. 아무리 어려운 자리라도 그랬다. 그러면 웬만해선 상대도 웃었다. 잘생긴 젊은이의 어눌한 말과 천진한 미소에는 경계를 허무는 힘이 있었는지 그 고약한 예법 교수까지도 허허 웃지 않았던가. 그러니까 이번에도 가경은 웃었을 것이다. 습관이란 그런 거니까.

쟁강! 온완 주자가 벽으로 날아가 박살이 났다. 동시에 맹수의 형상 같은 것이 훅 다가와 으르렁거렸다.

"너는 평생 여기서 한 발짝도 못 나가! 또 탈출을 시도해보거라. 네가 그리 걱정하는 내관들, 네 눈앞에서 차례로 혀를 뽑아주마! 이곳에서 영원히 말없이 살라! 하하하! 한심한 유가경이 어디까지 한심해지는지 지켜볼 테다! 네 말대로 어디 제대로 한번 미쳐보자꾸나. 평생 안 보내! 절대 못 나가!"

그러면 그렇지, 야차가 돌아온 것이다. 그러나 가경은 이전과 달리 두렵기보다는 속이 답답했다. 정말이지 한 대 후려치고 싶은 충동이 들었지만 그러기엔 그 일그러진 얼굴이, 쩍쩍 갈라지는 중년의 그 얼굴이 못내 안쓰러웠다. 돌연 황제가 몸을 홱 돌렸다. 거의 동시에 가경이 황제의 팔을 잡아챘다.

"내 말 좀 들어봐요."

"놔! 이 개자식."

가경은 남은 손으로 다른 쪽 팔까지 잡았다. 아무리 팔을 빼려고 해도 놓아주지 않자 황제가 귀를 물려고 달려들었다. 용케 피했지만 다리가 꼬여 쿵 하고 바닥에 고꾸라졌다.

"으윽!"

"다시는 옥체에 손대지 말라!"

깨질 듯 아픈 무릎을 감싸 쥐고 겨우 일어섰는데 황제가 문을 쾅 닫고 나가버렸다. 황제가 들고 날 때 방 안에 머물러야 하는 금기를 깨고 가경은 벌컥 문을 열었다. 발을 내딛는 동시에 황제를 잡으려 손을 뻗던 가경은 그대로 멈췄다.

그곳엔 추신이 있었다. 장의자 앞에 단정하고 흐트러짐 없는 자세로 추신이 서 있었다. 추신이 황제의 비뚤어진 상투관을 바로 잡고 옷매무새를 고쳐준 다음 소매에서 작은 옥 바라 한 쌍을 꺼냈다. 찰랑찰랑. 잠시 후 밖에서도 응답하는 옥소리가 들리자 황제가 걸음을 뗐다. 눈길 한번 주지 않고 청당을 빠져나가는 두 사람의 뒷모습을 가경은 지켜만 보고 서 있었다.

둔기에 맞은 듯 머리가 멍했다. 한없이 불쾌한 울림에 몸이 갇혀버린 느낌, 이 배신감의 정체를 가경은 끝내 알 수 없었다. 이토록 가까운 곳에 있으면서도 추신이 모르는 체해서였을까? 놀랍고 섭섭하긴 했지만, 그래봤자 추신도 황제의 명에 따라 움직이는 아랫사람이 아닌가. 그가 문밖에서 그 요란한 어행 소리를 다 들었으면 어쩌나 하는 걱정 때문도 아니었다. 전혀 민망하지 않다고는 할 수 없지만 환관이 아닌가. 환관이 상전의 잠자리 번을 섰을 뿐이다. 주루의 밤놀이에 익숙한 가경에게는 딱히 부끄러울 일도 아니었다. 그러나 그날 이후, 가경은 추신을 생각할 때마다 알 수 없는 께름칙한 기분에 시달렸다. 이상한 건 자기 자신이었다. 가경은 그날 이후 황제에게 추신에 관해 단 한 마디도 묻지 않았다. 어쩌면 가경으로선 무엇을 물어야 할지도 몰랐던 것이다.

세 번째 어리석음

한림원 옥당 사령에게 문서를 건네주는 것으로 그날 일을 마무리한 추신은 내일 하루 휴목을 허락해달라 청을 하러 황제가 누워 있는 평상 쪽으로 갔다. 평상은 편지들로 어지러웠다. 황제는 며칠 전에 받은 것까지 꺼내 몇 줄 적히지도 않은 편지를 읽고 또 읽고 있었다. 뚫어지게 편지를 쏘아보다가 한숨을 쉬는가 싶더니 돌연 편지를 구겼다. 덕비를 본다고 하더니 분통을 터뜨리며 밀원에 가겠다고 했다가 다 귀찮다며 다시 누웠다. 그러고는 스스로를 달래듯 보료에 이마를 문질러댔다.

"소인이 봐도 되겠습니까?"

봐주기를 바랐는지 황제가 추신의 손에 편지를 내줬다. 모처럼 단정하고 품위 있는 글씨, 희롱도 암시도 없이 황제를 꾀지 않으려 잘해온 유가경의 편지건만. 그렇다. 밀원에선 다들 최선을 다했다. 추신은 편지지 너머 용안을 살폈다. 황제의 눈은 심란했다. 어찌 저 예민한 눈을 속일 수 있으랴, 자신이 너무 안일했다는 것을 추신은 인정해야 했다. 유가경의 상처가 아문다고 끝날 문제가 아니었다. 추신은 여러 경우와 그에 따라 펼쳐질 결과를 재빨리 셈해보았다. 최악에는 피를 볼지도 모를 일이다. 황제들의 자존심은 황산보다 높고 태산보다 웅장하지만 그 끝은 칼끝보다 날카로워 잘못 건드리면 깊게 찔리고 베인다.

누구도 다치게 해서는 안 된다. 처음 밀원으로 유가경을 보낼 때 추신이 세운 원칙이었다. 추신은 최선을 생각해내야 했다. 황제가 질문 몇 번 하면 그 순진한 청년은 전부 털어놓게 되어 있다. 아무리 생각해도 유가경과 말을 하지 않고 확실하게 입을 맞춰둘 방법은 없었다. 거짓으로 거짓을 덮는 일이라 꽤나 공력이 들겠지만 작정하면 어려운 일도 아니다. 황제의 교묘한 질문을 무력화하려면 정교하게 꾸민 말보다 유가경이 일관성 있게 대응할 수 있는 단순한 거짓말이 좋다. 지금이라도 밀원에 가서 유가경을 가르쳐야 한다. 그쪽으로 빠르게 생각을 전개하던 추신은 문득 깨달았다. 진짜 최악이 무엇인지.

진짜 최악은 자신과 황제 사이에 생기는 틈. 돌이킬 수 없는 깊은 불신도 처음엔 이런 작은 틈에서 시작된다. 추신은 단 한 번도 어지에 반하는 일을 한 적이 없었다. 자기 선에서 처리하고 숨기거나 심지어 대놓고 거짓을 고한 경우에도 본질적으로는 황제가 원하는 방향에서였다. 속일 수 있다. 더 큰 일도 속일 수 있다. 끝까지 속일 수 있다. 그러나 속일 수 있다 해도 속이면 안 되는 문제가 있다. 이번 일이 그렇다고 추신은 직감했다. 애욕이야말로 인간에게 있어 불가침의 영역이니까. 인간으로서 가장 원초적인 자존심이 달린 문제이니까. 당사자가 아니면 손을 대서는 안 되는 문제, 바로 금기의 문제니까. 금기를 넘는다는 것은 선을 넘는다는 것, 한번 선을 넘으면 그 관계는 이전으로 돌아갈 수 없다. 황제가 몰라도 그럴진대 들통이 나면 더 말할 것도 없다. 버림받았다는 수치심은 증오로 변하고 그 증오는 도망치려 한 유가경이 아닌 숨기려 한 자신에게로 방향을 바꿀 것이다. 황제가 자신을 증오할 수 있다는 그 가능성만으로도 추신은 가슴에 칼금이 나는 것 같았다.

"내관들과 교위들은 그동안 혼신을 다했습니다."

"……."

"잘못이 있으면 벌은 제가 내리겠습니다."

"……."

"유공을 가엽게 여기소서."

"너는 숨기려고 했다."

"이제 놓아주소서. 너무 오래 잡아두고 계십니다. 계속 가까이에 두실 방법은 많습니다."

"너는 내게 숨기려고 했어."

"천천히 말씀드리려고 했습니다. 요 며칠 신경 쓰실 일이 많으셨습니다. 다른 일도 아니고 군사 문제였나이다."

평상에서 일어선 황제가 추신의 코앞에 얼굴을 대고 감탄을 했다.

"그대는, 거짓을 고하는 얼굴도 어찌 그리 고상할 수 있는가, 응?"

그러더니 재미있다는 듯 빙긋 웃으며 말을 이었다.

"또 무엇을 숨겼지? 설마 나 몰래 유가경과 연락이라도 하는 것이냐? 호오, 그러고도 남지. 어쩐지 가경이 너부터 찾았어. 너한테 속았는데도 말이지."

"제가 그 정도로 분별없길 바라십니까? 이제 그만두셔야 합니다."

"그 아이가 그리 가여운가? 왜, 왜 그 아이만 가여운가?"

"어찌 유공만 가엾겠사옵니까? 소인은 밀원의 누구도 다치는 걸 원치 않습니다."

추신은 이 기회에 밀원의 일도 접게 만들기로 결심했다. 이 억지스러운 침묵 놀음을 계속하게 둬서는 안 된다. 이제 그만 유가경을 놔줘야 한다. 마음 같아선 밀원으로 가는 통로도 막아버리고 못도 메우고 건물도 다 허물고 싶었다. 자신이 만들었지만 그곳은 처음부터 못마땅했다.

"부리는 마소가 잠깐 한눈파는 게 그렇게 싫더냐? 그대가 시작한 일이다. 견뎌라!"

어금니를 꽉 물고 내뱉는 말에는 울분이 가득했다. 부리는 마소라니, 추신은 황제가 참혹한 말로 자신을 겁박하는 거라고 생각했다. 그리고 또 생각했다. 여기서 밀리면 밀원의 시간은 연장된다. 마흔 명이나 되는 사람들이 그 괴상한 짓을 계속해야 하는 것이다. 유가경을 감금한 순간부터 황제와 자신은 이미 정도를 넘어섰다. 정도를 넘긴 일은 반드시 회귀하게 되어 있다. 몸집을 부풀려 처음과는 비교할 수 없는 위력을 품고서. 아무리 철저하게 단속을 한다 해도 장기간에 걸쳐 여러 명이 가담하는 일은 어디에서 어떤 사달이 날지 모른다.

"제가 시작한 일이라 하시니 제가 매듭을 짓겠습니다."

"너는 매듭지을 수 없는 일이다. 사실 넌 그 누구보다도 엉터리거든! 평생을 그 무지 속에 살라. 무지만이, 그 지독한 무지만이 너에게 알량한 빛을 줄 테니!"

치를 떨며 쏘아붙이는 황제를 보고 있자니 추신은 가본 적 없는 장소에 던져진 기분이었다. 모르는 산세, 불길한 골짜기, 어디서부터 길을 놓친 걸까? 헤매는 추신의 머리 위로 꽈르르 번쩍 벼락이 쳤다.

"싫다! 싫어! 짐은 유가경을 포기할 수 없다! 내 것이다. 왜 내가 못 갖는가? 말 한마디, 눈빛 하나, 온전히 짐만이 누릴 것이다. 그 정도는 누려야 한다. 고작 그것이다. 고작 그것도 안 되는가. 왜! 왜!"

황제는 마룻바닥을 깰 듯 발을 구르더니 평상에 털썩 주저앉아 훅훅 숨을 몰아쉬었다. 추신은 저도 모르게 턱을 쓸어내렸다. 이건 수치심 정도의 문제가 아니라는 생각이 들었다. 유가경이 이렇게 집착할 인물인가 하는 생각도 들었다. 황제의 상사가 이토록 깊은 줄 몰랐다. 군사 문제에 힘을 쏟느라 밀원의 일을 너무 쉽게 풀려 한 게 자충수였다. 일단 화부터 누그러뜨리는 게 급선무였다. 추신은 다탁으로 가서 유리잔에 물을 가득 따랐다. 평상으로 돌아와 물 잔을 내밀었지만 황제는 쳐다보지도 않았다.

"폐하, 인간의 마음이란 가둔다고 가둬지는 게 아니잖습니까?"

"그건 누구보다 짐이 아주 잘 알아. 조용히 하라."

"천당 아래 소주가 있고 항주가 있다고 합니다. 그런 곳에서 매인 것 없이 자란 분입니다."

"조용히 하라니까!"

깜짝 놀란 것처럼 추신의 손이 흔들렸다. 물이 넘칠 듯 출렁하자 황제도 어쩔 수 없는지 잔을 받아 들었다. 막상 물을 보니 목이 탔는지 단숨에 들이켰다. 물이 들어갔으니 심중의 화기가 많이 가라앉았을 것이다. 추신은 황제 곁에 걸터앉았다.

"유씨 집안 분위기가 얼마나 자유로운지 말씀드렸잖습니까. 살면서 마음을 거스를 일이 거의 없던 분입니다. 위세로 다그친다고 될 일이 아닙니다."

빈 잔을 받으려 손을 내밀었지만 황제는 잔을 움켜쥔 채 놓지 않았다. 마치 그 파란색 유리잔이 의지할 수 있는 유일한 것인 양. 저러다 내던지기라도 하면 화 기운은 순식간에 증폭돼 걷잡을 수 없게 된다. 추신은 황제의 손가락을 하나하나 펴며 속삭였다.

"이번엔 그냥 모른 체 넘어가소서. 겁을 먹고 있을 겁니다."

"잘못을 했으니 겁을 먹어야지……."

확실히 한풀 꺾였는지 말끝이 흐려졌다. 추신은 눈을 들어 용안을 살폈다. 황제는 화가 난 게 아니었다. 꽉 다문 입꼬리가 점점 처지고 있었다. 상처를 받은 것이다. 그 연약한 모습이 추신의 가슴에 파문을 일으켰다. 밀원을 폐쇄하고 말겠다는 결심은 온데간데없어지고 두 사람을 화해시켜야 한다는 생각만 절실해졌다. 유공은 당분간 밀원에 두는 수밖에, 그나마 이 정도에서 수습되면 다칠 사람도 없고, 추신은 생각을 빠르게 수정해나갔다.

"그 이마가 가을 물같이 맑고 그 눈이 옻칠한 듯 검다."

"그 말은 왜 꺼내느냐, 짜증나게."

"집영전에서 처음에 그러셨사옵니다. 아직도 그분이 그렇게 보이십니까?"

"……."

"그러시면, 아직도 그리 보이시면, 우선 달래보소서. 자비를 베푸시고 감복하게 만드소서."

하지만 밀원에 가서 온갖 저주의 말만 퍼붓고 돌아왔다. 황제는 등을 돌린 채 평상 위에 앉아 병풍을 보고 있었다. 추신은 그날 두 번째로 자신이 저지른 어리석음과 대면을 해야 했다. 황제가 벽왕甓王(조용의 왕명)이던 시절 아마 예닐곱 정도 되었을 즈음, 투정을 부리다 그릇을 던졌는데 궁녀 얼굴에 상처를 냈다. 와서 좀 달래보라고 궁녀들이 추신을 찾아왔다. 가보니 어린 벽왕이 병풍 뒤에서 빽빽 울고 있었다.

"전하, 왜 우십니까?"

추신을 보자 조금 수그러들긴 했지만 계속 서럽게 울었다.

"피가 났단 말이야."

"미안하십니까? 그래서 괴로우십니까?"

"……."

"눈물, 그런 식으로 흘리지 마소서. 아무 의미도 없고 무엇도 해결해주지 않습니다. 다음부터 미안한 일은 하지 않겠다 굳게 마음먹으세요."

그제야 벽왕은 울음을 그쳤다. 그때부터였다. 황제는 눈물을 거의 보이지 않았다. 돌이켜보니, 화나면 내던지는 버릇을 고쳐준다고 한 말이었지만 어린애에게 할 소리가 아니었다. 병풍의 각처럼 기울어짐 없이 앉아 있는 황제의 뒷모습. 지금이라면, 지금의 자신이라면 그냥 어린애를 안고 달래줄 것 같다.

"침전으로 드시지요."

"여기 있겠다. 그만 물러가라."

"곁을 지키겠습니다."

"괜찮다."

"유락*을 올리라 할까요?"

"……."

"모처럼 소인도 먹고 싶은데 허락하소서."

잠시 뜸을 들이더니 한숨 섞인 대답이 나왔다.

"그러자 그럼."

　번을 서는 내관에게 지시를 하러 가면서 추신은 모처럼 처량 맞은 기분에 젖어들었다. 왠지 이 기분이 싫지 않았다. 따뜻한 유락을 떠먹기에는 더없이 좋은 쓸쓸한 밤이었다. 시큼하고 달착지근해서 평소에는 즐기지 않았지만 지금 황제와 자신에게는 그 맛이 필요했다. 정말 오랜만이었다.

* 우유나 양젖을 발효해 만든 따뜻한 음료.

개봉의 첫눈

시월 초하루가 되었다. 드디어 항 구들에 불이 들어오고 화로와 탕파를 맘껏 써도 된다. 황궁은 화제를 예방하기 위하여 불 관리가 까다롭기 그지없었다. 밀원은 황궁 밖에 있었지만 황궁의 법식대로 움직이는 곳인 데다 사방이 숲에 둘러싸여 있어 평소에도 불 관리가 엄격했다. 가경은 그 전날까지 으슬으슬 추위에 떨며 지냈다. 아무리 명주 솜옷을 껴입어도 냉기가 가시지 않았다.

유가경이 요즈음 하는 일이라곤 편지를 쓰고 고치고 다시 쓰고 또 쓰고 정성을 다해 봉투에 봉하고, 파지를 태우고 답장을 기다리는 것이 전부였다. 딱히 할 일도 없었지만 가경은 온 정신을 편지 쓰기에 바쳤다. 처음엔 용서를 구하고 몇 가지 맹세를 했다. 답장이 없자 더욱 절절하게 용서를 구하고 불가능한 맹세까지 다짐해 보냈다.

"죽어 마땅한 죄…… 이제 무도한 짓일랑 죽어도…… 제가 뱉은 모진 말일랑 다 잊어주시고…… 그리움이 골수에 사무쳐…… 제발 답장을 주소서…… 가경은 애간장이 타들어 가옵고…… 떨어지는 낙엽처럼 쓸쓸한 이 몸…… 황은을 생각하면 눈물이 한 됫박…… 오늘부터 폐하를 위해 밤낮으로 팔만사천법문을 사경할 것이며…… 머리털을 뽑아 신을 삼아 드리오리…… 제발 답을 주소서."

검지를 베어 혈서로 '진심' 자를 쓰고 '맹세' 자를 쓰고 '약속' 자를 써 보냈다. 이보다 더 절절할 수 있을까 싶게 눈물 자국을 여기저기 흩뿌리며 황제가 좋아할 만한 내용을 꽉 채워 보냈다. 어느 날인가는 쓰다 보니 부아가 치밀어, 정말 너무하시는 거 아니냐고 원망을 한가득 적어 보냈다. 그래도 묵묵부답이자 다시 구구절절 용서를 구했다. 아무 소용이 없자 오기가 나서 자신은 애초 잘못이 없고 죄 없이 잡혀 있을 뿐이다, 미친 쪽은 폐하가 아니냐, 하고 따지는 소리를 초서체로 휘갈겨 써 보냈다. 그래도 답장이 없자 분노에 찬 절규가 터져 나왔다.

"백관의 모범이 되셔야 할 분이 음양을 어지럽히기나 하고…… 멀쩡한 사람을 짐승 우리에 가둬 넣고…… 내가 미쳤지…… 이리 억울할 수가! 위선자, 독선과 패악과 기만을 일삼는 이 미친 삭로索虜*여! 뻔뻔한 천자여! 대송의 황제로서 부끄럽지도

---

* 강남 사람들이 화북인을 비웃는 욕. 반대로 화북 사람들은 강남 사람을 만자蠻子라고 욕한다.

않으십니까!"

그 또한 아무런 효과가 없자 이번엔 협박을 늘어놓았다.

"불충한 유가경은 모일, 모처에서 이 한심한 세상을 하직고자 하오니 폐하께서는 부디 만수무강하소서."

대략 이런 식이었고 머리칼도 몇 가닥 잘라 동봉해 보냈다. 그러다가 시월이 되었다. 방 안이 훈훈해지니 절박함은 사라지고 만사가 속 편하게 다가왔다. 가경은 편지는 잠시 쉬고 따뜻한 방에서 낮잠을 자기로 했다. 오랜만에 유모의 품에 안긴 듯 기분이 아주 그만이었다. 근데 유모는 잘 있나? 유모는 소주에 있다. 가경이 열두 살 때 재혼을 해서 유부柳府(유가경네 집)를 떠났다. 그래봤자 가까운 곳에 차린 살림이었다. 외가댁 작은 집사에게 시집을 갔기 때문에 수시로 드나들었다.

"젖 만져도 돼?"

"그럼. 말이라고."

유모 생각이 나니까 딱히 그러려고 한 건 아닌데 수음을 하게 됐다. 또 왜 그랬는지 자기도 모르게 손에 묻은 것의 냄새를 맡아보았다. 능금 향 같은 게 날 리가 없었다.

"흥, 그때 뭔가에 씌었던 게야."

그렇게 이삼일 유가경은 낮잠과 자위로 시간을 보냈다. 사랑했던 여인들을 떠올리며 수음을 하니 황제에게 복수한 기분까지 들어 몇 배로 후련하고 통쾌했지만 역시 오래 할 짓은 아니었다. 황제를 안 본 지 보름이 넘는 시간이 흘렀다. 점점 일상사가 흐리멍덩해지고 잠을 많이 자도 머리가 맑지 않아 책을 읽어도 글자가 눈에 들어오지 않았다. 미치는 꼴을 보겠다더니 정말 이렇게 말려 죽일 셈인가. 그렇다면 실성하기 전에 작은 앙갚음이라도 하자.

"소년 시절 아버님을 따라 개봉에 온 적이 있습니다. 그해 원소절(대보름)에 선덕루에 오르신 폐하를 멀리서 뵈었습니다. 아직도 생생히 기억할 만큼 훌륭하신 모습이었습니다. 찬란히 빛나던 그분은 어디로 사라지셨을까요. 안타까움을 금할 수 없나이다. 소생 이제 과거시험 준비나 하고자 합니다. 보내주신 책으로 열심히 공부하여 천자문생天子門生*이 되도록 노력할까 합니다. 갇힌 몸이지만 홀로 최선을 다할 것입니다. 요 몇 달 헛되이 낭비한 시간을 벌충하기 위해서라도 용맹정진하려 합니다. 유비 현덕은 마음이 변했지만 저는 아닙니다. 저에겐 처음부터 변할 마음도 없었나이다."

황제는 그 편지를 다음 날 오후에나 받아보았다. 가경이 조롱의 편지를 쓴 날은 시월 삼일이었고 그날은 황실에서 서경(낙양)에 있는 황릉으로 성묘를 떠나는 날이었다. 그날 황제는 종묘에서 천여 명의 황족들과 새벽부터 정오까지 이어지는 길고 긴 제례 의식을 치르고 성묘를 떠나는 한 무리의 친왕들과 황족들을 배웅하느라 주작문까지 행차를 했다. 또 저녁에는 도자원(사원 이름)에 가서 전사자들을 위한 제사를 지내고 온 군왕들과 종친들의 알현을 받고는 밤이 늦어 그대로 침전에 들었다. 그런 연유

---

* 과거에 급제하여 진사가 되면 천자의 문하생 즉, 제자가 된다는 의미.

로 가경은 다음 날 저녁이 되어서야 자신이 저지른 일이 어떤 파국을 몰고 왔는지 알 수 있었다.

서실이 텅 비어 있었다. 장서가 전부 없어졌다. 원래 있던 필사본 고서까지 단 한 권도 남아 있지 않았다. 그동안 시험공부를 위해 책을 본 것은 아니지만 혼자 지내야 하는 그 많은 시간을 서책 없이 버틴다는 것은 상상도 할 수 없는 일. 텅 빈 서가를 보고 있자니 가경은 추운 새벽에 물벼락을 맞은 기분이었다. 시황제에게 책을 빼앗긴 유생들의 심정이 이러할까, 공맹의 나라에서 황제라는 자가 어찌 이런 패악을 부린단 말인가.

내관들을 붙잡고 어디에 숨겼는지 묻지 않았다. 이제 이런 유치한 실랑이는 그만둬야겠다는 생각이 들었다. 한 자도 안 되는 좁은 골목에 갇혀 한 뼘도 안 되는 나무칼로 싸우는 꼴이라니. 자신도 이런 조잡한 싸움을 할 나이는 지났지만 황제는 장성한 자식도 여럿이다. 그런 남자가 애처럼 구는 꼴은 보기에 괴로웠다. 정녕코 선덕루의 그분은 어디로 사라진 건지. 경관京官*이 되고 나서 부친은 말했다. 영민한 황제가 부지런하기까지 해 업무량이 점점 늘어 따라가기가 힘에 부친다고. 부친은 이런 말도 덧붙였다.

"황상께서 비범하시니 천하에 은덕이 차고 넘치는구나. 이 또한 관리된 자로서 보람이 아니냐."

아버님은 끝까지 황제의 진면목을 모르시길 바란다. 안다면

* 중앙관청의 관리.

그런 군주 아래서 신하 노릇을 할 기분이 날까? 천하에 은덕을 두루두루 나눠주신다는 그분은, 안을 들여다보고 싶어도 볼 수 없을 만큼 속이 좁은 사내. 그 사내의 이름은 조롱. 융융, 융융, 미친 융융, 소갈머리 없는 융융. 쳇!

수면 위로 바람이 스치고 갔다. 얇고 자잘한 무늬가 끊임없이 만들어졌다 퍼지기를 반복했다. 가경은 연못가에 쭈그리고 앉아 하염없이 반복되는 그 단조로운 모양을 보고 있었다. 왜 그랬을까? 약이 올라서겠지. 왜 약이 올랐을까? 조롱을 했으니까. 왜 조롱을 했지? 얄미웠으니까. 왜 얄미웠지? 답장을 안 해주니까…… 그러다 보면 왜 하필 나한테 이러는지, 그 사람은 이러는 게 부끄럽지도 않은지, 그 사람이 말하는 진심이란 게 무엇인지 하는 질문의 고리가 끝없이 이어졌다.

먼지 같은 게 어지러이 눈앞에서 날기 시작했다. 진눈깨비였다. 가뜩이나 흐린 날씨에 낙엽마저 빛바랜 연못의 풍경은 퍽이나 스산했다. 꽃잎을 떨구기도 전에 그대로 서리를 맞은 가을꽃들, 잎사귀 하나 없이 줄기만 추레하게 흔들리는 버드나무. 떼지어 몰려다니던 황금빛 잉어들은 다 어디에 숨어버린 걸까. 연못은 서실처럼 텅 비어 있었다. 바로 얼마 전에 뱃머리로 연꽃 줄기를 헤치고 다니며 연밥을 땄는데 이젠 눈이 내리고 있다. 연자, 그래 그때 굉장히 좋아했었지, 결국 침상까지 가지 못하고 탁상에 기댄 채로 관계를 했다. 심하게 아찔해서 이대로 죽는 게 아닌가 겁이 났다. 옥체가 휘어질 때마다 새어 나오던 호금 소리…… 생각해보니 약속만 해놓고 그 후론 연밥을 따주지 못했다. 제법 커진 눈송이가 하염없이 연못으로 빨려 들어가 흔적도 없이 사라졌다. 손을 내밀어 받아보려 했지만 눈은 닿자마자 작은 물이 되었다.

"이토록 허무한 게 인연이라니."

그녀들은 진심인지 묻지 않았다. 자신 또한 그녀들에게 묻지 않았다. 가경에게 그런 부자연스러운 질문은 예의가 아니었다. 황제는 막무가내였다. 너는 내게 진심이었느냐.

사선을 그으며 균일한 속도로 내리는 눈 속에 있자니 발밑에서 오는 감각이 지워져 몸이 공중에 떠 있는 느낌에 가경은 순간 휘청했다. 까아아아, 까마귀 한 마리가 울면서 눈 내리는 대숲으로 날아갔다. 이토록 서툰 사람이라니…….

사랑은 사람을 겁먹게 한다. 한없이 불안하게 하고, 한없이 약하게 만들고, 한없이 치졸하게 만든다. 한없이 제정신이 아니게 만든다.

어깨로 들린 한기가 그예 감기가 되었다. 가경 입장에서는 할 일도 없는데 때마침 아픈 것도 퍽 괜찮았다. 내관들은 수시로 탕약을 들고 들어와 땀에 젖은 중의를 갈아입혀주었다. 누워 있는 내내 가경은 황제를 생각했다. 황제가 했던 말들을 하나하나 되새겨보았다. 제정신이 아니라고 퍼부은 비난을 황제는 부정하지 않았다. 상관없다고 했다. 당시엔 그 뻔뻔함에 기가 찼다. 황제라 그런지 후안무치의 경지 또한 남다르다고. 열이 나 뜨거운

이마에 물수건을 얹고 그때 일을 돌이켜보니 황제 자신도 어찌할 바를 몰라 그런 말을 한 게 아닐까, 하는 생각이 들었다.

그것도 하루 밤낮이었다. 다음 날부터 기침이 심해지고 목이 부어 침을 삼킬 수가 없었다. 몸 상태가 생각을 차분하게 이어나갈 형편이 아니었다. 사지는 물론 눈꺼풀이며 귓구멍, 잇몸, 손가락 하나하나까지 다 아프고 두피 전체가 푹푹 쑤시고 머리카락 한 올까지도 통증에 시달렸다. 급기야 죽을 뜨다가 손이 떨려 가경은 숟가락을 떨어뜨렸다. 시중들던 내관이 먹여주어 그걸 받아먹는데, 내가 이제 이곳에서 쓸쓸하게 죽는구나 하는 생각에 눈물이 왈칵 솟았다. 가경은 이러면 안 되는데 하면서도 내관에게 기대 눈물을 흘렸다. 쑥색 포삼에 눈물 자국이 크게 번져가도록 내관은 피하지 않고 가경이 하는 대로 다 받아주었다. 밤엔 헛소리를 할 정도로 열에 시달렸다. 주먹만 한 빨간 도깨비들이 귓가에서 까르르대며 시끄럽게 굴었다. 쫓아버리려고 손을 휘두르면 도깨비들은 깍깍 비명을 지르며 도망쳤다가 다시 돌아와 가경의 머리맡에서 깔깔대며 웃었다.

"저거, 저것들 좀 쫓아주세요. 여기 머리 위. 아니 아니 이쪽에……."

헛소리를 하며 허공을 휘젓는 가경의 손을 늙은 내관이 달려와 잡아주었다. 가경은 그 커다랗고 옹이진 손에 매달려 가쁜 숨을 내쉬었다. 내관들은 곁에 붙어 찬 수건으로 불덩이 같은 가경의 몸을 수시로 닦아주었다.

며칠이 지나자 목의 붓기는 가라앉고 아픈 건 좀 덜해졌지만 기침은 여전했다. 죽 한술을 뜨고 누웠다가 또다시 기침 발작이 일었다. 겨우 진정이 되어 선잠이 들었는데 누군가 들어오는 기척이 났다. 얕은 잠에 잠혀 눈꺼풀이 좀처럼 떠지지가 않는데 소리가 들렸다.

"절하라."

눈이 번쩍 떠져 급히 일어나 손에 닿는 대로 옷을 걸쳤다. 상투도 안 맸는데 어쩌지, 하고 있는데 절하라는 소리가 또 들렸다. 허둥지둥 어좌 앞까지 가서야 가경은 자신이 맨발이라는 것을 깨달았다. 절을 하는 내내 힘이 들어가지 않아 뱃가죽이 덜덜 떨렸다.

"아프다 들었다. 좀 어떠한가?"

오늘따라 각이 긴 사각복두에 연황색 난삼을 입은 황제는 어진에서 튀어나오기라도 한 듯 눈부셨고 용안은 그 어느 때보다 광채가 났다.

"많이 좋아졌습니다."

"이만 가보겠다."

황제가 일어서서 문 쪽으로 몸을 휙 돌렸다.

"드릴 말씀이……."

하는데 기침이 터졌다. 멈추지 않는 기침에 무릎이 꺾여 가경은 주저앉고 말았다. 쪼그리고 앉아 기침을 하는데 이마로 사정없이 식은땀이 흘렀다.

"할 말이란 게 무엇이냐?"

진정될 즈음 황제가 물어왔다. 기침을 호되게 한 탓에 가경은 어질어질했다. 마른침을 억지로 삼키고서야 가경은 겨우 입을 뗄 수 있었다.

"······저는 진심이 아니었습니다."

"알고 있다."

황제가 약 올리듯 명랑하게 되받았다.

"처음에 물으실 때 용기가 없어서 대답 못 드렸습니다. 마음에 들지 않았습니다. 지아비는 더더욱 싫었습니다. 앞으로도 어찌 될지 모르겠습니다. 폐하를 연모하게 될지 자신이 없습니다."

"괜찮다. 이젠 너 따위의 감정, 상관하지 않아."

애써 초연한 척을 했지만 어쩔 수 없는지 불안정한 음색을 드러내더니 황제가 문을 향해 몸을 돌렸다.

"하 하지만, 당신과 자는 건 좋았어요. 그게 진심인지는 모르겠지만 그런 게 진심이라면 조금은 진심이었던 거 같아요. 당신은 내게 한없이 고약한 사람이지만, 왜 나한테 이러는지 정말 원망스럽지만 그때만큼은 이상하게 사랑스럽고, 보통 때 당신 같지 않고······ 나도 그냥······ 나도 즐거웠으니까. 그때만, 겨우 그때만, 그러니까 진심이 아닐지도 모릅니다."

그게 진심이 아니라니, 자신이 한 말인데도 너무 야속해 가경은 눈물이 났다. 눈물이 너무 짜서 눈가가 쓰렸다.

"정말 돌아오려고 했어요. 내관들도 걱정되긴 했지만, 무엇보다 당신한테 말을 안 하고 아주 가는 건, 그건 아니라고 생각해서······ 속상할 테니까. 안 믿어도 할 수 없어요."

"눈물 흘리지 말라. 짐은 우는 사내가 싫다!"

눈가가 쓰리고 가슴까지 쓰린데 그 와중에 피식 웃음이 나왔다.

"참나, 그냥 나오는데 어떻게 막습니까! 폐하도 그만 좀 유치하게……."

하다가 또다시 기침이 터졌다. 가경은 바닥에 고꾸라져 내장이 꼬이도록 기침을 해댔다. 가슴이 패는 고통도 고통이었지만 머리는 산발을 하고 눈물에 콧물에 침까지 온통 칠갑을 하고 기침 발작을 하는 자신의 꼴이 견딜 수가 없었다. 기침은 잦아들다가도 다시 터져 나오길 반복했다. 가까스로 기침이 멎었지만 안심할 수가 없어 가경은 간질거리는 목구멍에 힘을 줘가며 침을 모아 삼켰다. 여전히 그르렁거리는 숨을 달래며 겨우 눈을 뜨던 가경은 헝클어진 머리칼 사이로 황제와 눈이 마주쳤다. 난삼을 꽉 움켜쥐고 입을 앙다문 채 자신을 노려보는 황제와.

아! 눈을 떼지 못한 채 가경은 천천히 일어나 황제에게 다가갔다. 자신의 꼴이 말이 아니란 걸 알았지만 그런 걸 따질 여유가 없었다. 가경의 손이 용안에 닿는 순간 황제가 고개를 돌렸다. 그 결에 복두의 긴 각이 가경의 뺨을 쳤다. 움찔하는 사이 황제는 그대로 나가버렸다. 가경은 그 자리에서 뺨에 손을 대고 잠시 멍하니 서 있다가 터벅터벅 침상으로 돌아와 누웠다. 수건에 코를 풀고 이불을 뒤집어쓰며 가경은 중얼거렸다.

"이상한 분이야. 정말 이상하다니까."

이불 속 어둠에 묻히자 며칠 동안 익숙해진 병상의 편안함이 찾아왔다. 깜깜한 눈앞에서 잔상이 어른거렸다. 옥루라는 것을 처음 목격해서일까. 가슴 밑바닥에서 샘솟는 뭔가가 눈앞으로 차올라 인광을 내며 남실남실 춤을 추었다. 시원한 물이 기침으로 갈라진 폐부를 적셔주기라도 하는 듯 호흡이 편해졌다. 인광이 옅어질 즈음 가경은 스르르 잠이 들었다.

그 흔들리는 소매 끝에

감기는 삼사일 더 끌다가 차츰 나았다. 어릴 때 홍역을 약하게 앓았다더니 이번에 마저 앓은 게 아닌가 싶을 정도로 독한 감기였다. 황제에게서는 아무런 연락이 없었다. 몸을 추스르자 가경은 편지를 쓰기 위해 서실에 갔다. 책이 돌아와 있었다.

"책을 돌려주셔서 감사합니다. 성은이 망극하옵니다. 다름이 아니오라 은자 삼백 냥을 빌려주시기 바랍니다. 꼭 갚겠나이다."

답장이 왔다.

"불가하다."

"저를 돌봐준 내관들에게 보답하고 싶습니다. 그들에게 상을 주시기 바라옵니다."

"싫다."

"제가 기분 나쁘게 해드렸다면 죄송합니다."

"아니다."

"그러면 삼백 냥을 빌려주시기 바랍니다."

"불가하다."

소주 외가댁에 작은 개 한 마리가 선물로 들어왔는데 유독 큰 외숙을 잘 따랐다. 누군가가 외숙에게 다가가면 그 개가 톡 튀어 나와 사이에 끼어들어 짖어댔다. 외숙은 좋았는지 그때마다 개 의 머리를 쓰다듬었다. 그 개는 작고 귀엽고 사랑스러웠다. 그래 서 다들 그 행패를 웃어 넘겼다.

"무얼 그렇게 빤히 보는가?"

"작고 귀엽고 사랑스러운지 봅니다."

"이 밤에 눈을 맞고 온 사람을 놀리는가!"

"작고 귀엽고 사랑스러운 걸 어쩌겠나이까?"

황제는 이 말이 진담인지 아닌지 분별하느라 골난 아이처럼 가경을 노려보았다. 가경은 덥석 황제를 안았다.

"그러니 이런 해괴한 짓은 그만두소서. 진주분이라니, 제발이 지 이런 거 안 바르는 게 저를 위하시는 겁니다."

"짐도 좋아서 한 게 아니다. 전에 그러지 않았느냐, 진주분 바 른 어미의 얼굴을 만지면 기분 좋았다고. 그간 네가 앓아 쇠한 기운을 북돋아주기 위해서다."

하얀 얼굴을 한 생물체가 천자님처럼 점잖은 목소리를 내고 있었다. 용안에 가득한 기묘한 광택, 가만 보니 눈썹에까지 분가 루가 묻어 있다. 황당한 꼴을 당하는 것에도 이력이 붙었는지 가 경은 이전만큼 기가 막히지도 민망하지도 않았다.

"하지만 도저히 이 상태로는……."

가경은 손수건을 꺼내 분을 닦아내기 시작했다. 이거야 원, 꼼꼼하게 많이도 발라놨다. 이 또한 내관들의 경이로운 솜씨려나, 가경은 문을 열고 나가 왜 말리지 않는 건지 추신에게 따지고 싶었다. 대충이나마 지우니 이제야 그 사람 같았다. 문득 손을 멈춘 가경이 말없이 용안을 바라보았다. 지금 막 자신이 그 얼굴을 빚어놓은 것 같은 착각에 가경은 조금 설렜다. 좀 더 보고 싶은데 황제가 품에서 벗어나 손수 술을 따라 벌컥 마시고 또 따라 마셨다. 누가 쫓아오기라도 하는 것처럼 그렇게 연거푸 넉 잔을 마셨다.

"제게도 한잔 허락하소서."

"안 된다. 네가 술김에 하는 거 싫어."

"하, 그래서 그동안 한 잔도 권하지 않았습니까?"

"짐에겐 지금 용기가 필요하다. 너는 떠나려고 했다. 짐은 자신감을 잃었어. 너를 기쁘게 해주지 못할까봐 두렵다. 네가 옥체에 발정하지 않을까 두려워."

"이해는 합니다만, 그리고 어쨌든 다 죄송합니다만, 그렇다고 그런 걸 낱낱이 대놓고 말씀하시면 저도 참 무안해지는 겁니다."

사람 말을 듣는 건지 마는 건지 황제가 또 주자를 들었다.

"저도 폐하께서 술김인 건 싫습니다."

가경은 손을 잡아 침상으로 끌고 가 용포를 벗기고 제 옷도 훌훌 벗었다. 두렵다고 한 말이 그냥 한 소리는 아니었는지 가경이 만져달라고 하자 서먹한 사이처럼 황제가 뜸을 들였다. 등촉

아래 드문드문 분가루가 반짝였다. 가경은 분이 다 지워지지 않은 뺨을 어루만져보았다. 촘촘하게 스며드는 미세한 자극이 마음을 들뜨게 했다. 어머니는 분 바른 얼굴을 만지면 어린 가경의 손을 찰싹 때렸다. 아버지가 지나가며 슬쩍 만질 때는 가만히 웃었으면서.

"진안안은 낙적시켰다. 돈도 주라고 했다. 어쩌면 시집이라도 갔을지 모르지. 그러니 네가 찾아가봤자 소용없어."

행여 꿈도 꾸지 말라, 말인즉 그러한데 표정은 꾸중을 들을까 곁눈질하는 소년 같았다.

"어련하시겠어요."

가경은 붉게 물든 황제의 귀에 혀를 넣었다. 황제는 소름이 돋는지 찡그리며 어쩔 줄을 몰라 했다. 갈증을 참을 수 없어 가경은 술기운이 올라 얼룩덜룩한 황제의 목덜미를 물었다.

"당신을 다 먹어 치우고 싶어."

가경은 용안 여기저기에 자기 얼굴을 문질렀다. 분가루가 피부 사이에서 보드랍게 미끄러졌다. 그 매끄러운 감각이 아슬아슬하게 만들었는지 황제의 입에서 탄식이 새어 나왔다. 탄식과 함께 흘러나온 소홍주 향기. 동지가 다가오는 평원의 겨울밤은 길었고 두 사람에게는 혹독했다. 머리를 짓누르고 다 삼키게 했다. 도망가는 다리를 놓아주지 않았다. 마른 등이 가여운데도 새어 나오는 그 소리가 듣고 싶어 가경은 멈출 수가 없었다. 어머니 흉내를 낸다고 진주분을 바르고 왔다. 여전히 엉뚱하고 유치하다. 여전히 제정신이 아니다.

황제는 흥분이 남았는지 가경의 엄지를 가져가 아플 정도로 세게 빨아댔다. 말랑한 혀가 거세게 움직였다. 가경이 입천장을 자극하자 쾌감을 견디지 못하고 황제가 엄지를 뱉었다. 그 순간을 놓치지 않고 얼굴을 바짝 대고 가경이 물었다.

"그 통로, 끝까지 가면 어디가 나오지?"

"말해줄 수 없다."

"난 이제 그 근처에도 안 갈 거니까 말해봐요."

저리 가라며 황제가 가경을 밀쳐내고 몸을 뺐다.

"말해봐. 어디가 나오지? 여기가 어딘지 궁금해서 그래요. 내가 어디에 있는 건지 정말 궁금해서 그래요."

가경은 황제를 잡아끌어 눕히고는 맹세라도 하듯 황제의 배에 입을 대고 푸푸댔다. 뱃가죽이 울려 간지러울 텐데도 황제는 웃지 않고 더듬더듬 가경의 머리와 얼굴을 만지기 시작했다.

"그래 오지 마. 올 곳이 못 된다. 끝까지 가면, 그곳엔 내 무덤이 있단다."

구름처럼 가벼운 손이 가경의 머리 위를 그림자처럼 지나갔다.

"무덤?"

"고스란히 묻히는 곳이니까. 영광과 기쁨, 굴욕과 좌절까지…… 난 다 주었다. 오직 하나만 바라봤거든. 앞으로도 그러겠지. 그러기에 무덤이다. 후일 누군가 내 무덤을 파헤치면 다 드러나겠지. 그리고 사서에 적겠지. 역사는 승자의 권리니 우리를 무너뜨린 자들이 '송사'를 쓰겠지. 그자들이 내 이야기도 쓸 것이다. 그곳에서 내가 무얼 했는지, 무얼 소망했는지…… 그들이 나를 어떻게 평가할지 두렵구나. 그러니 성군이 되는 도리밖엔 없다고…… 성군이 되라고 했다. 그러기로 했다. 그러기로 했으니 결국 그곳에서 눈을 감겠지. 그러니 너는 오지 말렴."

따듯하지만 물기 없는 얇은 손바닥이 가경의 뺨을 어루만졌다. 가경은 알아들을 수 없었지만 더 이상 묻지 않기로 했다. 이곳이 개봉의 어디쯤인지는 몰라도 자신의 얼굴이 황제의 배 위에 그리고 황제의 손 아래에 놓여 있는 것만은 확실하니까.

"네가 여기서 나갈 땐 길을 내주마. 주작대로까지 한달음에 쭉 뻗은 넓은 길. 오직 너만 다닐 수 있는 길. 너한테 어울리는 환하고 환한 탄탄대로. 너처럼 환하고 빛나는 길. 너는 온통 빛이니, 빛으로만 빚어진 사내이니…… 주변까지 온통 빛이 나서, 멀리서도 너만 보였다."

낮은 목소리가 따듯한 살갗을 통해 울렸다. 꿀렁대며 물 지나가는 소리도 들렸다. 오장육부를 느리게 흐르는 물소리, 그 물소리와 함께 울리는 황제의 음성에 가경은 푹 잠겨들었다.

"너는 낭하 저편에 서 있었지…… 너를 보는 순간 내 눈은 놀라 아찔했다. 희왕이 절을 하는 동안 너를 한 번 더 보고 싶은데 부끄럽고 한없이 부끄러워 너 있는 쪽으로 눈도 돌리지 못했다. 한 무리에 섞여 너도 절을 했다. 네 이마가 하도 맑아서 가을 물 같고 너의 두 눈이 옻칠을 한 듯 검게 빛났지. 누군가 말해줬다. 유렴의 삼자 유가경이라고. 유가경? 유가경…… 네가 웃고 있더구나. 저런 웃음 본 적 없는데, 전생에서나 봤을까 싶게 너는 웃고 있었어. 봄바람같이 그렇게 웃고 있었어. 너의 웃음에 햇살이 돋고 꽃이 벙글고, 놓쳐버린 시절이 다시 돌아오는 듯했지. 모두 물려버리고 너만을 하염없이 바라보고 싶었다. 교방 아이들이 춤을 추는데 그 흔들리는 소매 끝에 네 얼굴이 보였다 안 보였다…… 네 복두에 꽂은 꽃이 흔들리고, 네가 그 꽃을 누구에게라도 줄까봐 조마조마했지. 독대를 하러 오지 않기를 바랐다. 그냥 시시껄렁한 도련님이라면 쉽게 잊을 수 있다고 생각했어. 폐부에 정이 사무치기 전에 잊을 수 있다고. 이런 감정 다 성가시고 다 부질없고, 다 전부 엉터리, 달콤한 가짜라고. 그런데 네가 왔다. 친구를 구하기 위해 왔어. 겁먹은 얼굴을 하고선. 너는 그렇게 어처구니없는…….”

가경이 몸을 일으켜 황제를 내려다보았다. 먼 곳을 보고 있던 눈이 꿈에서 깨어난 듯 시선을 돌려 가경을 바라보았다.

“내가 정말 당신을 만나러 오지 않길 바랐어?”

“…….”

“정말?”

가경이 다그쳐 묻자 눈길을 피하며 황제가 기어들어가는 소리로 말했다.

“……아니 아니.”

순간 마음이 환해진 가경은 황제의 볼에 입을 맞췄다. 그 개는 작고 귀엽고 사랑스러웠다.

“당신은 작지도 귀엽지도 않아.”

황제가 풀어헤친 머리칼 속으로 얼굴을 가렸다. 가경은 황제의 귀에 대고 반복했다. 작지도 귀엽지도 않아, 작지도 귀엽지도 않

아. 황제가 이불 속으로 파고들었다. 가경은 이불을 들춰 귀를 막고 있는 황제의 손을 떼어내 깍지를 꼈다. 작지도 귀엽지도 않아, 가경이 속삭이자 황제가 금침에 얼굴을 파묻었다. 눈감은 얼굴 위로 머리카락이 어지러웠다. 그 모습이 마치 거미줄에 걸려든 누에나방 같았다. 아아아, 가경은 가슴에서 샘솟는 것과 싸우느라 현기증이 났다. 이 싸움에서 자신이 결국 질 거라는 예감에 분통이 터졌다. 그래서 황제의 귀에 모질게 퍼붓기라도 해야 했다.

"이 여우, 살쾡이, 못된 까마귀, 빨간 도깨비, 얄미운 도깨비, 나쁜 놈, 이 나쁜 놈아."

황제가 벗어나려는 기미를 보이자 가경은 재빨리 제 어깨로 황제의 어깨를 눌렀다. 황제의 귓바퀴 솜털이 닿자 가경은 입가에 소름이 돋아 간지러웠다.

"하하하, 당신은 정말 재밌어. 알아요? 와사의 광대들보다 당신이 더 웃겨. 당신은 정말 교활한 사람이야. 어쩜 그렇게 불쌍한 척을 잘하지? 그런데 말이야. 당신이 불쌍한 척을 하면 말이야. 정말이지 진짜 불쌍해 보이거든."

십사 세

곽오서는 너구리에 여우였다. 그날 황제를 떠본 것이다. 곽오서가 시작을 하자 중서시랑 쪽에서도 반응을 보이고 추밀부사도 지나가듯 물어왔다. 대신들이 움직이니 이제 중진부터 신진까지 입태자立太子*를 거론하고 나올 터였다. 추신은 대비를 해야 했다.

"물론 입태자가 시급한 문제는 아니옵니다만……."

"그대가 곽오서의 입을 묶어두면 되었을 일을. 산적한 문제가 많은 이 시점에 입태자라니 당치 않아."

추신이 예상했던 것보다 황제는 질색을 했다. 동지를 맞아 대경전에서 조하례朝賀禮**를 받고 돌아오는 길이었다. 바람도 없고

* 태자를 정하는 일.
** 황제가 동지冬至, 정조正朝, 즉위卽位, 탄일誕日 등 경축일에 신하들에게 하례받는 일.

포근했지만 구름이 낮게 깔려 연한 먹빛으로 물든 날이었다. 황제가 연에서 내려 잠깐이라도 걷고 싶다고 해서 급히 통천관을 벗기고 털모자와 갖옷(모피외투)을 두르게 했다. 일행은 북쪽 주랑을 향해 걸었다. 추신 또한 입태자는 오 년 후에도 늦지 않다고 생각하고 있었지만 신료들은 다른 셈법을 갖고 있었다. 노후, 자식, 가문, 당파, 문파, 그들에게는 내일을 기약해야 할 삶의 고리들이 많았다.

"이미 경주가 시작되었사옵니다. 신료들에게 입태자보다 혼신을 쏟을 일이 어디에 있겠나이까? 부나방처럼 친왕들을 향해 달려들 것이옵니다."

"아직 어린 황자들도 많다."

"장성한 친왕들도 적지 않습니다. 괜한 말썽이 생기기 전에 미리 가려두시는 편이 나을 듯하옵니다. 방관하면 결국 다치는 쪽은 황자들입니다. 기왕 시작하면 신속히 마무리 지어야 신료들도 엉뚱한 곳에 힘을 낭비하지 않사옵니다."

눈이 내리기 시작했다. 송이가 큰 눈이 머리로 어깨로 떨어졌다. 중귀인들이 급하게 뛰어와 우산을 받쳤지만 황제가 인상을 쓰며 손사래를 쳤다.

"선수를 빼앗기는 게 그리 싫은가? 아무리 그대라도 모든 일에 주도권을 줄 필요는 없다."

황제가 자신의 속을 꿰뚫고 있어 조금 뜨끔했지만 추신은 기분이 나쁘지 않았다. 나쁘기는커녕 입태자에 대한 어지를 확인할 수 있어 안심이 되었다. 황제 또한 두 사람 사이에 누군가 끼

어들어 권력과 관심이 나뉘는 걸 바라지 않았던 것이다. 그 누군
가가 친아들이라 할지라도.

"폐하께서 곽오서가 한단 운운할 때 언짢은 기색이라도 비치
셨으면 소인 또한 이런 일, 애써 청하지도 않사옵니다."

떨어지는 눈 사이로 추신의 하얀 입김이 흘렀다. 그 너머로 미
소 짓는 용안이 보였다. 추신의 변명에 마음이 풀어졌는지 황제
또한 투정 부리듯 말을 받았다.

"흥, 결국 내 탓이군. 그 좋은 분위기에서 어찌 낯빛을 바꿀 수
있는가? 아들놈 칭찬을 하는 자리에서 말이야."

그때 물속같이 묘한 소리가 들려왔다. 퍼덕퍼덕 먹먹한 소리
가 퍼지지도 뭉치지도 않고 그대로 툭툭 다가왔다. 동각의 두루
미들이었다. 두루미 십여 마리가 눈발 날리는 희끗희끗한 청솔
가지를 배경으로 그림처럼 내려앉더니 퍽퍽 발자국을 찍으며
걸어왔다. 애완용이라 날갯짓은 서툴러도 발걸음은 늘 시원시
원했다. 눈에 익은 늙은 놈도 있고 한두 살 먹은 어린놈도 있었
다. 황제의 행차를 알아채고 동각에서 날아온 것이다. 붉은 머리
꼭지들이 황제를 에워싸더니 어서 먹을 것을 내놓으라고 부리
들을 따닥거리며 졸랐다. 중귀인 하나가 재바르게 다가와 간식
주머니를 황제 손에 들려줬다. 황제는 단박에 기분이 좋아져 수
수이삭과 마른생선을 손에 올려놓고 긴 부리로 집어 먹게도 하
고 바닥에 뿌려주기도 했다.

"오서에게 전하라. 한단 땅도 좁다 하니 우리 민이가 대붕*인
듯하다고. 그러니 천자 따위는 안 어울리신다고. 천자는 땅에 발

을 딛고 매일매일 골머리 썩어야 하는 팔자라 머리 텅텅 비우고 구만 리 장천 날 수가 없다고 말이야. 가끔 이렇게 학들 먹이도 줘야 하고. 자자, 여기 있다. 너도 먹어야지. 여기 있잖니, 여기. 이런, 이걸 왜 못 봐."

눈 속에 떨어진 수수이삭을 못 보고 딴 곳을 헤매는 어린놈이 답답한지 황제가 도로 주워 부리에 대줬다. 두루미에 섞여 추신도 손을 내밀었다. 추신이 손을 거두지 않자 황제가 쳇, 하고는 마른생선 한 마리를 추신에게 건넸다. 추신은 무리 속에서 한 녀석을 찾아 생선을 내밀었다.

"오, 거기 있었군. 추신은 눈이 밝다니까."

"어찌 못 알아보겠나이까."

이 암컷 단정학은 황제와 나이가 같다. 그해 태어난 학 중에 이놈만 여전히 쌩쌩했다. 단정학이 딱딱대더니 더 달라고 추신의 옷자락을 물고 잡아당겼다. 뒤쪽에서 구경하는 중귀인과 여관들의 웃음소리가 들렸다. 뚜뚜대는 두루미 소리와 사람들의 웃음소리가 하나로 뭉쳐 정겨운 소음이 되어 겨울 정원에 울렸다.

"숙왕은 어쩜 그리 한결같은지, 저번에 와서도 사냥개 얘기만 줄줄 하더군. 그 넓은 어깨가 아깝다니까. 생긴 것만 보면 당태종 이세민이 따로 없다."

한심한 듯 부러운 듯 황제가 혀를 찼다. 이세민은 대범한 성격

---

*『장자』에 나오는 상상 속의 큰 새. 날개의 길이가 삼천 리이며 하루에 구만 리를 날아간다고 한다.

에 무예에 능하고 시까지 잘 지었다. 본인에게는 없는 그런 자질 때문인지 황제는 초당의 영웅을 꽤나 부러워했다.

"시대마다 제왕에게 요구되는 자질이 따로 있나이다. 중흥이 창업보다 어려운 것은 더 까다롭기 때문이옵니다. 중흥은 여기 저기 찢어진 거대한 그물을 깁는 것과 같사옵니다. 폐하께서는 당태종 이세민보다 더 어려운 일을 해내고 계시옵니다."

추신이 역대 왕조의 사서를 전부 모아 평균을 내보니 대부분 창업 이래 삼사 세대 군주를 전성기로 해서 그다음부터는 내리 막길을 걸었다. 대송도 마찬가지였지만 이 나라에 천운이 따랐 는지 조욱이 즉위를 했다. 인종황제 때부터 수많은 신정新政이 실패했던 터라 황제 조욱이 할 수 있는 건 많지 않았다. 끈기를 가지고 한 발 한 발 앞으로 나아갈 뿐. 이세민이 이 시절에 태어 난들 황상만큼 잘해낼 수 있을까?

"이세민에겐 추신이 없고 짐에겐 추신이 있으니까 짐이 훨씬 유리한 거지."

황제가 씩 웃으며 주머니를 탈탈 털어 눈 위에 뿌리자 두루미 들이 바빠졌다. 황제가 두루미들처럼 고개를 젖히고 눈을 받아 먹었다. 모이를 다 주워 먹은 학들이 날아올라 일행의 머리 위를 돌며 재롱을 부리듯 퍼덕거렸다. 와하하! 황제가 환호성을 질렀 다. 속수무책 학들이 흩뿌려대는 눈가루를 맞는 추신의 얼굴에 도 미소가 떠올랐다.

역시 동지였는지 어둠이 성큼 다가왔다. 사방이 청회색 푸르 름에 잠긴 가운데 내저 안뜰로 들어서니 문마다 등롱이 걸린 복넝전이 보였다. 복녕전을 밝히는 노오란 불빛, 그 아래로 하염없이 떨어지는 눈송이들과 눈 그림자. 그 풍경이 애수에 젖어 보이는 것은 산책을 끝내는 게 못내 아쉬워서일까. 계단을 천천히 오르며 황제가 나직이 말했다.

"입태자는 그리하라, 그대가 생각한 대로. 일단 태후전이고 황후전이고 내원엔 일체 간섭하지 말라는 금령을 내리라. 짐은 오직 그대만의 조사를 믿을 테니."

황제의 눈썹과 수염에 성에처럼 눈이 엉겼다. 입김이 흩어지며 추위로 발개진 용안이 보였다. 아우가 생긴다는 걸 알고 심란해하던 어릴 때의 모습이 떠올랐다. 추신이 황제의 소매를 잡았다.

"폐하, 정 내키지 않으시면 제가 어떻게든 막아보겠나이다."

"내키지 않긴. 원부관에 두고 미리미리 가르치면 든든하고 좋지 뭐. 왜?"

"역시 아까우십니까? 동궁을 내어주기 싫으십니까?"

"흥, 짐을 놀리는구나. 그런 문제가 아니잖아."

입태자는 왕조의 존망이 걸린 거사 중의 거사. 어쩌면 나라가 거행하는 가장 중요한 인재 등용이었다. 그렇기에 황제는 사사로운 마음을 버리고 맑은 눈으로 미래를 내다봐야 한다. 무엇보다 황제가 입태자를 진심으로 내켜해야 한다. 의외로 많은 황제들이 태자를 질투하고 태자라는 존재를 못 견뎌한다. 추신의 입에서 빈말인지 진담인지 자신도 알 수 없는 말이 나왔다.

"저는…… 싫습니다. 다른 분이 동각을 걷는 모습, 싫습니다. 영원히 그곳은 폐하의 시절로 남았으면 좋겠습니다."

진심인지 아닌지는 중요하지 않았다. 다만 이 순간 황제와 자신에게 꼭 필요한 말이란 걸 환관의 직감으로 알 뿐이었다. 황제의 입가에 수줍은 미소가 번지자 추신의 가슴에도 뭉클한 기운이 밀려왔다.

"퇴궐하는 거야?"

내일부터 동지휴일*이었다. 조회도 없고 상주문도 없는 칠일간 연휴였다. 추신도 삼일 정도는 쉬고 싶었다. 일 년 동안 찻물로 쓸, 댓잎에 내린 눈을 단지에 모아 땅에 묻으려고 했다. 모처럼 글씨도 쓰고 낮잠도 자려고 했다.

"아닙니다."

"잘되었군. 그럼 오늘 밤 나와 바둑을 두자. 응?"

눈을 반짝이며 황제가 말했다.

"이런! 지는 싸움에도 이리 재미를 붙이실 줄 몰랐나이다. 하하하."

하지만 추신은 번번이 대마를 잡혀주었다. 황제는 승리에 도취되어 이 수가 어쩌니 저 수가 어쩌니, 그대는 처음 포진이 안 좋았어, 내 이럴 줄 알고 여기 집을 지었지, 하며 한 수 한 수 복기를 했고 추신은 그 뽐내는 소리를 다 들어주었다.

"누가 동각을 거닐게 될까. 허참, 아비라 해도 아들들 면면을 제대로 아는 게 없구나."

바둑돌을 골라 통에 담으며 황제가 말했다. 황제는 황자들 개

* 원단, 한식과 더불어 송나라 3대 절일, 7일 동안 공휴일.

개인에게 별다른 관심이 없었다. 그럼에도 추신의 속은 눈치채고 있었는지 대뜸 물었다.

"영왕이 올해 몇이지?"

"열넷입니다."

"어리군. 혹시 생산은?"

"올가을 시중드는 궁녀에게서 따님을 생산한 걸로 압니다."

"잘하고 있구나."

황제가 다행이란 듯 고개를 끄덕였다. 영왕은 중요한 자질 중 하나인 양기마저 일찌감치 증명했다. 본왕은 열매도 맺는 나무입니다, 하고.

"다만 본인이 워낙 총명하다 보니 다른 사람을 잘 봐주지 않는 듯합니다."

"회인 형님을 닮은 게로군. 참으로 아까우신 분이야. 살아 계셨으면 지금의 나보다 훨씬 잘해나가셨을 텐데. 말도 사람도 너무 빼어나면 다른 이와 속도를 맞추기가 힘든 거지."

황제가 회인태자 이야기를 저렇게 편한 얼굴로 하는 걸 보니 세월이 흐르긴 흘렀다고 추신은 생각했다. 회인은 군주감으로 모든 것을 다 갖춘 남자였다. 다만 명이 짧았다. 스물일곱, 그 강건한 사내는 어처구니없게도 낙마 사고로 요절을 했다. 황궁 위를 밝게 비추던 별이 한순간 혜성처럼 사라졌다. 그 흉사가 벽왕과 추신의 운명을 바꿨다. 사 년 뒤 벽왕은 태자가 되고 그로부터 사 년 뒤엔 보위를 받아 지금의 황제가 되었다. 황제는 이복형의 꽃 피지 못한 재능에 대해 늘 안타까워했다. 그것과는 별개로 회인태자는 어린 시절부터 황제의 마음에 복잡한 그림자를 드리운 인물이었다.

"짐은 신료들 비위도 맞출 줄 알고, 다른 건 몰라도 참는 건 잘 하는데. 쳇, 왜 웃는가?"

"아 아닙니다. 영왕은 아직 연치 어리시니 강한 결기나 급한 성격은 바로잡아주면 됩니다."

"그래야겠지. 그런데 어린 게 조금 걸린다. 적자라 해도 일곱째면 형제간에 불화를 일으킬 소지가 커."

"폐하, 입태자는 황실만을 위한 후사가 아닙니다. 이 나라와 시대가 원하는 자질을 염두에 두소서."

"지기 싫어하는 그 애가 태자가 되어 너와 다투려 덤비면 어쩌려고."

"그땐 폐하 뒤에 숨겠나이다. 소인을 꼭 지켜주소서."

흥, 하고 입을 비죽였지만 황제의 기분은 썩 좋아 보였다. 이제 유모를 업어줄 수 있다고 우쭐해하던 어릴 때의 표정 그대로였다. 하지만 곧 한숨을 쉬며 중얼거렸다.

"그 애라면 연운을 되찾을 수 있을까, 한심하지? 벌써부터 어린애한테 떠넘길 궁리부터 하고 있으니."

황제가 얼버무리듯 애써 웃어 보였다.

"상군이 정비되면 오 년 뒤엔 지금과 다른 강한 군대를 갖게 되십니다. 군대 백만이 정예화되면 못하실 게 없나이다."

"허긴, 태자가 누가 되건 연운이 뚫려 있는 중원을 물려줄 수야 없지."

황제는 마지막 바둑돌을 통에 던져 넣더니 자리에서 일어나 천천히 항으로 가서 누웠다. 추신은 중귀인에게 데워놓은 자기 베개를 가져오게 해 황제의 목에 받쳐주었다.

"지금이라도 침전에 드시지요."

"아니야. 그대도 좀 누워. 좀 쉬었다 다시 한 판 더 둬야지. 모처럼 내일은 조회도 없는 날인데. 어서 저기 누우라니까."

성화에 못 이겨 추신도 한쪽 구석에 몸을 뉘었다. 일단 누우니 등이 따뜻해지면서 졸음이 왔다.

"그때 내가 열넷이었나? 무자년에 태어난 첫아이 말이야. 그대가 더 기뻐했다. 그대가 그리 좋아하는 모습을 보니 잘했구나 싶었지. 후후. 그때부터 시작이었다. 한 해도 안 걸러 아이가 태어났지. 더러는 너무 빨리……."

추신은 잠이 확 달아났다. 좋은 하루라고 생각하고 있었다. 동지가 아닌가. 양기가 움터 차츰 어둠을 이겨내고 곧 봄이 올 거라고 겨울이 내건 약속. 상서로운 눈도 아름답게 내렸다. 추신은 고개를 돌려 옆에 누워 있는 황제를 보았다. 손가락으로 뭔가를 헤아리고 있다. 손가락 하나에 죽은 아이 하나.

"폐하!"

"응?"

추신의 다급한 부름에 황제가 놀라 고개를 돌렸다.

"제게 다 주소서."

"뭘?"

"동지 어둠. 소인이 다, 다 삼킬 것이옵니다."

"뭐야, 싱겁긴."

한 점 그늘도 없는 말짱한 용안이 오싹할 정도로 추신을 안심시켰다. 정수리에 얼음이 박히듯 끔찍했던 것도 잠깐, 뜨끈하게 등을 녹여주는 바닥의 느낌에 추신은 다시 행복해졌다. 모든 게 다 좋은 하루였다.

그림자국

　봉투를 열고 편지를 펼치는 순간 조융의 입에서 탄성이 터져 나왔다.

　"보아라. 접시에 난 빙렬*을 그려 보냈다. 비슷하지 않은가. 하하, 여요자기를 이렇게나 애호하는구나."

　가까이 와서 들여다본 추신 또한 감탄하자 조융은 자신이 칭찬을 받은 것처럼 뿌듯했다.

　"파란색 여요 접시에 올린 잉어튀김이 나왔습니다. 폐하께서도 점심 수라에 같은 요리를 드셨나요? 연주식으로 만들었는지 겉은 바삭한데 속은 다 녹아 있었습니다. 내관이 등을 가르자 비취색 육즙이 흘러나왔습니다. 그 빛깔이 접시의 파란색과 어찌나 조화로운지, 접시……."

* 도자기에 얼음 균열처럼 금이 생겨 난 무늬.

조용은 읽기를 멈추고 남은 내용을 빠르게 눈으로 훑고는 와락 서찰을 접어 소매에 넣고 자리에서 튕기듯 일어났다. 무슨 안 좋은 내용이라도 있냐고 추신이 걱정하는 얼굴로 물었다.

　"아니다. 가자. 어서 가서 태후께 하례를 드려야지."

　태후전 공연장 안에는 생일을 맞은 황태후와 황제의 모후인 문태후, 황후와 육궁의 빈어들, 제희와 어린 황자들이 모여 황제를 기다리고 있었다. 저녁엔 가까운 황족들만 모이는 자리라 태후 이하 모든 여인들은 거창한 용봉관이나 장옷을 벗고 편한 겹옷이나 배자 차림이었다. 그림자극을 좋아하는 태후를 위해 희왕이 왕부 소속 영희影戲 광대패를 데리고 왔다. 희왕은 어릴 때부터 영희에 흠뻑 빠져 살았다. 이야기와 노래를 짓고 때때로 목소리 연기도 직접 하더니 급기야 어울리던 또래들과 개봉 최고의 영희 동호회를 만들었다. 희왕부에 놀러 가면 화살촉을 쥐여 주는 통에 재주 있는 유가경도 젬병인 구연하도 손끝이 아프도록 영희 인형을 팠다고 한다. 희왕부에선 거의 매일 영희 공연을 했다. 의리에 죽고 사는 협객 이야기와 이리 꼬이고 저리 꼬이는 사랑 이야기, 주루에 떠도는 저속하고 음탕한 이야기부터 현묘한 팔선들의 고담준론, 몽유담, 환생담, 온갖 기담들이 무대에 올랐다.

　혼자만의 생각에 빠져 천천히 수라를 들던 조용은 중간중간 몇 번 어린애들과 눈이 마주쳤다. 좀 큰 애들은 바로 눈을 내렸지만 어린 것일수록 부황을 뚫어지게 쳐다보았다. 애들의 눈에는 알 수 없는 조바심이 가득했다. 왜들 그러느냐, 물으니 모두 말이 없는데 네 살 먹은 제희가 심술 맞게 입을 쭉 내밀었다. 웬일인지 제 어미도 그렇고 그 누구도 제희의 버릇없는 행동을 나무라지 않았다. 조융이 수라를 마치자 기다렸다는 듯 황태후가 희왕에게 눈짓을 했고 희왕은 광대들에게 손짓을 했다. 바로 연회장 무대에 희고 빳빳한 장막이 걸리더니, 소등을 허락하소서! 하는 외침이 들렸다. 형식적이라 해도 황제의 허락이 떨어져야 하건만, 조융이 손짓을 하기도 전에 전각 안 여기저기서 여러 명의 입김으로 훅훅 급하게 등이 꺼졌다. 그러고는 바로 좌앙! 하고 징이 울리더니 막 뒤가 환하게 밝아졌다.

까악! 흥분에 겨운 아이들의 비명을 듣고서야 조융은 영희가 끝날 때까지는 꼼짝도 못 한다는 사실을 깨달았다. 조융은 어릴 때부터 그림자극뿐만 아니라 꼭두각시로 하는 모든 인형극을 싫어했다. 무대 뒤 어둠에 숨어 인형을 조종하는 광대들은 음흉해 보였고 사지 관절이 따로 묶여 광대의 손에 놀아나는 인형을 보고 있자면 영 속이 거북했다. 공연이 끝나면 인형들은 실에 엉킨 채 아무렇게나 널브러져 있었는데 어린 눈에 그 모습이 그렇게 한심할 수가 없었다.

뒤에서 빛을 비추자 장막 위로 알록달록한 인형들의 상이 떠올랐다. 주인공 여자 인형은 머리에 붉은 꽃과 구름 장식을 한 꽤나 고운 아가씨여서 무대에 등장만 하면 어린애들이 박수를 치며 환호했다. 허리가 어찌나 잘록한지 걸을 때마다 고개가 살랑거렸다. 광대들은 인형들의 동작을 만들어내며 목소리 연기에 노래까지 불렀다. 그들 뒤에는 악사들이 앉아서 소고를 치고 피리를 불고 현을 뜯었다.

그날 무대에 오른 영희는 〈학이 된 아가씨〉였다. 어떤 가난한 서생이 아리따운 아가씨에게 한눈에 반한다. 아가씨도 좋았는지 둘은 만나자마자 노래를 부르며 사랑의 춤을 추었다. 부잣집에 딸을 시집보내려던 아비는 화가 나 딸내미를 높다란 누대에 가둬버린다. 아가씨는 서생이 그리워 매일 창가에서 노래를 불렀다. 마침 구름을 타고 그곳을 지나가던 도사가 아가씨의 노래를 듣게 된다. 도사가 아가씨를 도와주겠군, 모두들 그렇게 기대하고 있는데 수염이 성성한 이 늙은이가 아가씨를 유혹하는 게 아닌가. 당신과 배필이 되느니 차라리 학이 되겠습니다. 이런 괘씸한! 도사는 마술을 부려 아가씨를 학으로 만들어버린다. 날개가 생기자 아가씨는 기뻐서 훨훨 날아 서생을 찾아가지만 서생은 과거시험 준비에 정신이 없었고, 실망한 아가씨는 꾸르르 울며 떠나버린다. 학이 날아가며 떨어뜨린 붉은 꽃 한 송이. 그제야 학의 정체를 알게 된 서생. 서생은 아가씨를 찾아 방방곡곡을 헤매다가 도사의 꾐에 걸려들어 죽을 위기에 처한다. 아가씨를 포기하면 살려주겠다고 회유하는 도사. 그러나 서생은 목숨보다 사랑을 택하겠노라 비장하게 열창을 한다. 노래가 끝나자 도사가 에잇 죽어라! 하며 서생을 향해 마법탄을 날린다. 그때 어디선가 날아와 마법탄을 대신 맞는 학. 그 순간 마법이 풀리고 두 사람은 부둥켜안은 채 함께 사랑의 노래를 부르지만 아가씨는 끝내 숨을 거둔다. 서생의 복수가 시작된다. 서생은 도사를 찾아내 사지를 다 잘라내고도 분이 안 풀려 허리를 싹둑 자르고 목을 댕강 자른다. 이 장면에서 아이들이 와하하 박수를 쳐서 조용은 깜짝 놀랐다. 아이들이란 꽤 잔인하지 않은가! 아가씨를 묻은 자리에서는 아름다운 나무가 자라났다. 봄이 되자 붉은 꽃이 활짝 피어난다. 서생은 아가씨가 그리워 평생 꽃나무 곁을 떠나지 않았다. 하늘엔 구름이 흐르고 삐리리리잉이이이잉 피리가 한참을 구슬피 울었다.

인형들은 마치 살아 있는 듯 정교하고 우아하게 움직였다. 배경으로 나오는 거리도 산수도 그럴듯하고 광대들의 목소리 연기도 실감 났다. 하지만 극이 끝나자 제희들이 울고불고 난리가 났다. 유모들이 달래도 막무가내였다. 누이가 울자 어린 황자는 멋모르고 으앙 울음을 터뜨렸다. 슬슬 자리에서 일어날까 하는데 제희 하나가 조용에게 달려와 아가씨를 살려달라고 간청을 했다.

"원래 살아 있는 것이 아니란다. 저건 그저 사슴 가죽으로 만든 꼭두각시인 거지. 가서 한번 보렴. 제 힘으로 움직이기는커녕 서 있지도 못해. 광대들이 뒤에서 손으로 조종하는 거야. 목소리도 광대들이 내주는 거고. 아가씨 목소리도 남자가 내는 거야. 원래 그래. 본시 다 꾸민 가짜란다. 그러니 딱히 마음 아파할 일은 아니지."

딸애의 눈물을 닦아주며 조용은 위로를 한다고 했다.

"황상, 무슨 말씀을 그리하십니까! 어린것에게."

평소 조용을 어려워하는 황태후였지만 이번만큼은 한소리를 했다. 그러더니 희왕에게 명했다.

"희왕은 저 여인을 살려내시오. 어서."

"마마, 아무리 지어낸 이야기라도 그리 쉽게 바꿀 수 있는 게 아니랍니다. 다 나름의 짜임새가 있어서요. 아가씨 머리에 꽃과 구름이 괜히 장식된 게 아니랍니다. 생이란 꽃처럼 구름처럼 덧없는 것이지요. 당장은 슬퍼도 현세에서 해로하는 것보다 더 깊은 인연도 있다는 불가佛家의 심오한 가르침을 결말에서……."

희왕은 꽤나 현학적인 태를 내며 설명하려 했으나 조융의 모후인 문태후가 말을 자르고 역정을 냈다.

"나무와 평생 살다니 이상하지 않습니까! 자기 살리자고 여자가 죽었으면 사내도 따라 죽든지, 불사약을 구해와 여인을 살려내든지 해야지요. 희왕은 경사스러운 날 무슨 연유로 저런 슬픈 이야기를 보여주시는 게요."

희왕이 구해달라는 듯 조융을 바라보았다. 조융은 잘되었다 싶었다. 두 태후마마 서슬에 일어날 기회를 놓쳤는데 황태후를 대신해 희왕에게 상이라도 내리면서 마무리로 한마디 하면 면은 서는 것이다.

"원이 네가 수고하였다. 짐의 눈에 공연 자체는 더없이 훌륭하였다만 태후마마를 위해 내일이라도 다시 입궐하여 남녀가 해로하는 모습을 꼭 보여드리렴."

조융은 황후와 함께 두 태후마마께 술을 올리고 어좌로 돌아왔다. 이제 황태후가 주령을 놀자 할 테니 그때 일어나야겠군, 조융은 생각했다. 영희를 보는 내내 머릿속으로 다른 것이 들락거렸다. 등을 가르자 비취색 육즙이 흘러나왔습니다. 그 빛깔이 접시의 색과 어쩌나 조화로운지…… 아름답게 균열이 간 하늘빛 여요 접시, 그 위로 흐르는 비취색 육즙, 그 형상들이 자꾸 아른대 당연히 영희는 보는 둥 마는 둥 했다. 갑자기 암흑이 되어 조용은 흠칫했다. 어둠 속에서 가경의 목소리가 들렸다.

"접시에 흐르는 육즙이 꼭 당신 것 같아서 주는 대로 다 삼켰습니다."

떵떵띠리리리리리이이잉잉잉이잉이 빠른 징소리가 귓가에 울렸다. 조용은 손등으로 입을 막아 눌렀다. 숨이 거칠어지고 가슴과 아랫배가 욱신거렸다.

"한 마리 잉어가 되어 매끈한 그 위를 헤엄쳐 다닐까 합니다. 그때 용안은 어떤 빛깔로 물들까요."

어둠 속에서 금빛 잉어가 헤엄을 치며 몸을 틀었다. 잉어가 지나가는 자리마다 비취색 액체가 홍건했다. 조용은 가슴이 술렁거려 하아, 하고 한숨을 쉬었다. 정신을 차리고 보니 아가씨와 서생이 함께 아까 부른 노래를 또 부르고 있었다. 맙소사, 처음부터 다시 시작하는 것이냐! 이놈, 바보 같은 희왕, 말귀를 못 알아들어도 유분수지. 초조감에 몸이 들썩이는데 이제야 두 남녀의 춤이 끝났다. 조용은 뒤에 물러나 앉아 있는 추신을 돌아보았다. 추신은 지겹지도 않은지 열심히 영희를 보고 있었다. 조용은 살짝 손을 들어 흔들었다. 한참 만에야 알아챈 추신이 다가와 귀를 가까이 댔다.

"그만 가봐야겠다."

주춤 일어서는데 추신이 아무 말 없이 조융의 어깨를 지그시 눌러 다시 자리에 앉혔다. 황태후의 성절이란 걸 잊지 마시길.

아가씨는 또 갇힌다. 정말이지 저 도사가 가장 짜증난다. 늙은 것이 언감생심, 사랑을 강요하는가 말이다. 아무리 섭섭해도 그렇지, 아가씨는 좀 기다려주지도 않고 고새 날아가는가 말이다. 바보 같은 서생은 저 위급한 상황에서도 빨리빨리 걷지 않고 시도 때도 없이 노래를 불러댄다. 학은 또 왜 저렇게 천천히 나는 거냐. 마치 기는 듯하구나. 아아, 눈앞에서 파란 빛깔 여요 접시가 빙글빙글 날아다니는데 저 여자는 마법탄을 맞고도 노래를 부른다. 말도 안 된다. 결국 어마마마 말씀대로 저 바보가 어디선가 불사약을 구해와 아가씨가 살아난다. 둘은 손을 잡고 사랑 노래를 또 부른다. 그새 외웠는지 제희들이 따라 부른다. 그랬더니 광대들이 신이 나 노래를 반복했다! 가장 이상한 수작은 두 남녀가 꽃이 활짝 핀 나무 옆에서 행복하게 껴안는 마지막 장면이었다. 그럼 저 나무는 도대체 누구의 화신化身이냐 말이다. 여인과 나무가 동시에 한자리에 있다. 불가능하지 아니한가! 이 부조리한 상황에 대해 그 누구도 신경을 쓰지 않는다는 사실에 조융은 경악했다.

등롱이 걸리자 모두 행복한 얼굴로 박수를 쳤다. 아이들은 아이들이라고 치지만 태후 두 분도 그렇고 황후와 비빈들, 모든 궁녀와 내관들이 다 흡족한 얼굴이었다. 추신마저 고개를 끄덕이며 미소 지었다. 결말을 바꾼 게 속상한지 희왕만이 시무룩한 표정이었다. 그러나 곧 두 태후마마가 치하하며 번갈아 술을 내리자 칠칠맞게 웃고 다니며 술을 받아 마셨다. 이런 엉터리 같은!
조용은 이마를 감싸 쥐었다.

"잉어처럼 해보렴, 응? 어서어서."

밭은 숨을 몰아쉬며 조용이 조르듯 말했다. 다리 사이에서 고
개를 든 유가경이 음탕하게 음하하 웃었다. 으하하하 하하하 하
하 하 하아아아 아아아 아 아 아 아아앙앙아 앙아아아…… 아아
아아아앙, 아훗! 아, 아, 아…….

네가 엿보았으니 네가 엿들었으니

추신은 무표정한 얼굴로 대기방 장의자에 앉아서 그 소리를 듣고 있었다. 누구도 듣게 해서는 안 되는 소리였고 오직 혼자 듣고 없애버리기로 한 소리였다. 유가경이 구연하를 구명하기 위해 알현을 하러 온 그날부터.

그날 황제와 유가경 둘만 두고 어실을 나온 추신은 곧바로 비밀 복벽으로 들어갔다. 황제의 안위 때문에 추신으로선 지켜봐야 했다. 엄폐물로 놓아둔 공작 병풍 틈으로 두 사람의 거리가 좁혀지는 것을 보며 추신은 긴장한 가운데서도 안도했다. 드디어 유가경이 소임을 받아들인 것이다. 동창 가득 명금조가 지저귀기 시작하자 추신은 덩달아 흐뭇해졌다.

"짐의 지아비가 되어다오."

새소리 때문에 추신은 자신이 잘못 들은 줄 알았다. 다음 순간 불에라도 덴 듯 유가경이 손을 뿌리치며 황제를 밀쳐냈다. 덜컹,

하고 추신의 시야가 흔들렸다. 감당할 수가 없어 추신은 눈을 감아버렸다. 감아도 계속 눈앞이 흔들렸다. 다시 용안을 보았을 때 추신은 지옥에 서 있는 기분이었다. 황제는 손을 거두지 못한 채 바닥을 기는 유가경을 망연히 쳐다보고 있었다. 지켜보던 추신은 모멸감으로 얼굴이 뜨거워지고 뜨거워져 다 녹아버릴 것만 같았다. 어서 가서 바로잡아드려야 한다고 마음은 절실한데 발이 떨어지지 않았다.

유가경을 낭실에 데려다 놓고 돌아갔을 때 황제는 태연한 얼굴로 차를 마시고 있었다.

"죽여라."

그때 알았어야 했다.

"죽여."

그러나 과연 알 수 있었을까? 추신이 대답하지 않자 황제가 소리 나게 찻잔을 내려놓았다.

"시간을 주십시오."

"너는 나가봐. 장내관을 불러."

"시간이 필요한 일입니다."

"복벽에서 다 보고도 그런 말을 하는 것이냐. 뭘 놀라? 내가 모를 줄 알았느냐. 네가 엿보는 걸 뭐라 하는 게 아니다. 너로선 그래야 직성이 풀릴 테니."

"죄 없는 서생을 죽일 순 없습니다."

"더한 짓도 하지 않았느냐."

그 일들을 다 알고 있을 줄이야…… 추신은 눈을 감고 깊은숨을 토했다.

"경우가 다릅니다. 황통이 걸린 문제였습니다. 대의였고 불가피했습니다. 그렇다 해도 그 일들은 전적으로 저에게 속한 일입니다. 폐하께선 상관없사옵니다. 모르는 일로 하소서. 마음에서 지우소서! 불인不仁은 저 혼자로 족합니다. 소인은, 다 감수해도 폐하께서 잔인한 군주가 되시는 참담은 지켜볼 수 없습니다."

"너는 환관이다. 사대부 관료처럼 말하지 말라."

"유훈을 잊으셨습니까? 태조황제께서는 선비는 때리지도 말라 하셨습니다."

"선비? 흥, 멍청한 한량일 뿐이다. 말귀도 못 알아듣는 불쾌한 만자蠻子*다. 짐을 능멸했다. 짐에 대한 불경보다 더한 죄가 어디 있는가."

황제를 위해 도모한 일이었지만 유가경에게도 좋은 기회라고 생각했다. 소내신이 되면 적당한 관직을 받을 수 있고 총애를 받으면 작위까지 가능하다. 문득 유렴의 얼굴이 떠오르자 추신은 침이 바짝 말랐다. 유렴, 소주 말씨를 쓰는 그 온화한 사람, 그 사람의 아들이다. 추신은 포삼자락을 꽉 움켜쥐었다.

"소인이 잘 타일러보겠나이다."

"타이르다니 네가 뭘 타이를 수 있을까. 타이를 문제가 아니라는 걸 잘 알고 있으면서 타일러보겠다니. 짐을 기망하는구나."

"기회를 주소서. 노여움을 푸시고 잠시."

---

* 중국에서 북쪽 사람이 남쪽 사람에게 하는 욕, 야만인이란 뜻.

쾅! 황제가 발을 굴렀다, 재고의 여지도 없다는 듯. 그러고는 차를 한 모금 마시고 뭔가 생각난 듯 말했다.

"아니지, 아냐. 죽이기 전에 그 눈을 뽑아. 코를 베고, 귀를 지져라. 짐은 이제 그 얼굴이 정말 싫구나. 그리고 그 한심한 혓바닥을 채 썰어 젓갈을 담아와. 아 이런, 생각만 해도 좋구나. 맛보고 싶구나. 별미겠지?"

입맛을 다시더니 황제가 침을 꿀깍 삼켰다. 화가 나서 그냥 해보는 소리라고 생각하면서도 추신은 오심이 났다. 모란연회 이후부터 어딘가 어그러진 느낌을 주긴 했지만 추신은 좋은 쪽으로 생각했다. 갑자기 찾아온 연정 때문에 황제의 심사가 불안정해진 거라고 크게 신경 쓰지 않았다. 상상도 하지 못했다. 반듯하기만 했던 황제에게 이토록 불온한 음양의 문제가 도사리고 있었다니. 심지어 유가경을 죽이라니, 추신은 머릿속이 하얘졌다.

"소인의 교만과 무지, 그 죄가 크니 분풀이를 하실 요량이면 소인을 죽여주소서. 이 같은 일을 당하고 보니 소인은 연명의 의지를 잃었사옵니다. 폐하께서 그런 무도한 짓을 저지르는 꼴을 목도하느니 소인, 차라리 죽는 게 낫사옵니다."

낄낄낄 웃으며 황제가 추신에게 다가왔다. 맨발이 옻칠 바닥에 밀착되었다 떨어지는 소리가 거슬릴 정도로 크게 들렸다. 코 앞까지 바짝 다가온 황제가 추신을 빤히 쳐다보았다.

"이런, 정말 죽이고 싶지 않은가 보군."

그때 알았어야 했다.

"정녕 그리하기 싫다면."

홍분으로 눈을 반짝이며 황제가 툭 던지듯 말했다.

"밀원에 가둬. 그곳은 늘 적적하다. 미치면 말을 듣겠지. 응?"

아으으 아아아 아아아 아아아아아아아……

그때 알았어야 했다. 황제의 저 결사적인 집착의 강도를.

추신은 움켜쥔 포삼자락을 놓고 할퀴듯 얼굴을 쓸어내렸다. 이제야 자신이 속았다는 생각이 들었다. 당황케 만들어놓고 생각할 틈도 안 주고 독한 말로 연막을 쳤다. 처음부터 밀원 이야기를 꺼냈다면 자신이 명을 받들지 않았을 테니까. 유가경을 가두지 않았을 테니까.

좋은 군주는 좋은 결정을 내리기 위해 노력하는 사람. 좋은 군주는 시대가 원하는 일을 하는 사람. 조융은 여전히 좋은 군주다. 여전히 국정에 최선을 다하지 않는가. 앞으로도 그러하리라. 아니다! 그거로는 부족해. 무엇보다, 무엇보다 좋은 군주는 절대 되어선 안 돼! 군주가 위엄을 잃으면 그 누구도 겁먹지 않는다. 두려움을 주지 못하는 군주는 천하에 질서를 세우지 못한다. 그런고로 절대 안 된다. 누구의 지어미가 되어선 안 돼. 암컷이 되어선 안 돼. 절대! 절대!

진주분이라니…… 주먹 쥔 두 손이 부르르 떨렸다. 추신은 더이상 참을 수가 없을 때까지 숨을 꾹꾹 눌렀다. 허파가 파열되고 눈알이 빠질 것 같은 압박감, 아슬아슬한 지점 그 너머까지, 오직 육체의 고통만이 이 비참함을 무화시킬 수 있다. 버티고 버티다 숨을 토해내며 추신은 생각했다. 그런대로 괜찮다고. 황제의 작은 도락일 뿐이라고. 양부였던 추호고도 말하지 않았던가. 황제들에겐 범부는 상상도 못 할 괴물 같은 구석이 있다고. 추신은 또 생각했다. 국정을 틀어지게만 하지 않는다면 이런 작은 성가심, 피곤함 그리고…… 이런 역겨움 따위는 참아낼 수 있다고. 아무도 모른다면 애초에 일어나지 않은 일이다. 내가 다 삼키면 된다. 그게 나의 소임이니까. 주먹을 풀고 크게 호흡하며 추신은 척추를 꼿꼿이 세웠다. 그러고는 보다가 밀쳐두었던 출입명부를 다시 검토하기 시작했다.

방상씨

한 해가 저물 즈음 궁중에선 대나례大儺禮가 거행되었다. 대나
례는 재앙과 병마를 일으키는 역귀를 쫓아내는 액막이 행사였
다. 궁궐 처마에는 붉은 천이 둘러쳐지고 기둥에는 붉은 대련이
붙는다. 모든 방과 문에는 복숭아 부적이 달린다. 황궁은 찬란하
고 웅장하지만 그늘이 또 그만큼이라 음산한 구석도 못지않았
다. 환관들은 다리 밑이나 측소같이 후미진 곳까지 찾아다니며
붉은 등을 달았다.

오후가 되자 나례 무리가 궁성 안을 휘몰아쳐 다니기 시작했
다. 눈이 네 개 달린 방상씨*들이 곰 가죽을 뒤집어쓰고 문을 때
리며 돌아다니면 잠시 뒤 온갖 잡귀와 병마를 상징하는 붉은 옷
에 붉은 가면을 쓴 어린 소년 수백이 꺅꺅 비명을 지르며 여기저

* 요괴를 물리치는 신장.

기서 튀어나왔다. 그러면 금위군 군사들이 창칼을 휘두르며 소년들을 문밖으로 몰아냈다. 대나례는 그 기원이 전투였던 까닭에 여타 고아한 궁중 행사와는 다르게 극성맞고 야만스러운 데가 있었다. 그래서인지 그날만큼은 귀천 없이 다들 전각 밖으로 나와 쇠붙이를 두드리며 고래고래 소리를 질러댔다. 숨어 있던 악귀들이 멀리멀리 달아나도록.

황궁 안 구석구석을 들쑤시고 다닌 나례 무리가 대경전 앞마당으로 쏟아져 들어왔다. 조융은 친왕들과 바라를 두드리며 대경전 월대 위에서 나례 행렬을 구경했다. 교방의 예인들은 온갖 귀신들의 형상에 금강역사, 위타천, 천룡팔부, 야차왕 등으로 분장하고선 뿔피리를 불어대고 동발을 쳐대며 방상씨 뒤를 따라다녔다. 조융은 다음 날까지 골이 울리는 이 행사를 좋아하지 않았지만 올해는 베갯머리에서 유가경에게 얘기해주려고 열심히 관찰을 해두었다.

"금년 대나에선 위타천이 가장 그럴듯하군."

그때 거대한 방상씨 하나가 대경전 마당 가운데로 뛰쳐나와 날뛰는 게 눈에 띄었다. 그 방상씨는 진짜 곰으로 변신이라도 한 듯 악귀란 악귀는 다 잡아먹을 기세로 사납게 포효하며 앞발을 붕붕 휘둘러댔다. 더없이 난폭한데도 그 몸짓에는 춤을 추는 듯 경쾌한 구석이 있어, 보는 이의 어깨마저 들썩이게 만들었다. 조융은 고개를 옆으로 돌려 친왕들을 둘러보고는 그럼 그렇지, 하고 웃었다.

대경전 앞마당을 거대한 용처럼 구불구불 휘몰아쳐 다니던

나례 무리가 우레 같은 함성을 질러대며 대경문 밖으로 뛰쳐나
갔다. 그 기세로 주작대로를 달려 성문 밖으로 악신을 몰아낼 터
였다. 그날은 추운 겨울의 음기를 후끈한 술의 열기로 날려버리
는 날이기도 했다. 황실에서는 선덕문 밖 광장에 모인 수만 명의
백성들에게 술을 내어주고 개봉 시내 주점에선 술을 반값에 파
는 날이었다. 시내 술집 어디나 사람들로 바글거리는 날이었다.

"딱 보고 너인 줄 알았다."
"하하, 올해는 기어코 방상씨를 했습니다. 저게 꽤 무거웠습
니다."

절을 하기 전 벗어놓은 곰 가죽을 가리키며 숙왕이 땀에 젖은
얼굴로 활짝 웃었다. 대나의식 후 대경전 안에서는 작은 연회가
열렸다. 숙왕은 방상씨로 분장하고 남문 밖까지 달려갔다가 이
제야 돌아왔다. 몸에서 뿜어져 나오는 열기로 어깨에서 아지랑
이가 피어올랐다. 혈기 왕성한 얼굴을 보니 조용은 덩달아 젊어
지는 것 같았다. 조용은 숙왕을 불러 앉혔다.

"개 말이다."
"마음에 안 드십니까?"
"너무 어리지 않은가."

얼마 전 숙왕은 전부터 약조했던 개 한 쌍을 바쳤다. 천하제일
명견이라고 하더니 과연 다리가 쭉 뻗고 발이 두툼한 좋은 개들
이었다. 그렇다 해도 내년 봄 사냥에서 실력을 보여주기엔 아직
은 강아지였다.

"폐하, 다 큰 뒤에 주인이 바뀌면 말을 잘 안 듣습니다. 급기야 상심하여 병이 드는 개들도 있사옵니다. 어린 것들을 길들여보소서. 그 아이들 어미 아비가 매우 뛰어난 개들입니다."

"그 어미 아비를 보내라. 뛰어난 개들이라면 주인이 누구인들 실력을 보이겠지."

"그건 안 될 것 같사옵니다."

"왜? 아까워?"

"아니, 그런 게 아니오라…… 폐하, 개는 사람보다 정이 깊은 동물이옵니다. 특히 그놈들은 주인에게 품은 첫정을 잊지 못하는 고집스러운 종자들이옵니다."

숙왕의 순한 눈망울을 보자 조융은 왠지 놀리고 싶은 마음에 짐짓 못마땅한 표정을 지으며 물었다.

"너는 개와의 의리가 부자간의 의리보다 중한가?"

숙왕은 부황의 투정이 재미있다는 듯 웃으며 말했다.

"폐하, 이것은 의리의 문제가 아니오라 도리의 문제인 듯하옵니다."

"도리?"

"인간의 의리를 넘어서는 게 천지 만물에 흐르는 도리가 아닌가 하옵니다. 저를 따르도록 길들인 개들에게 다른 주인을 섬기라 하면 소자는 작은 도리조차 못 지키는 사내가 됩니다. 폐하, 통촉하소서."

숙왕이 팔을 높이 들어 넙죽 절을 했다.

"하하하. 개 주기가 아까우니 네가 궤변을 부리는구나."

조용이 주자를 들자 시중을 드는 중귀인이 술을 받아 숙왕에게 술잔을 옮겼다. 술잔을 받기 위해 절을 하는 숙왕의 몸놀림은 봉술 고수처럼 끊어짐 없이 유연했다.

"민이 네가 성견을 바쳤다면 주인 될 자격이 없다며 숙왕부의 개를 전부 몰수할 수 있었는데, 아쉽구나. 쳇."

이름을 불러주는 게 좋았던지 숙왕이 우렁차게 어주를 받잡습니다, 외치고는 단숨에 술잔을 비웠다.

"묻겠다. 도리를 그리 잘 아니 대답해보아라. 너에게 가장 큰 도리는 무엇이냐?"

아들은 잠시 눈을 껌벅이며 궁리를 했다.

"잘 모르겠습니다. 너무 많아서. 생각을 좀 해보아야겠습니다."

"너무 많다라. 그렇다면 일 년의 시간을 주겠다. 내년 바로 이 자리로 답을 가져와. 가장 큰 도리가 무엇인지."

딱딱딱, 팢팢팢, 펑펑! 따다다 따다다 딱딱! 펑펑펑펑!

조용은 밖으로 나가 월대에 섰다. 대경전 광장 위로 폭죽이 연달아 쏘아졌다. 사방 군데서 폭죽 다발이 따따따 터져나갔다. 장대 위에서 커다란 바퀴가 돌며 불꽃이 분수처럼 쏟아져 내렸다. 불꽃이 머리 위로 떨어질까봐 조용은 몇 번이나 눈을 질끈 감아야 했다.

따다다 따다다 딱딱! 펑! 펑! 펑!

그에 질세라 궁성 안과 밖에서 궁인들과 백성들이 "황제 폐하 만세!"를 외쳤다. 만세! 만세! 만세! 올해는 저 시끄러운 소리들이 싫지 않았다. 까만 밤하늘을 반짝 태우고 사라지는 화려한 불꽃도 좋았지만 쉭쉭거리는 화약 연기도 멋져 보였고, 콧속을 위협해대는 화약 냄새도 더없이 그럴싸했다. 술에 발갛게 익은 어린 아들들의 얼굴도 그렇게 귀여울 수가 없었다. 궁 안의 악귀들이 다 쫓겨나간 것 같았다.

스물 즈음

추신은 찻잔을 숙왕 앞에 놓았다.

"혜산 석간수가 아니라서 전하 입에 맞으실지 모르겠나이다. 눈 녹인 물로 끓였습니다."

줄곧 추신의 손에 시선을 빼앗기고 있던 젊은 왕은 약간 얼빠진 상태로 찻잔을 들었다. 한 모금 또 한 모금 연거푸 마시고는 갈증이 풀리는지 얼굴이 환해졌다.

"하아, 못지않게 달군. 그대 손이 닿으면 무엇이라도 최고가 되는구나."

황실 행사마다 스치기는 했지만 이렇게 단둘이 마주하는 자리는 모처럼이었다. 더 이상 소년의 기운은 찾아볼 수 없다. 그렇다고 수염이 덥수룩할 나이도 아니어서 용안에선 굵은 눈썹만 꿈실거렸다. 추신은 한 번 더 차를 따라 올렸다.

"피곤하지 않으십니까? 궁에서 밤을 새우셨을 터인데."

"오랜만에 아우들과 법석을 떨며 노니 좋더군. 내상이 안 보여서 이상타 했어. 이틀간 휴목이란 소릴 듣고 가는 길에 얼굴도 보고 차도 얻어 마시려고 겸사겸사 들렀지."

숙왕은 짐짓 어른스럽게 대꾸를 하면서도 호기심을 숨기지 못하고 청당 안을 두리번거렸다. 사실 신기할 것도 없는 오래된 기물들뿐이었다. 엄격할 정도로 단출하게 배치된 물건들이지만 젊은 왕은 다 건드려보고 싶은지 자꾸 윗입술을 잘근댔다. 글동무들과 대경전 안에 숨어들어가 쿵쾅대며 놀던 예닐곱 살 때와 크게 달라진 게 없었다.

"뭐랄까, 솔직히 놀랐다. 이리 수수할 수가. 소문은 들었지만 이 정도일 줄이야."

"뵈시기에 누추하여 죄송합니다."

"흐음, 왠지 과시 같아."

"하하, 맞습니다. 소인이 청백을 과시하고 있사옵니다."

"하긴 번다한 궁궐에서 눈이 지칠 만큼 호사스러운 걸 볼 테니 가끔 이런 담백한 시간도 가져야겠지."

"헤아려주셔서 감사합니다."

"그런가? 감사하단 말이지. 그럼 추신도 나를 헤아려줘."

뻔한 말은 여기까지만 하자는 듯 숙왕은 벌떡 일어나 성큼성큼 청당을 가로지르더니 동창을 열었다. 창밖으론 온통 대나무 숲이었다. 대숲에서 눈가루를 실은 찬바람이 동창으로 들이쳤다. 숙왕이 눈을 감고 심호흡을 했다. 추신은 따라 일어나 두 손을 모으고 공손히 물었다.

"궁에서 언짢은 일이라도 있으셨나이까?"

황자들은 일이 생기면 추신을 찾았고 그게 얼마나 난처한 일이든 추신은 매끄럽게 해결해주곤 했다. 황제는 아들들에게마저 북극성같이 높이 떠 있는 존재였다. 딱히 엄하게 대한 것도 아니련만 부자지간에 오가는 온기가 없었다. 미지근하게나마 그들 사이를 이어주는 끈은 모후들과 추신이었다.

"언짢긴, 기분 좋게 놀았다니까."

"폐하께 무슨 말씀이라도 들으셨나이까?"

"아니 전혀."

대답과는 달리 성가신 무언가를 털어내려는 듯 숙왕이 크게 기지개를 켰다. 건장한 육체가 움직이자 동창가가 좁아 보였다.

"내년엔 유람을 다녀볼까 하네. 개봉을 한 일 년 떠나 있으려고 해."

이 말을 하러 왔군, 하고 추신은 생각했다. 황궁 안팎이 입태자로 술렁이고 황자들을 현혹하는 요설들이 난무하는 때였다. 황자라면 누구나 천명의 부름을 받을까, 혹시나 하는 기대감으로 들썩이는 때였다. 이 중요한 시기에 숙왕은 경주할 뜻이 없음을 공표하듯 자리를 비운다고 한다. 곽오서가 "전하께서 한단으로 궁을 옮기시면 그곳 땅기운이 감당을 못 해 그 땅에 큰 지진이 납니다."라고 겁을 줘서 이사를 막긴 했어도 이 젊은 왕의 가슴에 대망의 씨앗을 심지는 못했나 보다.

"강남에 가십니까."

"응, 운하를 타고 출렁출렁. 재밌겠지? 뭐 사다 줄까?"

"하하. 오기吳妓*를 데려오시면 노래나 한 곡조 동냥하러 숙왕부로 인사드리러 가겠나이다."

"오기라, 생각도 못 했구먼. 알려줘서 고맙네."

황제와는 달리 큼직큼직한 이목구비, 그럼에도 웃는 얼굴은 꽤나 닮아서 역시 그분의 아들이구나 하는 생각이 들자 추신은 기분이 묘해졌다. 육체만 놓고 보자면 숙왕은 성공한 첫 수확물이었다. 숙왕을 이렇게 가까이서 대하고 있으려니 추신은 가슴이 푸근해졌다.

"소인 감히 전하께 여쭙습니다. 용상에 대한 꿈, 정녕코 없으십니까? 생각해보신 적도 없나이까? 오직 궁금한 마음에 여쭙는 것이옵니다. 사직에 맹세코 소인만 듣고 없앨 터이니 편안히 말씀해주소서."

추신 쪽에서도 숙왕을 태자감으로 생각해본 적 없고 본인도 입태자에 관심이 없다는 의중을 내비쳤지만 확인차 묻지 않을 수 없었다.

"나는 삼황자로 태어났다. 물론 형님께서 병상에서 일어나시긴 힘들겠지. 그래 맞아, 나이로 보면 나도 물망에 오를 것이다. 하지만 그것뿐이잖아. 난 장자도 아니고 적자도 아니다. 게다가 내 밑으로 똑똑한 아우들이 많아. 폐하 춘추도 마흔이 안 되셨고. 왜 군이 내가 그 무거운 짐을 져야 하지? 천하엔 재밌는 일이

---

* 오나라는 소주의 옛 지명. 오기는 오나라 기녀, 즉 소주 기녀. 오기는 노래를 잘 하는 것으로 유명했다고 한다.

넘쳐나. 아직 안 해본 게 너무 많다니까."

"그렇게 말씀하신다면 드릴 말씀은 없사오나, 왠지……."

"한심하지? 사람은 누구나 그릇에 맞게 사는 거다."

숙왕이 팔을 뻗어 창틀에 달린 고드름을 꺾어 입에 넣고 와작 씹었다. 이제야 숙취가 가신다는 듯 추신을 보고 씩 웃었다. 역시나 헐렁하신 분, 황실에 널린 게 저런 사내들이다. 대송은 정책적으로 종친과 외척의 정치 개입을 엄격하게 금지해왔다. 한마디로 대송은 황제와 사대부 관료의 나라였다. 황제가 되지 못한 황자들은 저 정도 선에서 머물며 큰 말썽 없이 지내주면 고맙긴 하다. 그럼에도 제 입으로 그릇 운운하는 젊은 애를 보고 있자니 비위가 상했던 걸까.

"하온데 그 그릇의 크기는 누가 잽니까?"

예기치 않게 꼬인 말투가 나와 추신 스스로도 놀랐다. 환관이 된 이래 황족 앞에서는 팔일무를 추듯 늘 우아하게 처신했다. 그들을 위하는 자리뿐만이 아니라 해하는 자리에서조차 추신은 빈틈없이 공손했다. 그래왔던 추신이었기에 그의 반응이 뜻밖이었는지 숙왕이 고개를 돌려 이쪽을 응시했다. 찬바람으로 씻어낸 눈동자가 칼날처럼 선명했다. 젊은 왕이 입을 열었다.

"여기 동경 바닥에선 그대가 잰다."

역시 황제의 아들이었는지 웃는 얼굴만 닮은 건 아니었나 보다. 허허실실로 지내는 모습만 보이던 황자께서 스물이 넘으니 제법 겨누는 말도 할 줄 안다만…… 추신은 다로 안 숯불에 잔에 남은 찻물을 부었다. 치이, 연기가 피어나며 불이 꺼졌다.

"칭찬일세. 하하하."

추신은 찻잔을 내려놓고 옷깃을 바로잡았다.

"제왕이 되든 아니 되든, 그릇의 크기가 얼마 하든 간에 주어진 생 앞에서는 누구나 절실한 그 무엇이 있습니다. 그것은 하늘이 나를 통해 이루고자 하는 것이라 피한다고 피해지는 게 아닙니다. 그렇다고 하늘이 내게 거저 알려주지도 않습니다. 하늘의 명이 무엇인지 힘써 찾으소서. 용상에 관심이 없다고 청춘의 시간을 분투 없이 날리지 마소서. 돌아오지 않는 시간이옵니다."

숙왕이 추신을 물끄러미 바라보았다. 선량함만 가득한 그 눈빛에 추신은 조금 당황스러워졌다.

"폐하께서 하신 말씀과 비슷한 말을 하는군그래."

숙왕이 다가와 부집게로 젖은 숯을 집어내고 화로에서 붉은 숯 한 덩이를 집어 다로에 넣었다. 틱틱, 다로에서 불티가 튀었다. 숙왕이 주전자를 들어 물이 어느 정도 들어 있나 손대중을 해보고는 다로에 얹었다. 그러고는 다로를 감싸듯 손바닥을 펴고 불을 쬈다.

"아바마마는 늘 미간을 찌푸리고 뭔가를 읽고 계셨다. 늘 뭔가를 적으시고, 늘 그대와 소곤거리시고. 그대도 그래. 웃는 얼굴이면서 결코 웃지 않고, 조용한 듯 보여도 여기저기 바쁘게 돌아다니고. 그런 삶을 살고 싶지 않아. 내 깜냥으론 살 수도 없고. 난 기껏 해봐야 작은 나룻배거든. 추신은 내가 본 중 가장 큰 배야. 그대를 존경한다. 진심일세. 아무튼 나 없는 동안 혹 무슨 말이 나오면 확실하게 말 좀 잘 해주게. 그리고 어서 차나 한 잔 더 줘."

손가락으로 찻잔을 건드리며 숙왕이 장난스럽게 웃었다. 저런 것이리라, 찬란하다 함은. 젊음이 내뿜는 빛이 하도 찬란해 추신은 그 철없음이 부럽기조차 했다. 괜히 흐뭇해진 추신은 젊은 왕에게 맛있는 차를 만들어주고 싶어졌다. 추신은 찻장에서 형선이 보내준 복건백차를 꺼냈다. 차통을 열자 코끝으로 차향이 풍겨왔다. 세눈차 뾰족한 잎에는 하얀 솜털이 보송보송했다. 통 안을 보여주자 숙왕이 활짝 웃었다. 추신은 다기에 찻잎을 덜어 넣고 데워진 물을 그릇 가장자리에 돌려가며 부었다.

숙왕은 차를 만드는 추신의 손을 아끼처럼 가만히 바라보았다. 얌전히 기다려야 맛있는 차를 마실 수 있다고 스스로 정한 규칙을 지키는 아이처럼 착한 표정이었다. 추신이 손목을 굴려 차를 따라 숙왕에게 드셔보라 눈짓을 했다. 숙왕이 자세를 바로 하고는 찻잔을 들었다. 두 사람은 말없이 차를 마시고 또 마셨다. 마치 벌집이 들어 있는 나무둥치를 끼고 앉아 꿀을 빼는 두 마리 곰처럼. 열 잔 가까이 마시자 홍취가 슬슬 오르는데 숙왕이 불쑥 물어왔다.

"참, 근데 폐하께 무슨 일 있어? 이런, 그대가 눈 하나 깜짝 안 하는 걸 보니 뭔가 있군, 있어. 혹시 총애하는 이라도 생기신 거야?"

"폐하의 총애는 늘 제가 독차지하고 있지 않습니까? 소인이 비록 지금은 이 꼴이오나, 깨져도 경옥이요 시들어도 양귀비라."

차에 취한 척 눈웃음을 치며 추신이 응수하자 숙왕이 혀를 찼다.

"농담을 하자는 게 아니야. 뭐랄까, 이제까지 그런 용안은 뵌 적이 없었어. 폐하께선 연회에서 늘 잠깐만 머무시잖아. 원래 번 잡스러운 분위기를 꺼리시니. 그런데 말이야, 어젯밤에 그렇게 시끄럽게 폭죽이 터지는데, 아! 정말이지 환하게 웃으시더군."

숙왕이 돌아간 뒤 추신은 잔불이 남은 다로에 찻물을 다시 부었다. 한줄기 가느다란 연기가 피어올랐다. 좀 전에 숙왕이 서 있던 창가를 바라보았다. 숙왕은 눈가루 찬바람조차 밀밭에 부는 동풍인 양 시원해했다. 그러고 보니 황제가 즉위한 때가 지금의 숙왕과 엇비슷한 나이였다. 숙왕보다 한 뼘은 작고 많이 말랐었다. 스무 살의 황제는 단 한 번도 부담스럽다거나 힘들다는 말을 입에 담지 않았다.

스물, 그즈음 나이에 추신은 명필로 이름이 나기 시작했다. 위진시대 귀족의 손에서나 나올 것 같은 세련되고 화려한 운필에 대나무처럼 곧은 필맥. 초패왕과 우희가 어우러져 춤이라도 추는 듯 글씨에 흐르는 강기와 유려함은 세인의 감탄을 불러일으켰다. 문관 천하에서 환관이 글씨로 이름나는 것은 기적에 가까웠다. 추신의 글씨는 타고난 재능과 초인적인 노력, 그리고 빼어난 스승들의 가르침이 만들어낸 역작이었다. 추신이 이토록 글씨에 전념할 수 있었던 것은 양부인 추호고의 배려 덕분이었다. 추호고는 내시성과 입내내시성, 양성을 총괄하는 환관들의 수장 양성도도지였다. 입궁 후 일 년 만에 추신은 추호고의 양아들이 되었다.

"네가 처음부터 추씨가 아닌 것처럼 나 또한 추씨가 아니었다. 그래도 우리는 부자지간이 되었어. 인륜이 천륜보다 못할 게 무어야. 신이 네가 내 아들이 되었는데. 이제야 왕후장상이 부럽지 않구나. 부럽지 않아. 으하하."

추호고는 적당히 잔인하고 적당히 음흉하고 적당히 탐욕스러운 인간이었다. 마르고 주름진 얼굴에 민첩한 몸놀림. 사근거리는 말투와 장식처럼 걸려 있는 미소. 그래서 궁정과 잘 어울리는 인간이었다. 추호고는 알고 있었다. 야음을 이용해 단번에 문제를 해결하는 법을, 그리고 당파와 이권과 온갖 연줄로 뒤얽혀 때론 난폭하게 때론 은밀하게 황궁 안을 돌아다니는 시류라는 괴물을 자기 쪽으로 유리하게 만드는 법을, 또한 환관으로서 가장 중요한 자질인 상전의 욕망을 간파해 확실하게 길들이는 법을.

추신은 양아버지를 싫어하지도 좋아하지도 않았고 아버지라 여기지도 않았지만, 정성을 다해 아들 노릇을 했다. 추호고는 배울 점 많은 스승이었고 무엇보다 추신에게 남아 있던 한쪽 고환을 그대로 두게 해준 은인이었다. 그 덕분에 손상되지 않고 피어난 사내다운 광채와 중저음의 차분하고 멋진 목소리, 선비의 정수만을 모아놓은 듯한 풍모는 추신에게 큰 자산이 되어주었다. 늙은 환관은 양아들의 앞날을 꼼꼼하게 계획했다. 우선 학사원으로 보내 황제의 최측근이 되게 만들고 관료사회에서 인맥을 확실하게 다져두는 것은 물론 나랏일을 정통으로 배우게 할 작정이었다. 추호고가 머릿속으로 황제 못지않은 권력과 영화를 누리는 양아들의 미래와 그런 출중하고 아름답기까지 한 인물에게 제사를 받는 자신의 미래를 한창 그리고 있는데 생각지도 못한 장애가 생겼다. 동궁에서 추신을 보내라는 명이 내려온 것이다. 추신의 손이 고우니 회인태자의 옷시중을 드는 중귀인으로 삼는다고 했다. 권력에 대한 감각이 남달랐던 회인태자는 추호고로 대표되는 환관들의 득세를 눈여겨봤던 것이다. 추호고는 말할 수 없이 분했지만 상대가 기세등등한 회인태자다 보니 어쩔 도리가 없었다. 다급해진 추신은 양부가 용기를 내도록 만들어야 했다.

"황실의 개가 되어 살기로 했습니다. 이제 와 개가 주인을 가리리까. 종묘의 옥기가 막사발로 쓰인들 그게 저의 운명이라면 소자는 하라 하시는 대로 따르겠습니다."

그 처연한 말이 송곳이 되어 추호고의 자존심을 찔렀다. 살아남기 위해 평생을 낮추고 가려야만 했던 환관의 자존심, 그러나 이젠 엄연히 황궁의 실력자이자 양성의 수장으로서 무시당할 수 없는 자존심, 그리고 남자로서 대등하고자 하는 갈망에 가까운 그런 자존심을 양아들의 청아한 얼굴이 아프게 찔러댔던 것이다. 그런데 그 순간 환관의 오랜 습관이 나와버렸다. 모멸감을 느낄 때마다 비굴하게 웃던 그 버릇이 말이다. 히죽 웃던 늙은 환관은 그 순간 스스로가 견딜 수 없어 몸서리를 치다 두 손으로 자기 뺨을 짝, 때렸다. 하지만 그는 또 웃고 말았다. 추호고는 한 번 더 자기 뺨을 때렸다. 그러고는 짝, 짝, 짝! 그렇게 연거푸 세 번을 더 때렸다.

태어나 처음으로 추호고는 맹목적이 되었다. 동궁에서 아무리 재촉을 해도 황궁의 능구렁이답게 이런저런 핑계를 둘러대며 추신을 내놓지 않았다. 추호고는 갈퀴 같은 손으로 양아들의 손을 움켜잡고 속삭였다.

"태자가 다 무어야, 잠깐 뜨다 말 무지개인걸. 내 눈에 동궁은 영락없이 요절할 상이야. 두고 보라지, 두고 보라지. 암, 암, 그렇고말고."

문귀비를 몰래 찾아가 추신의 글씨를 선보인 사람도 추호고였다. 스무 살의 추신은 양부의 그런 꾀와 노력으로 어린 벽왕에게로 몸을 피할 수 있었다.

문귀비의 궁 서실로 불려가 보니 문귀비와 그녀의 아들 네 살배기 벽왕이 앉아 있었다. 문귀비를 처음 본 추신은 깜짝 놀랐다. 궁 안에서 많은 여인들을 보아왔지만 문귀비는 정말 항아처럼 아름다운 여인이었다. 만삭의 몸으로도 믿을 수 없이 요염하고 얼굴에선 고결한 빛이 흘렀다. 그녀의 얼굴은 빠져들 것 같아 감히 처다볼 수조차 없었다. 저런 여인이 그 늙은 황제와 짝이라니, 젊은 추신은 내심 탄식했다.

"너를 동궁에 뺏기지 않으려고 폐하께 얼마나 졸랐는지 모른다. 폐하의 너른 은덕으로 네가 드디어 우리 벽왕과 인연이 닿았구나. 좋은 글선생이 되어다오. 우리 벽왕에게 네가 가진 재주의 반만이라도 가르쳐주렴."

문귀비의 음성은 생각보다 낮고 깊었다. 잠시 생각에 잠긴 듯 말이 없던 문귀비가 입을 열었다.

"아무에게도 안 한 말을 왜 처음 보는 너에게 하는지 모르겠다만…… 우리 벽왕의 태몽이 자못 컸단다. 나에겐 첫아이라 기대가 크구나. 허나, 자식은 부모 욕심대로 되는 게 아니라 했으니 제 타고난 거라도 온전히 펼치면 그만도 좋은 게지."

문귀비는 나이에 비해 원숙한 여자였다. 미모 하나만 믿고 우쭐해하는 나이 어린 후궁이 아니었다. 무엇보다 그녀에겐 뿜어져 나오는 건강한 기운과 그 기운을 적절히 다룰 줄 아는 총기가 두 눈에 스며 있었다. 문귀비가 아들의 손을 쥐고 당부했다.

"이제부터는 추신의 말을 잘 들으셔야 해요. 아이, 이럼 못써요. 고개는 그만 돌리세요. 홍복을 당당하게 맞으셔야지요."

문귀비와 한 무리의 궁녀들이 나가자 서실에는 유모와 시중드는 궁녀 둘과 벽왕과 추신만 남았다.

"전하께서 요즈음 심기가 불편하시네."

유모가 벽왕을 안아 무릎에 앉히고는 변명을 하듯 둘러댔다. 벽왕은 유모의 가슴에 얼굴을 묻고 꼼짝하지 않았다. 유모가 어린애의 눈치를 보며 소리 내지 않고 '아우, 아우' 하는 입 모양을 해댔다. 곧 동생이 태어나는 걸 눈치챈 벽왕이 꽤나 심술을 부려대던 때였다.

그렇게 첫날은 말 한마디 섞지 않고 지나갔다. 다음 날 추신은 유모와 궁녀들에게 나가달라 부탁을 했다. 벽왕은 더욱 안차빠진 얼굴이 되어 계속 딴짓만 했다. 네가 아무리 아양을 떨며 달래도 난 꼼짝하지 않아! 고집스러워 보이는 머리 뒤꼭지가 그렇게 외치는 것처럼 보였다.

"전하, 무엇을 하셔도 됩니다만, 붓은 만지시면 아니 되옵니다. 붓은 안 됩니다."

추신은 그 후로 어떤 말도 안 하고 눈길 한번 안 줬다. 벽왕은 처음엔 서실의 기물을 만지고 돌아다니더니 자꾸 오줌이 마렵다고 했다. 추신은 그때마다 유모를 불러 오줌을 누이게 했다. 하루가 지나고 다음 날도 또 똑같은 일이 반복되었다. 그렇게 삼 일째가 되었다. 애초에 어린아이가 이길 싸움이 아니었다. 전날처럼 딴청을 부리는가 싶더니 곧 서탁 주변에 와서 알짱대다가 "근데 뭐해?" 하고 물었다.

추신은 못 들은 척을 해보았다. 어린애가 바로 추신의 손가락을 꽉 깨물었다. 추신은 손이 물린 채 쿡쿡 웃었다.

"보고 싶으세요?"

"응!"

추신이 어린애를 안아 의자 위로 올려주었다.

"와!"

탁자 위는 추신이 그려놓은 갖가지 동물 그림으로 가득했다. 황새와 코끼리, 고양이와 부엉이, 말과 돼지, 나비, 잠자리까지.

"사슴 그릴 수 있어?"

"그럼요."

"그럼 큰 뿔 달린 사슴 그려줘. 이렇게 크은 거."

추신은 그날 벽왕이 그려달라는 것을 다 그려주었다. 벽왕은 저도 해보겠다고 붓을 달라고 했다. 아이가 조르자 추신이 한껏 뽐내며 말했다.

"붓이 망가집니다. 아기들은 만지면 안 됩니다."

"난 아기가 아니야! 아기 아냐. 안 망가지게 할게. 응, 응?"

어린애가 추신의 소맷자락을 잡고 엉덩이를 빼며 어리광을 했다. 하는 짓이 하도 귀여워 어떻게 나오나 보려고 추신은 팔짱만 끼고 가만있었다. 아이가 눈을 요리조리 굴리더니 고갤 쳐들고 말했다.

"나 노래 잘해."

제 딴엔 붓을 만질 자격이 있다고 내세우는 구실이었다.

"그리고 또, 그리고…… 나 곧 아우도 생겨."

분통 터지게 싫었던 '아우'를 제 편한 대로 써먹는 게 걸렸는지 새순 같은 입술을 뾰족 내밀었다. 양쪽 옆 꼭지에 동그랗게 말아붙인 아기머리, 통통한 볼, 가는 목. 천하제일녀의 정기가 만들어낸 아름다운 보물이다! 이제 그 보물이 자신의 두 손에 맡겨졌다. 순간 어떤 강렬한 의지가 추신 안에서 움터 올랐다. 인륜이천륜보다 못할 게 무엇인가. 무엇과도 비교할 수 없는 처음 느끼는 감정이 젊은 추신의 가슴을 꽉 채웠다. 그것은 작은 통증으로 시작해서 큰 기쁨으로 퍼져나갔다. 하하하!

"이럴 수가, 이렇게 훌륭하실 수가! 아우까지 보신다니. 그럼 오늘은 한 번만이에요."

그렇게 해서 아주 조금씩 붓을 허락했다. 다음 날엔 동그라미를 열 개 그릴 수 있게 해주었다. 아이는 며칠 동안 많은 것을 그리며 놀았다. 그렇게 시작해서 백가성을 외우고, 천가시*를 배워나갔다. 열 살이 되어 왕부 교수가 따로 붙기 전까지 추신에게서

서예와 시와 경전을 배웠다. 추신은 숭문원(황실도서관)을 오가며 열심히 공부했고, 성심을 다해 벽왕을 가르쳤다. 어린 벽왕은 황실 어른들의 성절마다 글을 지어 올려 칭찬을 받았고 어려운 경전을 줄줄 암송해 사람들을 놀라게 했다. 서로가 서로를 키워준 세월이었다. 그 시절만한 게 또 있을까.

덜컥, 추신이 동창을 열었다. 눈가루가 반짝이며 바람을 타고 들어왔다. 눈을 감고 깊게 숨을 들이마셨다. 개구쟁이 숙왕 조민이 헌헌장부가 되었다. 어쩌면 벽왕 또한 그런 장부가 됐을지도 모른다. 언제 무슨 수를 쓸지도 모를 계산속 복잡한 환관 앞에서 거리낌 없이 말할 수 있는 단순하고 호쾌한 남자가 됐을지도 모른다. 추신은 본 적도 없는 벽왕의 그 모습이 몹시 그리웠다. 회인태자가 오래 살았더라면 그래서 황제가 되었다면, 자신과 벽왕은 지금 어떤 삶을 살고 있을까? 자신이 그냥 동궁으로 갔더라면. 아니, 자신의 글씨가 문귀비의 눈에 들지 않았더라면. 아니, 자신이 궁에 들지 않았다면, 애초에 사천을 떠나지 않았다면, 몸을 다치지 않았다면, 그랬다면…… 자신의 젊은 날이 겨울 대숲이 보이는 창문으로 연달아 소환되고 있었다. 자식은 부모 욕심대로 되는 게 아니라 했으니 제 타고난 거라도 온전히 펼치면 그만도 좋은 게지…… 환하게 웃고 있는 황제, 바라고 또 바라마지 않았던 모습이다.

찻잎 하나가 혀에 남았다. 쌉쌀했다.

---

* 두 권 모두 유아 학습서.

천자의 하늘

금림밀원에 등이 걸렸다. 구슬등이 처마에 길게 늘어지고, 하늘빛 청사초롱이 문마다 걸렸다. 수대로 가는 길 나뭇가지마다 모란등이 매달리고 연못가엔 알록달록 잉어등이 빙 둘러졌다. 수대 처마엔 하얀 진주등이 바람 따라 그네를 타고, 대청에 길게 깔아놓은 죽등은 바닥에 빛의 길을 만들었다. 그 위를 걷는 유가경은 불빛에 취해 자신의 몸이 저절로 움직이는 착각에 황홀했다. 연못 수면으로 등롱 불빛이 길게 번져 흘러가고 선녀님 같은 연꽃등은 그 위를 깜박거리며 떠다녔다. 연못은 촉에서 나온 열기로 아지랑이가 어리어리한데 마음까지 환하게 밝혀주는 대보름달은 연못에도 뜨고 저 먼 하늘에도 떠 있었다.

"아! 인간세가 아닌 듯합니다. 극락이거나 아미산이거나 무릉도원이거나. 꿈속이 이럴까요, 아아, 제발 꿈이 아니었으면 좋겠습니다. 꿈으로 사라지면 너무 아깝지 않습니까."

자신을 기쁘게 해주려고 내관들이 요 며칠 고생한 걸 생각하니 고마움이 뭉클 솟았다. 무표정한 내관들 얼굴에도 등롱 불빛이 비쳐 색색으로 물들었다. 가경은 뒤따르는 그들과 연못 둘레를 몇 번이나 돌았다.

작년 원소절元宵節*에는 개봉 거리를 종횡으로 누비고 다녔다. 구연하가 그날을 위해 장만한 번쩍번쩍한 금수레를 끌고 나와 친구들과 함께 타고 성 안팎을 두루 내달렸다. 남쪽 남훈문에서 서쪽 만승문까지, 거기서 동쪽 신조문까지 가로질러 금방울을 짤랑이며 시내를 달리면 황가의 수레인 줄 알고 관원들이 놀라 쫓아온 게 한두 번이 아니었다. 개봉 시내 곳곳은 원소절을 맞아 들뜬 사람들로 흥청거렸다. 가게엔 사람 키만 한 등이 걸리고 광장에는 산처럼 산등山燈이 쌓였다. 개보사 탑에 걸린 푸른등과 홍교의 아름다운 무지개등, 그 밑을 지나다니는 놀잇배의 아롱대는 등롱들.

구연하는 돈 자랑할 기회를 놓치는 걸 손해로 여기는 소주 부자답게 가는 곳마다 돈을 뿌려댔다. 연하가 또 성화를 했다. 선덕루 광장에서 벌어지는 여자들 씨름을 구경 가자고. 누룩에 부푼 허연 반죽 같은 몸뚱이들이 뒤엉켜 씨름판을 휘몰아치고 다니는 그 장관을 올해는 꼭 보고야 말겠다고. 이번에도 가경이 으름장을 놨다. 여인들의 흉한 모습을 보느니 차라리 집으로 돌아가겠다고. 여인들을 벌거벗겨 몸싸움을 시켜놓고 돈을 벌다니!

* 정월 대보름.

생각만 해도 몸서리가 쳐지는 목불인견 참극이었다. 가경이 질색을 하니 구연하는 단념을 할 수밖에 없었고 일행은 말머리를 돌려 휘황찬란 불을 밝혀놓은 주루 환문*으로 들어갔다.

"여길 봐요, 여길 봐. 호호호."

주루의 건물과 건물 사이에 놓인 공중 낭하에서 기녀들이 웃음을 날리며 손수건을 흔들었다. 여인들의 투명한 피부, 착착 감겨오는 나긋한 몸들. 웃고 떠들고 노래하고 잡스러운 시를 경쟁하듯 읊던 밤, 그날은 그날대로 좋았다. 그리고 이 고요한 밀원에서 맞이하는 원소절은 뭔가 그리우면서도 충만하고 쓸쓸하면서도 달콤했다.

"시간이 다 되었으려나."

가경은 월루로 발길을 돌렸다. 월루는 달빛을 받은 고드름과 나뭇가지 잔설에 둘러싸여 보석 가루를 버무려놓은 듯 사방이 번쩍였다. 가경은 난간 의자에 무릎을 세우고 앉아 물끄러미 하늘을 바라보았다.

"칠월이라 칠석 비는 내리고, 은하수 잔잔해도 하늘만큼 너른 물, 칠월이라 칠석 오작교도 없는데, 이 작은 날개로는 건널 수 없어요."

가경은 이 시를 외우고 있는 자신에게 놀라는 동시에 이 유치한 시를 자기가 지은 걸로 내관들이 오해할까봐 신경이 쓰이면서도, 그런 마음과는 별개로 은하수도 보이지 않고 견우성과 직

---

* 주루에서 세워놓은 3층으로 된 큰 문.

녀성도 찾을 수 없는 겨울 하늘이 못내 원망스러웠다. 그때였다. 서쪽 하늘에 뭔가가, 수십 아니 그보다 더 많은, 점점이 작은 불빛이……

"아!"

가경은 자리에서 일어났다.

못 본 지 열흘이 넘었다. 세밑이 지나면 황궁은 연이은 행사로 바빴다. 원단元旦 대조회가 있고 각 나라 사신들이 잇달아 알현을 청한다. 그에 따라 황제가 살피고 결정해야 할 사안이 속출한다. 곧이어 입춘절 타춘우打春牛* 행사가 있고, 선덕루에 올라 수만 백성들과 연회를 구경하고, 상청궁에서 지내야 하는 제의며 오악관 행차, 크고 작은 연회로 황제는 바빴다.

"입춘도 지났건만 물시계가 얼었는지 시간이 더디 갑니다. 긴 밤, 달이라도 보려고 창문을 여니 앞뜰에서 족제비 두 마리가 장난치며 놀고 있습니다. 곱디고운 황갈색 길고 가는 몸이 엉켰다 풀어졌다 어찌나 재빠른지. 그러다가 그예 합쳐진 두 몸이 호두처럼 굴렀습니다. 오늘은 오시는지 저는 감히 묻지도 못합니다."

황제의 바쁜 사정을 잘 알면서도 보낸 편지였다. 오후에 답장을 받았다.

"술시초(밤 7시)에 월루에 올라 서쪽 하늘을 보라."

* 입춘에 채색한 진흙소를 꽃가지로 때리는 행사.

밤하늘 한구석, 수줍은 빛을 품은 풍등이 가득 떠오르고 있었다. 봄바다 해파리처럼 느릿하고 부드럽게, 무한히 펼쳐진 하늘로, 하늘로 풍등이 오르고 있었다. 아마도 그때였을 것이다. 팟, 하고 가경의 마음에도 영원히 꺼지지 않을 등 하나가 켜졌다.

그곳에 계십니까?

저에게 풍등을 보내고 계십니까?

이렇게 아리따운 짓도 할 줄 아십니까?

저렇게 아름다운 하늘이 또 있을까요?

족제비가 되어 또르르 침상 위나 구르자 했더니,

당신이란 사람 참, 점점…….

다시 봄

　북쪽 숲길을 산책하던 가경은 문득 걸음을 멈췄다. 공기에 젖은 흙내가 섞여 코끝에 맴돌았다. 원소절이 지나니 새소리가 높아지고 나무에도 물이 올라 겨울눈이 부쩍 통통해졌다. 잔설은 구석구석 여전했지만 돌 틈에선 이끼가 돋은 듯 푸릇한 기운이 보이고 바닥 돌엔 물기가 번지기 시작했다.

　산책을 마치고 서실에 들어선 가경은 여기에서도 뭔가 달라진 느낌을 받았다. 아무리 봐도 새로 들여온 기물은 없고 그게 그거인데 확실히 뭔가 바뀌었다. 수수께끼의 답을 찾기 위해 가경은 서실 가운데쯤에 서서 사방을 빙 둘러보았다. 서탁과 서랍장, 동창가에 놓인 책상, 쌍둥이 장식장과 그 옆 다탁과 다기장, 남쪽 문 옆 장의자, 서쪽 벽을 채운 책장들, 평상과 병풍, 악기장. 모두 그대로인데 자세히 보니 도자기, 화분, 수석, 족자들의 위치가 바뀌어 있었다. 아래 있던 것은 위 칸에 가 있고 떨어져 있던 것은 한데 모아놨다. 문가에 있던 것은 중앙으로, 중앙에 있던 것은 창가로 옮겨놓았다. 배치만 달라졌을 뿐인데 서실에도 봄이 온 듯 분위기가 젊어졌다. 물건들에게서 색다른 개성을 발견한 것 같아 가경은 설레기까지 했다. 내관들의 솜씨였다. 내관들은 가경의 기분을 달래주려 얼마 안 되는 자신들의 재량으로 최선을 다하고 있었다.

황제는 구겨진 이불을 남기고 문밖으로 사라진다. 아침이면 가경은 이부자리에 남은 주름을 손으로 쓰다듬곤 했다. 지난밤의 몸짓과 호흡을 떠올리기도 하고 여전히 그 사람이 누워 있다고 상상하며 이런저런 싱거운 말을 건네보기도 했다. 그렇게 또 시작되는 가경의 고단한 적막을 달래주려 내관들은 정성을 다해 가경을 치장해주었다. 한동안은 비녀를 자주 바꾸더니 어느 날부턴가는 다양한 방식으로 상투를 틀어놓았다. 뒤에서 땋아 올린 상투, 옆으로 동여맨 상투, 한단식, 과주식, 귀주식 등등 처음 해보는 머리 모양을 만들어주곤 했다. 향 또한 처음엔 은은한 난향이 다였는데 이젠 육궁을 방불케 하는 온갖 향기가 가경의 머리카락과 손끝에서, 오금과 샅에서 퍼졌다. 한 번이라도 더 황제가 밀원을 찾게 하려고 내관들은 가경을 꽃처럼 꾸며놓았다. 아무리 독점욕이 강한, 작은 개가 중간에 끼어 짖어대도 가경과 내관들 사이에는 정이 쌓여갔다. 마음이 통하면 말이란 것도 그렇게까지 대단한 건 아니었다.

내관들이 기물을 다르게 배치한 이 작은 사건이 가경에게 어떤 계기가 되었다. 얼마 전까지만 해도 밀원은 유가경에게 음험하게만 느껴지던 공간이었다. 푹 꺼진 땅 모양부터가 그렇고 자연스러운 맛이라곤 없이 꾸며진 정원이나 고집스럽게 사람을 내치는 느낌을 주는 건물들까지 뭐 하나 마음에 들지 않았다. 처음 몇 달간 이 공간이 가진 결함을 접할 때마다 가경은 적대감에 시달렸다. 하지만 이런 게 시간의 힘인지, 아홉 달 동안 이런저런 일을 함께 겪다 보니 내관들은 가족 같아졌고 밀원은 집만큼이나 편해졌다.

가경은 붓을 들었다. 내내 마음에 걸렸던 그 일을 실행하기 위해.

여러 겹 그믐

채명당彩鳴堂, 빛이 어우러져 노래하는 집.

망경루望憬樓, 그리움을 바라보던 월루.

기복헌枳馥軒, 탱자꽃 향기 머무는 집.

영금교迎檎橋, 능금을 따러 가는 길에 건너는 다리.

독랑대讀朗臺, 책 읽는 소리 맑은 수대.

효흘지肴吃池, 기뻐하며 연밥을 땄던 연못.

조억정糟憶亭, 술지게미를 나눠 먹던 지어미를 잊지 않겠다고 다짐하는 정자.*

아리초당娥梨草堂, 항아가 놀다 가는 배꽃 피는 초당.

감계루甘桂樓, 달콤한 계수나무길 누청.

우파정雨芭庭, 파초에 비 내리는 정원.

* '조강지처' 고사에서 따온 이름.

유매원鼬梅園, 족제비 뛰어노는 매화나무 정원.

연서당連書堂, 편지가 끝없이 이어지는 서실.

그리고 침소가 있는 이곳 권이제卷耳齊,* 도꼬마리처럼 서로 붙어 있고 싶은 마음이 깃든 집.

조율의 가슴에 무언가 차올랐다. 그것은 부드럽게 시작하였지만 도꼬마리에 가서 결국 조율의 심장을 아플 정도로 묵직하게 눌러댔다. 조율은 그 통증이 주는 쾌감을 연장하고 싶어 이름들이 쓰여 있는 종이에서 눈을 떼지 않고 다시 한번, 또 한 번 읽어보았다. 망경루, 영금교, 조억정, 유매원, 권이제…… 권이, 도꼬마리, 온통 갈고리투성이 그 이상하게 생긴 씨앗이 이렇게나 사랑스러운 것이었더냐.

"대련은 함께 지어주세요."

조율의 손을 잡아 뺨에 대고는 가경이 가만히 조율을 바라보았다. 원소절 이후 가경은 종종 말없이 이런 식으로 조율을 바라보곤 했다. 꿈꾸는 듯하면서도 열기가 선득 느껴지는 남자의 눈으로, 자신이 가진 정기신을 전부 쏟아붓는 그런 눈빛으로. 용의에 앉아 충성의 남자들을 수없이 봐온 조율이었지만 이런 눈빛은 처음이었다. 그 눈빛에 자신의 존재가 녹아 없어질까 조율은 두렵기까지 했다. 조율은 샐쭉한 표정을 지어 보이며 잡힌 손을 빼냈다. 젊은이가 주는 이 무구한 애정에 덜컥 겁이 났던 것이다.

"마음에 안 드십니까? 그럼 우리 같이 지어봐요."

---

* 『시경』 국풍에 나오는 시 「권이」에서 따옴, '권이'는 도꼬마리.

"아니, 마음에 안 든다기보다."

마음에 안 들다니, 그럴 리가, 그럴 리가! 조융은 탁자에 내려
놓은 종이에 적힌 그 이름들을 다시 보았다. 연밥, 도꼬마리, 능
금, 능금, 능금! 또다시 심장이 부대끼기 시작했다.

"편액 글씨는 폐하께서 써주세요. 한두 곳만이라도. 폐하의
글씨는 기운이 툭 트여, 볼 때마다 가슴이 시원해질 거예요. 하
지만 정 바쁘시면 추신에게라도."

그 말에 조융은 정신이 번쩍 들었다.

"넌 이곳에서 천년만년 살 작정인가!"

성마르게 굴고 나자 조융은 괜히 무안해져 술을 가득 따라 쭉
들이켜고 아무렇지도 않은 척 이 상황을 벗어날 가장 편리한 말
을 꺼냈다.

"늦었다. 그만 자자."

그러고는 손수 비녀를 뽑았다. 가경이 곁으로 와서 상투관을
벗기고 머리카락을 풀어주면서 말했다.

"청당이며 전각을 지어놓고 이리 오래도록 이름을 안 붙여주
다니 너무 무심하지 않습니까? 살다 보면 집에도 자연스레 마음
이 가는데 불러줄 이름이 있어야 더 정이 들지 않겠어요?"

가경의 뺨 위에 드리워진 속눈썹 그림자가 불빛에 떨렸다. 간
청을 하느라 깨문 육감적인 입술…… 사람은 불가사의한 아름
다움 앞에서 외롭고 불안해진다. 지금 조융이 그랬다. 표현할 길
없이 아름다운 연인의 얼굴이 도리어 마음을 배반하는 소리를
하게 했다.

"우리 낭군님, 배도 안 고픈지 눈앞의 떡은 먹지도 않고 자꾸 딴청이시네. 술이라도 한잔할래?"

떡이라니, 조용은 자신의 입이 저주스러웠다. 제발 못 들은 척 넘어가주기를 바랐지만 애석하게도 가경의 표정이 굳는가 싶더니 곧바로 혐오감을 드러냈다.

"주루의 늙은 창기라도 되시렵니까? 왜 그런 잡스러운 희롱을 하십니까!"

"언제는 가여운 창기를 조롱한다고 짐에게 따져 묻더니 지금 네가 하는 말이야말로 그네들에 대한 더 심한 멸시가 아닌가?"

반사적으로 응수하여 꼬투리를 잡으니 마음에 쓸데없는 여유까지 생겼다.

"주루에서 얼마나 점잖게 노셨기에 이리 결벽을 떠시는지. 자신의 위선은 깨닫지 못하니 청춘의 교만엔 약도 없어라."

중얼거리는 와중에도 후회가 뒤따랐지만 혀가 멈추지를 않았다. 그날 조용은 순번 하례를 온 부주府州의 절가折家*들에게 베푼 연회에서 술을 꽤 하고 온 터였다. 이게 술 때문이라고 생각하면서도 자기 자신이 환멸스러워 어쩌지 못해 또 따라 마셨다. 가경은 고개를 돌린 채 입을 꾹 다물고 있었다. 조용은 가경을 기분 좋게 해줄 말, 그런 말로 어서 만회하자고 머리는 바빴지만 오늘따라 입에 마가 낀 듯 자꾸 따지고만 있었다.

"너는 그렇게 야한 편지를 버젓이 보내면서 짐이 희롱 한마

---

* 절가장折家將 사람들, 북송 때 유일한 세습 무관 호족 집안.

디 했다고 너무 심한 타박이 아닌가? 왜, 왜 대꾸를 못 해? 아무튼…… 내 말은 여기 이름일랑 신경 쓰지 말라는 말이다. 내년에 추공秋貢*을 시작으로 어서어서 진사가 되어야지. 짐을 위해 진사가 되어야지. 천자의 지아비가 천자문생이 아니라면, 지어미인 천자가 너무 가엽지 않은가. 딴 데 한눈팔 시간이 어디 있담."

자기가 들어도 지겨운 소리를 늘어놓고 있었다. 얼굴은 취기로 기분 나쁘게 달아올랐다. 어색하기 짝이 없는 침묵이 흘렀다. 발이 뜨겁고 답답해졌다. 조용은 신을 벗기라고 발을 쳐들었다. 가경은 잠자코 신발에 버선까지 벗기고는 그대로 창가로 가버리더니 휘장을 치우고 창문을 열어젖혔다. 순간 매화향이 훅 퍼져 들어왔다. 꽃망울들이 한꺼번에 터지는지 향이 점점 진해졌다. 조용은 그 차고 맵고 달콤한 향기가 미워졌다. 매화 향기가 한 켜 한 켜 쌓여 두 사람 사이에 벽을 치는 것만 같았다. 못되고 추한 황제로부터 아름다운 유가경을 보호하기 위해 매화나무가 요술을 부리는 것만 같았다. 자신의 콧김이 덥고 술 냄새가 거슬리자 조용은 괜히 서러워져 목까지 메었다.

"유가경……."

"……."

"유가경…… 네가 이곳에 이름을 붙이면 나무도 풀도 연못도, 월루며 수대며 여기 모든 사물들이 너를 사랑할 거야. 너를 붙잡아둘 거야. 유가경은 정이 많은 사내니까, 정을 주면 누구든 사

---

* 가을에 열리는 과거, 송대에는 가을에 과거시험이 있었다.

랑할 테니까. 다정한 유가경, 나의 봄, 나의 꽃. 제발 이리 오렴.
제발, 제발."

애원을 했건만 가경은 창틀에 손을 얹은 채 꼼짝도 하지 않았
다. 술 취한 혀로 봄이니 꽃이니 어울리지도 않는 말을 해댔으니
주사를 부린다 생각한 걸까? 아니나 다를까, 유가경이 휘장 속으
로 몸을 숨겼다. 조융은 목덜미가 더울 정도로 부끄러웠지만 동
시에 간절하게 뻔뻔해지고 싶었다. 뻔뻔해져 이 난국을 타개하
고 싶었다. 이게 다 천자를 한심한 지경으로 내몬 유가경 잘못이
다, 그렇게 우기고 싶었다.

"밤새 나오지 않을 것인가……."

일단 호통을 친다고 쳤지만 위엄은커녕 죄지은 사람처럼 말
꼬리가 흐려졌다. 그 순간 조융의 머리가 환해졌다. 죄였다. 자
신은 죄를 지은 것이다. 가경이 마련한 아름다운 놀이를 망친
죄, 망발을 일삼은 죄, 취기로 용안이 불콰해진 죄, 죄. 죄라는 이
신선한 말이 조융에게 희망을 줬다. 황제는 무오류의 존재이기
에 무슨 일을 해도 부끄러울 게 없어야 한다. 하지만 그날을 기
점으로 조융은 가경에게만은 이 원칙을 깨기로 했다. 자신이 유
일하게 죄를 인정할 수 있는 대상이 가경이라는 사실에 조융은
흥분했다. 이로써 자신과 가경의 결속은 지상의 법을 초월한다.
술기운이 가져온 이 신묘한 발상에 신이 난 조융은 몸을 일으켜
창가로 향했다. 다가가는 발소리가 들렸을 텐데도 가경은 미동
조차 하지 않았다. 휘장 너머로 드러난 가경의 등에 손을 대자
마지못한 듯 가경이 천천히 몸을 돌렸다. 비단 천 너머로 가경의

얼굴이 드러나자 어두운 들판에 서광이 비치는 것만 같았다.

"죄를, 짐이 죄를 지은 거야. 그러니 네가 용서를 해주렴."

그러나 가경은 말이 없고 그 고집스러운 침묵에 조용은 살갗이 따가울 지경이었다. 고백의 달콤함은 사라지고 비로소 진짜 죄인이 된 듯 애가 탔다.

"내가 잘못한 거야. 다시는 그런 희롱 하지 않으마. 다 잊어다오. 네가 원한다면 벌이라도 받겠다. 그래도 역시 용서를 받고 싶구나. 짐에게 이 상태는 너무 힘들구나. 내가 지금 얼마나 괴로운지 너는 모를 거야. 이 고통을 모르니 그리 매정하게 구는 거지. 조금이라도 충심이 있다면 내게 이럴 순 없다. 아니 아니야, 지금 이 말도 잊어다오. 내가 또 왜 이러는지."

취한 목소리로 허둥지둥 떠들던 조용은 휘장 안 기척에 말을 멈췄다.

"또 불쌍한 얼굴을 하고 있나요?"

가경이 손을 들어 조용의 뺨을 쓰다듬었다. 천을 통해 손의 따듯한 기운이 전해졌다.

"나는 족제비야. 그러니까 아무래도 괜찮아요. 하지만 당신은 매화 향기."

"응?"

가경이 휘장을 제치고 조용을 덥석 끌어안았다.

"당신은 매화 향기, 하늘로 날아오르는 풍등이야. 계속 그렇게 있어주세요. 한없이 아름다운 분으로, 옥관음처럼 맑은 분으로. 그래야 돼요, 그래야 돼. 떡이니 하는 그런 속된 말, 당신이 하는 건 싫어. 정말 싫어."

얼마나 싫었으면 가경은 울먹이기까지 했다. 조융은 가경이 고결하게 느껴지는 만큼 자신에게 치가 떨렸고 그럴수록 더해지는 묘한 쾌감에 시달렸다.

"그래. 반드시 그러마. 소낭자처럼 어여쁜 말만 골라 할 거야. 젊은 아씨처럼 얌전하게 웃고. 네가 원하면 이 수염도 다 없애겠다. 약속하마."

빈말이 아니라 진지하게 한 말인데도 와하하 고개를 젖히며 유가경이 웃었다. 그때였다. 족쇄가 풀려 가슴이 해방되고 더 이상 저항하기를 단념하고 부푼 것이 터져 잎이 활짝 벌어졌다. 내일 당장 길을 내겠어! 탱자나무를 베고 대나무를 쳐내고, 남쪽으로 넓은 길을 내야겠다고 조융은 결심했다. 조융의 머릿속에선 벌써 공사가 진행되기라도 한 듯 여러 가지 구상이 튀어나왔다. 코끼리 수레가 지나갈 만큼 넓은 길이 필요해, 바닥은 소주처럼 판석을 깔고 으리으리한 패방을 세워야겠다. 길가엔 온통 능금나무를 심어야지, 이런 생각으로 바쁜데 가경이 이마에 이마를 비비며 속삭였다.

"우리 관가나리 또 좀살궂게 무슨 궁리를 하고 있나요? 무엇으로 또 트집을 잡으려고, 또 무엇을 받아내려고, 또 무얼 포기하게 만들려고, 응? 정말 가을 족제비처럼 욕심이 많다니까. 이 족제비, 못된 족제비야."

왠지 자신의 생김새를 두고 하는 말 같아 조융은 속이 상해 품을 벗어나려고 했지만 가경은 더욱 세게 감싸 안았다.

"그러니까 하란 대로 공부 열심히 하겠다구우. 이제부터 한눈 팔지 않을게요. 시험에 전념해서 꼭 천자문생이 될 거야. 당신이 원하니까. 당신에게 내가 해줄 건 그것밖에 없으니."

가경은 또 그 눈빛, 전부를 다 주는 그 눈빛으로 조융을 바라보았다. 창밖은 온통 암흑, 그러나 보이지 않아도 알 수 있다. 그곳에는 춘설에도 꽃을 피우는 매화나무가 있는 것이다. 어쩌면 그 밑에서 족제비들이 뛰어놀고 있을지도 모를 일. 아아 족제비라니, 그 얌체 같은 것이 이렇게나 사랑스러운 짐승이었던가.

"근데 뭐죠? 당신은 감추는 게 있을 때면 꼭 내 기분을 상하게 만들어. 뭐지? 말해봐요. 어서."

순간 쿵 하고 술이 다 깨는 줄 알았다.

"흐음. 낮에 줄곧 네 생각만 했는데 너는 글씨나 써달라 조르니 부아가 난 게지."

다행히 둘러댈 말이 술술 나와줬다.

"거짓말! 거짓말인 거 다 알아요. 하지만 괜찮아. 당신은 여러 겹을 가져야 하는 천자님이시니. 너무 여러 겹이라 아무리 세월이 흘러도 내 주제로는 그 속을 끝까지 알 수는 없을 거야. 그래도 괜찮아. 상관없어요. 나의 봄, 나의 꽃, 나의 융융, 융융."

아아, 너는 어찌 이리도 관대한가! 조융은 자신도 연인을 감동시키고 싶었다. 어서 멋진 길을 만들어 한껏 놀라게 만들고 싶었다. 주작대로까지 위풍당당하게 이어지는 길, 세상에서 가장 찬란한 그 길을 보고 넌 얼마나 기뻐할까, 조융은 당장 그 모습이 보고 싶어 안달이 날 지경이었다.

잉어식해*

"이것이온데……."

추신이 탁상에 자그마한 나무함을 올려놓으며 말했다. 종묘에 신주를 올리기라도 하는 것처럼 조심스러운 손길이었다. 오달지고 반드르르한 가로줄 무늬가 아름다운 박달나무 상자였다. 가경의 아비 유렴이 전해달라고 추신에게 부탁한 잉어식해가 담긴 함이었다.

"저걸 직접 만들었다고? 유렴 그자, 이상한 사내가 아닌가."

"선비들 중엔 손수 음식을 하는 자가 많사옵니다. 회남왕淮南王**도 두부를 발명하지 않았사옵니까? 예부낭중 서승은 채소찜을 잘 만들고 지단주사 포공은 국수 뽑는 취미가 있다고 하옵니다."

---

* 잘게 썬 잉어에 양념을 해 삭힌 음식.
** 회남왕 유안, 『회남자』의 저자.

선비들의 취미가 만개한 시절이었다. 추신은 유행에 따라 허영을 뽐내는 취미보다는 자신만의 감각을 담아내는 취미를 가진 관료들을 눈여겨보았다가 인사가 거론될 때면 조옹에게 귀띔하곤 했다. 약초를 다룬다든가, 야금술을 익힌다든가, 염료나 향을 추출한다든가 하는 실용적인 취미뿐만이 아니라 물고기의 회유나 벌레의 생태를 관찰하고 탐구하는 취미에도 추신은 찬사를 보냈다. 추신은 관료사회의 문약하고 안일한 분위기가 정화되려면 이런 활기찬 기풍이 퍼져야 한다고 말하곤 했다. 가경의 아비, 유렴은 추신이 높이 평가하는 그런 부류에 속했다.

"잉어식해는 유공께서 좋아하는 음식이라 하옵니다."

"가경이 식해를 좋아하는 줄은 몰랐군. 열어보라."

추신이 상자를 열고 비단 보자기로 싼 것을 꺼냈다. 보자기를 푸니 유지와 삼줄로 막음한 백자 단지가 나왔다. 우윳빛 은은한 광택이 나는 동그란 단지였다. 단지는 맹랑하게도 천자라 할지라도 범접할 수 없는 어떤 기운을 내뿜고 있었다. 적어도 조옹의 눈엔 그랬고 그래서 어젯밤의 그 간절한 기분, 어서 길을 완성해 가경을 기쁘게 해주고 싶었던 그 기분을 싹 가시게 했다. 술이 깨고 제정신이 든 기분이랄까.

밀원에서 나가면 바로 저런 게 기다리는 것이다. 자애로운 아비와 어미, 형제와 누이, 지기들. 이젠 그들과 함께 가경의 마음을 나눠야 한다. 그뿐만이 아니었다. 조옹의 눈은 더 이상 백자 단지의 표면에 머물러 있지 않았다. 조옹의 머릿속은 개봉 시내 곳곳에서 유가경을 곁눈질하며 지나는 여인들과 묘한 미소를 띤 젊은 사내들의 환영으로 어지러웠다. 조융은 그런 앞날을 계산하지 못한 자신의 경솔함이 낯설도록 한심했다. 가경에게 미리 말하지 않은 게 천만다행이었다.

"유공께서 얼마나 기뻐하실지……."

추신은 기쁨으로 격앙돼 말을 맺지도 못했다. 웬일로 손까지 모아 쥐고 환관처럼 굴었다. 조융은 그 모습이 거슬렸다. 추신은 유렴에게 가책을 느꼈던 것이다. 그 가책에는 황제에 대한 원망도 한자리 차지하고 있을 터, 그러니 황제도 자기처럼 가책을 느끼길 바라고 있을 것이다.

"버려라."

"폐하, 어차피 곧 사저로 가실 분인데 미리 집안 음식을 맛보인다고 분란이 나겠습니까? 이제 와 유공께서 집에서 온 음식이란 걸 눈치챈들 무슨 일이 있겠나이까."

오전에 가경을 위해 밀원에서 주작대로로 이어지는 길을 내라고 명을 내렸을 때 추신의 얼굴은 먹구름이 벗겨지는 푸른 하늘처럼 변했다. 조융은 그 맑게 갠 하늘을 훨훨 나는 새가 된 기분이었다. 두 사람은 그날 살펴볼 상주문을 제쳐두고 항에 걸터앉아 밀원의 길을 어떻게 꾸밀까 상의했다. 끝없이 늘어나는 황제의 요구에도 추신은 미소 지으며 고개를 끄덕였다. 오전에 그런 이야기를 나눴으니 조금 미안한 일이긴 했다. 추신은 어서 이 장한 것을 밀원에 반입할 수 있게 큰 성은을 내리시라 재촉하듯 잉어식해와 조융을 번갈아 쳐다봤다.

"없던 일이다. 가경은 내보내지 않아. 저것은 버려라."

추신은 얼어버린 듯 그냥 서 있었다. 여전히 두 손을 모아 쥐고서.

"버리기 아깝다면 그대에게 주지."

아무리 설득해봐야 소용없으니 단념하라는 통첩이었다. 한순간 날 선 빛이 추신의 흰자위를 가로질렀다. 조융은 아무렇지도 않은 척 코웃음을 쳤다. 단지를 함에 넣으며 추신이 담담하게 말했다.

"망극하옵게도 이 음식, 폐하께서 내리실 수 있는 물건이 아니옵니다. 애초부터 폐하 것이 아니었나이다. 영원히 폐하의 것이 될 수 없는 귀한 것이옵니다."

"흐음, 추신이 그렇다면 그렇겠지. 그러라지 뭐. 하지만 유가경은 아비의 것도 아니고, 너의 것도 아니고, 오로지 짐의 것이다. 불가피하게도 말이지."

"말이라는 것은 그렇지 않은 것을 그렇다고 꾸밀 때 오히려 번다해지옵니다."

"그대가 요즈음 가경의 마음을 모르니 그런 소리를 하지."

"모른다고 아주 모르진 않고, 안다 하여도 다 알지 못하는 것이 사람의 마음이옵니다."

"다 알지 못해도 잘 알게는 되지. 그게 몸이 하는 일이다. 오직 서로의 살갗을 통해서만 알 수 있는 마음이란 게 있다."

"만물에는 이면이란 게 있나이다. 살갗이 알려주는 마음이 있으면 살갗을 속이는 마음도 있나이다. 명심하소서."

"유가경은 다르다. 딴마음을 품을 줄 모르는 바보거든."

"정녕 그리 자신하시면 당장 방면하소서. 폐하께선 누구보다 정의로워야 할 관가가 아니십니까!"

일순의 틈도 없이 치고 들어왔다.

"그리 가혹하게 짐을 궁지로 몰아도 소용없다. 유가경은 안 내보내. 왜? 짐이 내보내기 싫으니까."

잠시 후 추신은 판관이 경당목을 내리치듯 탕, 하고 나무함의 뚜껑을 닫았다. 추신이 입을 열었다.

"마음을 움켜쥐고도 불안해하시니, 도대체 무엇을 움켜쥐고 마음이라 우기시는 건지. 딱하여라! 그 많은 밀원의 밤, 이리도 보람이 없을 수가."

조융이 더 이상 대꾸를 못 하자 추신은 나무함을 들고는 몸을 휙 돌려 평상으로 가버렸다. 겉모양은 패배지만 가경을 안 내놔도 되니 결과적으로는 짐이 이겼다, 그런 안도감에 조융은 기분이 나쁘지 않았다. 멀찍이 떨어져 있어도 추신이 앉아 있는 평상에서는 거침없이 한기가 밀려왔다. 마침 중귀인이 편지쟁반을 들고 들어왔다. 숙왕의 안부 편지였다. 숙왕은 여행을 떠난 후 닷새나 열흘에 한 번꼴로 잊지 않고 편지를 올렸다. 이번에도 의례적인 인사말로 시작하여 지금 유람하고 있는 강남 소흥의 아름다운 풍광에 대해 몇 줄 적고 즐거웠던 일 몇 자 적은 빤한 편지였다.

"자신의 철없음을 성실히도 유세하는구나."

조융은 편지를 편지쟁반에 도로 던지고 일어서서 팔을 벌렸다. 중귀인들이 둘러싸고 옷을 입히기 시작했다. 옥대를 채우고

관을 씌우려는데, 갑자기 저 맹탕 같은 숙왕 놈을 그냥 둘 수 없다는 마음이 욱하고 일었다.

"잠깐, 옥환玉環(O)을 하나 빼."

중귀인이 황제의 옥대에서 장식용 옥환을 하나 빼냈다. 걸을 때마다 유난히도 맑은 소리를 내던 경옥으로 만든 둥근 고리였다. 황제는 멀리 있는 누군가가 보고 싶을 때 옥환을 보낸다. 이렇듯 너와 나는 옥환처럼 이어져 있다, 어서 돌아오라, 그런 각별한 정의 상징으로. 그런 까닭에 유배를 가 있는 신하가 옥환을 받으면 감격해 눈물을 흘린다.

옥대엔 옥결玉玦(C)도 달려 있었다. 옥결은 끊어진 원 모양이었다. 옥결을 받은 신하는 다시는 용안을 볼 수 없었다. 너와의 인연을 그만 끊겠다, 옥결은 군신 간의 영원한 결별을 뜻하기 때문이었다.

"그 옥환을 숙왕에게 보내."

"분부대로 거행하겠나이다."

중귀인 하나가 옥환을 조심스럽게 두 손으로 받들었다.

"아니다 아니야. 그냥 두어라. 돌아오게 한다고 무엇이 달라지겠는가."

조융은 서탁으로 가서 붓을 들었다.

"민이 네가 즐겁게 유람하는 모습을 보니 진심으로 기쁘고 한편으론 부럽기 그지없구나. 동호*의 아름다운 풍광을 눈에 많이

---

* 소흥의 명승지.

담았기 바란다. 산천이 주는 호방한 기운을 받으면 네가 더욱 씩씩해지겠지. 서시*와 연담이 생겼으면 부끄러워 말고 이 아비에게도 전해주렴. 대송의 황자라면 사치스러움도 극한대로 누려봐야지. 지금은 어디에 있느냐? 거기에선 또 어떤 즐거움이 기다릴거나."

조융은 붓을 걸고는 자신이 쓴 편지를 눈으로 훑었다. 눈을 드니 어느새 추신이 다가와 있었다.

"이 바보 왕이 언제까지 허송세월을 하는지 구경이나 해보자."

추신은 대꾸도 안 하고 날렵한 눈으로 황제의 옷매무새를 훑었다. 중귀인들이 머릴 조아리고 뒤로 빠졌다.

"가자. 또 한판 각저를 해야지. 그동안 나온 것은 전부 미봉책이었다. 이번엔 제대로 삼 보는 내딛어야지."

추신이 황제의 뒤로 가서 금포 주름을 다시 잡으며 말했다.

"삼 보 내딛었다가 사 보 물러나실까 저어됩니다."

말을 맺으며 황제의 속대를 훅 잡아당겼다. 그 결에 옥체가 뒤로 밀려 추신의 몸에 부딪혔다. 조융은 추신의 앙갚음에 피식 웃음이 났다.

"그대가 아주 강렬히 작정을 했구나."

"열 번 작정한들 어떤 분의 변덕 한 번을 당하겠나이까."

이번엔 복두를 씌우며 뒤통수에 대고 쥐어박듯 쏘아붙였다.

* 춘추시대 월나라 소흥 출신의 미녀.

조용이 돌아보니 기다렸다는 듯 추신이 손수건으로 황제의 입가를 닦았다. 꽤나 민첩하고 거친 손길이었다. 조용은 웃음을 참으며 추신의 귀에 대고 나지막이 이런 소리를 했다.

"자식이란 말을 안 들을 때도 있는 것이다. 짐도 숙왕에게 와신상담*하고 있지 않은가. 그대도 참으라."

추신을 기분 좋게 만들려고 던진 말이었다. 이런 말은 늘 효과가 있었다.

* 소흥은 월왕 구천의 와신상담 고사가 있는 곳.

유가경이라면 편하게 했을 말

이틀 후 추신은 휴목을 가졌다. 저녁상에 유렴이 담근 잉어식해가 올려졌다. 얼마나 칼질을 잘했으면 잘린 단면에 뭉개진 곳 하나 없었다. 흡사 유렴이 작성한 흠잡을 데 없는 회계문서를 보는 듯했다. 추신은 한 점을 집어 입에 넣었다. 삭힌 생선 특유의 감칠맛이 혀를 휘감았다. 귤껍질과 산초 열매를 넣어 맛이 깔끔했다. 무엇보다 두툼한 살이 이에 쑥쑥 박히는 느낌이 더없이 좋았다.

그날 낮, 의휘전 자신의 집무실로 유렴이 찾아왔다. 상의할 일이 있으면 언제든지 찾아오라고 말은 해두었지만 처음 있는 일이었다. 유렴은 잉어식해를 아들에게 전하고 싶다고 했다. 온화한 눈빛을 하고 있었지만 유렴은 추신의 표정을 면밀히 살폈다. 당신의 우아한 얼굴 뒤에 감춰진 속임수를 용납하지 않겠다는 듯 눈 한번 깜빡이지 않았다. 유렴은 줄곧 의심하고 있었던 것이다. 그럴 만도 했다. 황제의 밀명으로 비서성의 임무를 수행하는 유가경이라니, 자신이 지어낸 얘기지만 정말 터무니가 없었다. 하지만 이제 전부 끝날 일, 마침 오전에 황제와 밀원에 길을 내는 일에 대해 의논하지 않았던가. 꾸밈없는 추신의 친절에 비로소 안심했는지 유렴의 얼굴이 편안해졌다.

추신은 유렴의 손을 잡고 약속했다. 며칠 안으로 아드님께 꼭 전하겠다고. 지켜질 줄만 알고 한 약속이었다. 잉어식해는 오래 두고 먹을 음식이 아니었다. 적어도 오 일 안에 닿을 수 있는 곳, 먼 곳이 아니라는 사실에 마음이 놓이는지 유렴은 고개를 끄덕이며 말없이 웃었다.

"우리 삼아가 화사한 기운만 타고나서 어려운 나랏일을 잘 해낼지 걱정입니다."

유렴이 문을 나서며 인사 끝에 그런 말을 했다.

추신은 젓가락을 내려놓았다. 그대로 상을 물리고 서실로 가 서랍에서 유가경이 쓴 편지를 꺼냈다. 먹을 갈며 유가경의 글씨 형태를 다시 한번 눈에 익혔다. 먹은 요즈음 젊은 서생들이 선호하는 청빛이 도는 유연먹이었고 문진 아래 눌러둔 종이는 복건에서 대량으로 생산하는 흔한 종류였다. 외지에 나간 유가경이 쓸 법한 물건이었다. 유렴의 꼼꼼한 눈썰미를 속이려면 제대로 구색을 맞춰야 했다.

"보내주신 잉어식해 잘 받았습니다. 타지에서도 변함없는 그 맛을 보니 소자는 감개무량하옵고…… 이곳은 벌써 봄이 완연하여 시냇물은 구슬같이 쏟아지고…… 새들은 집을 짓느라 흙을 물어 나르고 산들은 날마다 색을 바꾸며 저에게 놀러오라 손짓합니다⋯⋯."

십여 일 뒤 유렴에게 전해질 편지였다. 누구라도 속을 화사한 기운만 넘치는 유가경의 글씨. 두 점 먹었을 뿐인데 삭힌 음식이라 뒷맛이 진하게 남았다. 추신은 다로에 주전자를 올렸다. 다로의 숯불이 시원찮아 부젓가락으로 들쑤시다가 솔방울 몇 개를 더 넣었다. 숙왕이라니 설마⋯⋯ 줄곧 신경이 쓰였다. 왜 갑자기 숙왕에게 친근하게 구시는 걸까. 입태자를 앞둔 때라 황제의 눈빛이나 손짓 무엇 하나 예사롭지가 않은 시절이었다. 유렴 부자에게 자극받아 숙왕을 상대로 아비 놀이를 해보시는 걸까. 확실히 숙왕에겐 잔정을 느끼게 하는 구석이 있긴 했다.

다로에서 송진이 타들어 가면서 치이치이 하는 소리가 났다. 입에 남은 맛을 어서 없애고 싶은데 오늘따라 물이 쉬이 끓지 않았다. 먹물을 말리기 위해 서탁에 그대로 둔 유렴에게 보낼 가짜 편지가 눈에 거슬렸다. 편지를 봉투에 넣으려고 급히 일어서다 추신은 그만 옷자락을 밟고 말았다. 툭! 은갑이 바닥에 떨어졌다. 균형을 잃고 휘두른 팔이 장식대를 쳤던 것이다. 식은땀이 쪽 솟았다. 재빨리 촛불에 대고 살펴보니 다행히 멀쩡했다. 그제야 추신은 숨을 내쉴 수 있었다.

실로 오래된 물건이었다. 은판을 잘라 세공한 작은 전각, 벽왕이 가지고 놀던 장난감 집이었다. 이걸로 궁녀들과 소꿉장난을 하였지. 추신은 전각의 문을 열어 알처럼 생긴 옥함을 꺼냈다. 열어보는 게 몇 년 만인지. 옥함 안엔 당연히 그것이 있었다.

쌀알만 한 치아들, 송곳니도 요만했구나. 땅에 묻지 않고 추신이 빼돌린 벽왕의 젖니였다. 처음 이가 빠졌을 때 무척 자랑스러워했다. 아이는 추신의 손바닥에 톡 하고 이를 뱉어냈다. 그때 손바닥에 전해진 느낌하며 이가 빠진 잇몸을 내보이며 씩 웃던 어린 얼굴, 그 자잘한 기억들이 하나둘 떠올랐다.

물이 끓기 시작했다. 물고기 눈알 같은 물방울이 표면으로 줄지어 올라왔다. 보글보글 올라오는 그 동그란 것들이 까르르 웃는 것 같았다. 추신의 입가에도 미소가 떠올랐다. 따뜻한 한 모금이 몸속으로 퍼져나가고, 차 향기도 퍼져나가고, 소년은 몸과 정신이 나날이 자라나고, 청년은 황제가 되어 기특하고 감동적인 행보를 보여주었다. 추신은 옥함을 귀에 대고 흔들어보았다. 부딪쳐 울리는 소리도 작았다. 이토록 애처롭고 사랑스러운 소리라니. "제가 어찌 폐하께 와신상담을 하겠나이까."

추신은 옥함을 두 손으로 감싸고 오래도록 입을 맞췄다. 감미로운 신음이 입에서 새어 나왔다. 요 며칠 황제에게 쌓였던 원망이 한순간에 다 녹아 사라지고 그 자리엔 오롯이 기쁨이 차올랐다. 자라면서 주신 기쁨에 비하면 얄미웠던 변덕이나 유가경과의 어그러진 음양은 아무것도 아니다. 유가경의 편지를 펴드는 순간의 용안이란! 그 얼굴엔 보는 이까지 행복해지는 윤기가 흘렀다. 물오른 가지처럼 다시 활기찬 삶을 사시는 황상, 천하를 위해 이만한 성덕이 또 있으랴.

추신은 옥함을 도로 장난감 전각에 넣고 조금 전 바닥에 떨어뜨린 가짜 편지를 주워 다로에 태우고 최고급 황지를 꺼내 문진으로 눌렀다. 유가경이라면 편지지에 돈을 아끼지 않을 테니. 추신은 편지를 새로 쓰기 시작했다. 잉어식해를 잘 받았다는 이야기도 쓰고 봄이 왔다는 이야기도 썼다. 그리고 이런 이야기도 썼다. 힘들지만 배우는 게 많아 날마다 눈이 새롭다는 이야기며 아버지가 열어준 세상에서 자신이 얼마나 높이 날고 있는지, 이제 세찬 바람을 탈 줄도 알게 되었고 먼 거리도 쉬지 않고 날아봤다고, 그리고 아버님이 그립고 그립다고, 유가경이라면 편하게 했을 그런 얘기들을 줄줄이 써 내려갔다.

올가미

부자가 되려고 좋은 밭을 사지 말라.
책 속에는 많은 곡식이 들어 있거늘.
편안히 살려고 거창한 집을 짓지 말라.
책 속에는 당연히 황금 집이 들어 있거늘.
외출을 하는데 따르는 종이 없다 한탄하지 말라.
책 속에 말과 수레가 넘쳐나지 않느냐.
중매쟁이가 찾아오지 않는다 아쉬워 말라.
책 속에 옥같이 어여쁜 처자가 살고 있나니.
사나이 평생 뜻하는 바를 이루고 싶다면
창가에 붙어 앉아 부지런히 책을 읽을지니.*

* 진종 황제가 쓴 권학문.

십오 년 전 맏형이 소주부학에 입학한 첫날, 곱게 써서 벽에 붙인 진종황제의 권학문을 본 부친은 바로 떼게 했다.

"네가 책 읽는 이유가 그러하다면 그만두는 게 좋겠구나. 지금이라도 외숙 밑에 가서 장사를 배워 돈을 벌면 더 많은 전답도 더 큰 집도 더 그럴듯한 미녀도 얻을 수 있단다. 선비가 책을 읽는 것은 수양을 하고 지식을 쌓아 천하를 이롭게 하고 궁극에는 도를 깨닫기 위해서지 과거시험이 목적이 아니다. 물론 아비로서 내 아들들이 급제하여 세상에서 큰 뜻을 펼치기 바란다. 하지만 선비로서 본분을 망각하고 일평생을 재물과 색에 간힌다면 어찌 부끄럽지 않고 어찌 허망하지 않겠느냐."

세 아들 모두 어리둥절했다. 그도 그럴 것이 진종황제의 권학문이 말하는 대로 인생이 풀린 사람이 바로 부친이었기 때문이다. 가난한 집 서생이 과거에 급제해 대갓집이나 부잣집 사위가 되는 경우가 왕왕 있었다. 급제자 방이 붙는 날 그 자리에서 가마로 모셔가 사위를 삼는 경우도 있는데 가경의 부친이 바로 그런 경우였다. 부친은 이른 나이에 급제하고 처가의 뒷배가 있었지만 출세가 빠른 편은 아니었다. 소주 근방에서 현승과 지현을 이십오 년간이나 지냈고 삼 년 전에야 동경으로 올라와 중앙관리가 될 수 있었다.

과거에 급제해 진사가 되겠다고 약속한 그다음 날부터 가경은 본격적으로 경전 공부에 돌입했다. 막상 책을 펴보니 학교에서 공부할 때와는 사뭇 다르게 읽히는 곳이 많았다. 일 년 가까이 세상 물정을 모르고 지낸 덕에 더없이 순일해진 정신으로 가경은 공부에 흠뻑 빠져들었다. 혼자 있는 시간이 태반이라 뜻을 헤아리고 이치를 따지는 데에 서두를 일이 없었다. 한 자를 가지고 하루 종일 음미하기도 하고 한 구절을 가지고 며칠을 고민하기도 했다. 다시 읽는 공자는 구절마다 새로웠다. 좁고 깊은 사유의 미로에서 한참을 헤매다 보면 어느새 눈앞에 진리의 봉우리가 보인다. 그 순간 기쁨으로 머릿속이 환해지고, 천오백 년 전 그분의 크고 부드러운 손이 자신의 머리를 쓰다듬는 행복한 착각에 빠진다. 사유의 세계에서 한껏 고양된 유가경은 무엇과도 비교할 수 없는 환희에 전율했다. 태학에서 가경은 마냥 즐거웠다. 진주와 산호로 멋을 부리고 금줄로 장식한 말을 타고 어가를 달려 난향 흐르는 학당에서 고명하신 스승들에게 빈틈없는 강론을 듣고 우쭐해진 마음으로 산뜻하게 책을 덮었다. 학교는 사교를 위한 장소였고 공부는 여흥으로 가는 중간다리였다. 재미로 가득찬 일상 덕분에 유가경의 머릿속엔 진리를 향한 고민과 결단이 끼어들 자리가 없었다. 여기 이곳, 밀원에서 만난 공자는 가경에게 한결같은 질문을 던졌다.

"어떻게 살 것인가? 무엇을 할 것인가?"

성인의 물음은 단순하지만 무거웠고 무겁지만 찬란했다. 선비는 이 질문에 대한 대답을 세상에 내놓아야 한다. 아버님께서 하신 말씀도 그런 뜻이리라.

어느 날인가 거업서舉業書*를 들춰본 가경은 박장대소하고 말았다. 급제에 유리한 문장 짓는 요령, 이전 합격자들의 문장을 비스무리하게 모방하는 법, 위험한 사안이다 싶으면 핵심은 건드리지 않고 주변만 뱅글 돌면서 슬슬 빠져나가는 법. 그리고 가장 중요한 비법은 바로 이것이었다. 기개를 내보이며 개탄을 쏟아낸 다음 반드시 조씨 황실에 충심 가득한 문장으로 끝맺어야 한단다. 하하하, 열심히 공부해 결국 이런 문장이나 써내야 하는 게 과거란다.

"이런 한심한!"

급제자들이 낸 시문은 또 어떤가, 그 유명한 가인들도 과장에만 들어가면 뭔지 모를 기괴한 시문을 써낸다. 규격에 맞춰 지어내려니 어쩔 수 없는 잔꼼수를 부리는 것이다. 이런 조잡하고 생기 없는 시문이 점수를 따고 급제자를 낸다. 예전이라면 거업서에서 하는 말을 금과옥조로 삼아 하란 대로 했겠지. 하지만 나는 이전의 유가경이 아니다. 학문의 길에 타협은 있을 수 없고 궁극의 진리는 세속 너머에 있다.

"급제를 해서 당신을 기쁘게 해드리고 싶지만, 나도 남아인 걸. 소신을 꺾을 수는 없어요."

심히 안타까운 듯 혼잣말을 해보는 유가경이었지만 사실은 그렇게 뿌듯할 수가 없었다. 감미로운 한숨을 내쉬며 가경은 거업서를 덮었다. 과거시험은 독서인의 눈을 가린다. 경전의 내용을 한 자라도 못 외울까 전전긍긍하게 만든다. 거짓 시를 짓게 하고 글을 꾸미게 한다. 공자가 오늘날의 유생들을 본다면 진저

---

* 과거시험을 위한 참고서.

리를 칠 것이다. 공자는 유가경에게 인생을 마주할 용기를 주었다. 젊은이의 용기는 그 특성상 밖으로 보이기를 원하는 바, 유가경처럼 책을 통해 얻은 용기일 경우에는 그 굳셈을 증명해 보이고자 반드시 시험당할 일을 부르기 마련이었다.

나의 항아님

밀원 연못 아래쪽에 초당이 있었다. 초당의 사면이 배나무로 둘러져 있어 유가경이 아리초당娥梨草堂이라 이름 붙인 곳이었다. 심은 지 칠 년이 넘자 배나무는 완벽한 자태로 초당과 어우러졌다. 그곳 정자마루에 서면 눈앞에 배꽃이 융단처럼 펼쳐지는데 달이라도 뜨는 밤이면 보고만 있어도 둥실 월궁으로 날아가는 착각에 빠져든다.

달빛 아래 꽃 그림자가 수놓은 얼굴은 얼마나 사랑스러울까요? 오늘 달이 밝다고, 그러니 항아님을 뵙고 싶다고…… 편지를 접으며 조융은 항아가 설마 나? 하고 갸우뚱했지만 즉시 하던 일을 멈추고 서둘러 연을 타고 초당으로 가서 유가경의 항아가 흠뻑 되어주었다.

초당 안이 습해서인지 관계를 끝내고 침상에 등을 대고 누우니 몸이 무지근하기 짝이 없었다. 두 사람은 어깨를 맞대고 말없이 천장을 보고 있었다. 기마가 일천이라…… 조융의 머릿속에 선 변경지역의 지도가 펼쳐지고 그 위를 말들이 이리로 저리로 내달렸다. 아무리 생각해도 아까웠다. 그런 정예부대를 잃을 순 없다. 하지만 나라의 군기가 무너지는 것을 두고 볼 수도 없다. 역시 다 잡아들여 주살해야 한다, 그렇게 생각이 기울어지다가 도 그러기엔 역시 찜찜한 구석이 있어 조융은 쉽게 마음을 정할 수가 없었다. 린주는 변경지역이 아닌가. 군사요충지의 소요는 어디로 불티가 튈지 모르는 일이다. 민심이라도 동요되면?

"저기, 오늘 좋았어요?"

조융이 대답을 하지 않자 가경이 다시 귀에 속삭였다.

"좋았냐고요?"

"아, 그럼 그럼."

송과 요와 서하, 삼국의 접경지역 최전방 린주의 젊은 관찰부 사 선우량이 영기군 천여 명을 끌고 요로 귀순을 시도한 사건이 일어났다. 요에서는 대송과의 관계를 고려해 반역자 무리를 받 지 않았다. 그러자 그 무리들은 조정에 사면을 청해놓고 어딘가 로 홀연히 자취를 감췄다. 사면이 안 되면 서하로 투항하겠다는 일종의 협박이었다. 서하로 투항하는 것도 문제였지만 비적 떼 가 되어 세라도 불리면 정말 골칫덩어리가 된다. 린주는 서하를 세운 당항족이 많은 지역이라 민심이 이반되기 쉬운 곳이었다.

"폐하께선 과거시험장에도 나가시나요?"

"응? 아, 그야 그래야지."

"그럼 폐하께서도 시험 보러 온 유생들을 내려다보면서 당태종 이세민이 그랬던 것처럼 천하의 영웅호걸이 모두 내 올가미에 걸려들었구나, 당신도 그래?"

"그건 인재가 절실히 필요한 초당初唐 때 이야기니 그렇지. 짐은 그런 생각 해본 적은 없고 어떻게 저것들을 먹여 살리나 한숨이 나지. 급제자도 넘치는데 한편에선 음보가 한 무더기 대기하고 있고, 그렇다고 관원 수를 한없이 늘릴 수도 없고. 새삼 이세민이 부럽구나. 황제 노릇 하려면 개국 초에 태어났어야 해. 짐은 새로 일을 벌이는 기분을 맛본 적이 없다. 적폐를 해결하느라 매일 틀어박혀 뒤치다꺼리나 하고. 쳇, 생각하니 원통하구나."

뇌리에선 반역 사건을 맴돌게 해놓고 조용은 되는대로 중얼거렸다. 달빛을 잡아채듯 허공에서 주먹을 움켜쥐며 유가경이 날쌔게 일어나 앉았다.

"하, 정말? 폐하께도 그런 낭패가 있으십니까?"

달빛에 빛나는 유가경의 얼굴을 보며 조용은 너는 젊구나, 감탄을 아니 할 수 없었다. 그럼에도 역시 내전으로 돌아가야겠다고 조용은 생각했다. 추밀부사와 참지정사를 부르라 하고, 그렇지! 육섭이 린주의 사정을 잘 파악하고 있을 테니 들라 해야지. 추신이 쓸모 있는 첩보를 가져와야 할 텐데. 조용은 머리의 반쪽을 왕성하게 움직여 일하게 했다.

"그럼 왜 과거시험은 꼬박꼬박 거행하십니까? 한 십 년 안 보면 되잖아요."

"어이쿠, 그럼 얼마나 좋을까요? 우리 도련님께선 공부도 안 하고 매일 노래나 부르고 꽃들과 인사하고, 응?"

"하하, 여기 내관들, 다 일러바치는 건 여전하구나."

사실 철없는 말 같아 대꾸하기도 성가셨지만 달빛 아래 유가경의 얼굴이, 그 얼굴을 부드럽게 받치고 있는 목이, 그리고 그 아래 어깨가 하도 좋은 선을 그리고 있어서 조융은 가경을 일각 정도만 더 바라보기로 했다.

"폐하 눈에는 공부로 안 보여도 저는 매일매일 많은 걸 배우고 있습니다. 그거 아세요? 요즈음 연못가에는 수선화가 피어나고 창포와 붓꽃 순이 손가락처럼 쏙쏙 올라오고 있어요. 잉어들은 아가미가 근지러워 연못 위로 첨벙첨벙 뛰어오르고요. 짝짓기가 하고 싶은 거예요. 새들은 어떻고요. 겨울 깃을 버리고 혼인색으로 깃털을 갈아치우고 있어요. 왜 이러는 걸까요?"

왜긴? 계절이 바뀌어 봄이 왔으니 그러지, 조융이 말하려는데 가경이 먼저 입을 열었다.

"봄이 되면 만물은 왜 생동하는 걸까요? 아니 왜 애초에 계절이 바뀌는 걸까요? 폐하께서는 그런 것 생각해보신 적 있으세요?"

조융은 놀랐다. 유가경은 기본적인 천문 지식도 없단 말인가. 그래서 잘 들어라, 황도의 위치가 바뀌니 계절도 바뀌는 것이다, 알려주려는데 이번에도 유가경이 먼저 말했다.

"저희 아버님께서는 스스로 궁리하여 이치를 밝혀나가는 공부를 하라고 말씀하셨어요. 배움이란 무릇 그러해야 하는 것이니 공부의 목적을 과거시험에만 두지 말라고 하셨어요."

"흥, 그런데 왜 네 아비는 과거를 보았느냐, 경관이 되어 개봉에 올라온 것도 너희 형제의 앞길을 열어주기 위해서가 아닌가? 특히 너, 실력이 의심스러운 우리 삼아 유가경이 행여 국자감생이라도 되면 예비시험을 면제받을 수 있으니. 결국 받을 수 있는 혜택은 다 받아내겠다는 계산이지. 뭐, 그걸 뭐라는 건 아니다. 말하자면 그렇다는 거지."

자세까지 바로하고 제 아비 자랑을 해대서 한마디 하긴 했지만 린주의 문제가 계속 종을 쳐대 조융도 그 정도까지만 하려고 했다. 하지만 젊은 애는 그 잘난 아비 이야기를 계속 늘어놓았다.

"아버님께선 배우는 걸 좋아하셨고 그러다 보니 과거에 급제하신 거예요. 과거 또한 장부로 태어나 뜻을 펼치기 위한 방편일 뿐이라 하셨어요. 생계도 해결해야 하니까요. 물론 운 좋게 이른 나이에 급제하셨기에 그런 소신도 견지하실 수 있던 거예요. 서른 넘어 마흔이 되어서도 급제를 못 했다면 아버님도 그런 생각 못 하셨겠죠. 개봉에 과거를 보러 몰려든 수재가 삼십만 명이라고 합니다. 폐하께선 성원이나 장원만 눈여겨보시니 대다수의 불합격자들 인생이 어떻게 흘러가는지 관심도 안 두시겠지요?"

조정에서도 의견이 분분했다. 선우량은 변경에서 벌어진 크고 작은 전투에서 세운 공이 큰 장수였다. 그의 상관 조갑은 무능하고 잔인한 인간인데 그의 연이은 실정으로 린주의 병사들과 주민들의 고통이 이만저만한 게 아니었다고 한다. 하필 조갑은 그곳 호족 가문 절가장과 인척지간이었다. 선우량과 그 수하들은 정식으로 항의해보았지만 도리어 모함을 받아서 어쩔 수 없이 변경을 넘었다는 얘기인데, 이런 경우 섣불리 손을 쓰면 반란에 가세하는 백성이 속출한다. 일단 조갑의 머리를 베어 린주 성문에 걸라 하자. 그러면 민심이 어느 정도는 달래질 것이다. 가능한 연좌를 묻지 않고 선우량만 처단하는 방향이 가장 좋다. 선우량도 그렇게 되길 바라고 한 짓일 테니. 무엇보다 기마 일천을 찾아야 한다.

그런데 가경은 자꾸 뭘 떠드는 건지. 그나저나 여긴 정말 못쓰겠군. 나무를 너무 가까이 심어 실내가 습하기 짝이 없다. 이거 봐. 금침에도 습기가 차 뻣뻣해졌네. 머리칼은 자꾸 얼굴에 들러붙고. 어서 돌아가야겠다고 마음먹은 조용은 일어나 앉아 눈으로 용포가 놓인 곳을 찾았다.

"폐하께선 대답을 회피하고 계시네요. 독서인은 모두 과거에 매달립니다. 올가미에 걸려 인생 태반을 시험 준비에 쏟아붓고 여든이 넘어도 과장에 나가야 하는 형편입니다. 붙어도 관직을 받기위해 몇 년을 기다려야 하고요. 그럼에도 모두 바늘구멍만 한 용문龍門을 통과해 벼슬아치가 되려고 피나는 경쟁을 해야 합니다. 이런 부조리를 모두가 알면서 모두 모른 척 회피하고 있어요."

용포가 가리개에 걸쳐져 있는 게 보였지만 조용은 잠깐 더 초당에 머물 수밖에 없다고 판단했다. 뭘 모르는 이 서생에게 과거제도가 누구를 위해 존재하는지 그 근본 원칙을 똑똑히 알려줘야 한다는 주인의식이 발동했기 때문이었다.

"회피가 아니다. 부조리한 면은 분명 있지. 그럼에도 이익이 훨씬 크기에 말할 필요가 없는 것이다. 천자에겐 일을 시킬 인재가 필요하고 선비에겐 관직과 녹봉이 필요하다. 과거제도는 유사 이래 가장 공평타당한 인재 등용 방식이다. 보아라. 나라는 이토록 선비들의 이익을 보장해주려고 한다. 그러나 선비의 이익보다 더 중요한 이유가 천자에게는 있다. 짐은 너희 백성에게 예를 가르쳐 인륜으로 이끌어야 한다. 이것이 하늘이 짐을 택해 천하를 맡긴 이유다. 백성이 인륜을 알아야 천하에는 아름다운 질서가 잡힌다. 그 누가 아무런 보상도 없는데 성현의 말씀을 배우려 하겠느냐. 짐은 너희 백성들에게 예와 인륜을 가르치기 위해 관직과 녹봉을 걸고 과거를 거행한다. 과거는 인륜의 도구다. 과거는 천하의 방편이다. 고로 과거는 짐을 위해 존재한다. 이게 원칙이야. 가문도 신분도 아닌 실력으로 인재를 뽑겠다는데, 감사한 줄 알아야지. 그게 싫은 자는 제 손으로 밭을 갈고 그물을 치라 하라."

그리고 영기군 일천은 절대 서하에 내줄 수 없다! 사면도 절대 안 돼! 어디서 감히 짐과 흥정을 하려 한단 말인가! 원칙대로다 잡아 요절을…… 하다가 아차, 항아가 생각났다. 오늘만큼은 월궁의 항아가 되어야 했기에 조용은 깃털만큼이나 부드러운 목소리를 내어 말했다.

"그나저나 한들한들한 우리 도련님이 정색을 하고 주장을 펼치니 이 또한 신선하고 좋네요. 기특하달까. 그런데 우리 도련님, 갑자기 이런 시론時論을 펼치는 연유가 무엇일까요?"

이렇게 묻고는 가경의 잘 빚어진 어깨에 이불을 덮어줬다. 몸에 열이 나는지 가경은 바로 이불을 벗겨냈다.

"폐하께선 제가 과거에 급제하길 바라시죠?"

"말하지 않았나. 천자의 지아비가 진사도 못 된다면, 아, 생각하기도 싫구나."

"좀 더 다른 이유는 없나요? 제가 과거시험에 인생을 걸고 전력을 해야만 하는 이유, 좀 더 원대한 이유, 좀 더 아름답고 숭고한 이유, 대답해주세요. 사실 전 폐하께 설득당하고 싶어요."

"짐이 원하는데 그것보다 더한 이유가 어디에 있단 말인가. 천자의 뜻이 천명이다. 네가 급제를 해야 하는 것이 바로 하늘의 뜻이란 말이다."

진지하게 한 말이었음에도 가경은 어이가 없다는 듯 실소를 터뜨렸다. 조융은 조융대로 기가 막혔다. 도대체 유렴은 아들에게 충성에 대해 가르치지도 않고 집에서 뭘 하는 건지. 잉어식해만 만들어 먹이면 다냐 말이다.

"보아라. 과거를 보고 싶어도 못 보는 이도 있다. 누구보다 빼어난 실력을 갖고 있어도 말이야. 그에 비해 너는 얼마나 복이 많은가. 응?"

조융은 손끝으로 가경의 콧등을 살짝 건드리고 침상 밖으로 발을 뺐다. 그날은 정말이지 애인의 응석을 받아주기엔 마음의 여유가 없었다. 무엇보다 어서 이 축축한 곳을 나가고만 싶었다.

"전 과거를 치르지 않기로 했습니다."

순간 조융은 짜증이 훅 일었지만, 젊은 애의 치기를 상대하는 일보다는 선우량이 우선이라는 생각에 몸을 일으켰다. 그러나 돌연, 이건 아니지! 그날, 매화 향기 속에서 천자문생이 되어드리겠다는 맹세, 감미로웠던 맹세, 그 맹세가 섬광처럼 떠올랐다.

채 두 달도 지나지 않은 일이다. 그새 말을 뒤집다니, 순식간에 선우량과 일천기병은 조융의 머릿속에서도 증발해버렸다. 대신, 말을 바꾸고도 당당한 유가경을, 항아 운운하며 이 바쁜 날에 초당으로 불러낸 유가경을, 말끝마다 아비 자랑을 해대는 유가경을, 그 유가경을 응징하는 데 전력을 다하기로 했다.

"하, 네가 드디어 실성을 하였구나. 그리 존경해 마지않는 아비를 생각해서라도 그런 말은 하는 게 아니지."

"아버님은 관직만이 길이 아니라고 말씀하셨습니다."

"굉장한 사내구나, 네 아비 유렴은. 아주 잘나셨어! 그게 황궁을 드나들며 녹봉을 받는 관리가 할 소린가!"

그 밉살스러운 백자 단지까지 떠올라 언짢은 마당에 얼굴이고 등이고 마구 달라붙는 머리칼 때문에 조융의 짜증은 극에 달했다.

"전 영웅호걸도 아니지만 올가미에 걸려들기도 싫습니다."

"올가미에 걸려들기 싫다? 흥, 안됐지만 넌 벌써 짐에게 걸려들지 않았느냐!"

"그건 당신한테 걸려든 거니 괜찮아요. 천자의 올가미 말예요. 이건 다른 거예요. 제가 앞으로 어떻게 살 것인가가 달린 문제예요."

조융은 좋아 벌어지는 입을 어쩌지 못했다. 당신이라 괜찮다는 애인의 말은 조융을 한순간에 무장해제시켰다. 물에 퍼지는 마른 꽃차처럼 가슴은 하늘거리고 근육 관절까지 나긋해져 조융은 허물어지듯 도로 누웠다.

"공부가 힘들면 짐이 봐주면 되거늘. 떨어질까 미리 겁먹은 거야? 응?"

"학문을 멀리하겠다는 뜻이 아니라 관직을 염두에 두지 않겠다는 겁니다. 생업을 갖고 틈틈이 책을 읽으며 자연을 돌아보고 삼라만상이 왜 이런지 탐구하고 싶어요. 물론 노래도 짓고 철철이 피어나는 꽃들에게 인사도 하고. 아무리 생각해도 그게 가장 좋은 삶이 아닐까 해요. 폐하께서 보시기에 한심해도 할 수 없어요."

그러더니 가경은 이렇게 잘생겼는데 과거 따위가 다 무어야 하는 얼굴로 조융을 바라보았다. 조융은 침묵했다. 유가경이 말하는 그 한심한 삶이야말로 조융에게는 미지의 세계였다. 선비는 관리가 되기 위해 기를 써야 한다. 출사의 길을 포기하는 건 나태하고 무책임한 짓이다. 장부가 입신양명에 뜻이 없다니, 그런 야망 없는 삶에 무슨 만족이 있을 수 있나. 공자도 맹자도 세상이 알아주기를 얼마나 열망했던가. 조융은 자신이 납득할 수 없는 이야기를 하는 유가경이 낯설게 느껴졌다. 조금 전 유가경이 자신에게 했던 질문을 떠올려보았다. 과거를 봐야 하는 좀 더 아름답고 숭고한 이유가 무엇이냐고. 내가 뭐라고 했더라? 다른 데 신경을 쓰느라 기억이 나지 않았다. 조융은 자신이 이 젊은이의 말을 제대로 듣지 않았다는 걸 깨달았다. 오늘은 자꾸 딴생각을 하느라 유가경에게 집중하기가 어려웠다. 아무리 한심하게 들려도 당사자에겐 진지한 고민이었을 텐데 무턱대고 나무랄 일만은 아니라고 생각하는 순간, 한쪽 구석에서 다시 봉화가 올랐다. 맞아, 지금 내가 이럴 때가 아니야. 어서 내전으로 가야지,

추신이 뭔가 묘책을 생각해냈을지도 모른다. 천 명을 다 죽일 순 없지, 암, 없고말고. 저 잘생긴 바보는 나중에 손봐주자. 조용은 이젠 정말 침상을 벗어나려 했다. 그때 뒤에서 또 한 번 천진한 목소리가 조용의 뒤통수를 쳤다.

"외가에 가서 장사를 배울까 해요. 다행히 외가가 비빌 언덕이 되어줄 만해서."

조용은 충격으로 둔해진 사람답게 겨우 몸을 돌려 가경을 바라보았다. 이번에도 가경은 잘사는 외가를 둬서 부러울 게 없다는 그런 얼굴을 하고 있었다. 반면 조용의 입술은 약이 오르고 올라 오므라들다가 사라질 판이었다.

"오호라, 그래서 넌, 소주로 간다는 건가?"

"당장은 아니고 여길 나가면……."

그러더니 손가락으로 자기 가슴 한가운데를 꾹 누르며 유가경이 말했다. 전부를 다 줄 것 같은 눈빛을 하고선.

"여기엔 이미 당신이 살아요, 영원히. 소주에 간들 당신을 잊을 수 있을까."

그 눈빛은 분명 지아비의 눈빛이었고 지어미를 소중하게 여기는 사내의 눈빛이었고 거짓 없이 온통 낭만뿐인 눈빛이었다. 그 눈빛에는 죄가 없었다. 문제는 조용이 서 있는 한없이 불리한 위치에 있었다. 황제는 천하의 주인이지만 결국 황궁에 묶여 있는 존재가 아닌가. 유가경 앞에서는 수많은 아녀자와 다를 바가 없는 존재가 아닌가. 아니 어쩌면 진짜 문제는 유가경의 성격, 순간을 사랑하는 그 성격에 있었다. 그때 조용은 분명 유가경의 그런 면을 인지했고 경악했지만 곧 잊고 말았다. 분노의 파도가 산맥같이 솟아 조융의 정신을 덮쳤던 것이다.

"그리하라. 당장 보내주지. 되었다! 옷은 내가 입을 터이니, 너는 떠날 준비나 하라."

"폐하, 제 말씀은."

"이거 놓아라. 놓으라니까."

"왜 이래요, 정말!"

"용포 이리 내놔. 어서!"

"제 말씀을……."

"무슨 말! 너에겐 나 또한 개봉의 한 시절인 거야. 결국 넌 네 생각밖에 못 해. 항상 그랬어."

"당신이야말로 당신 생각만 하고 있잖아요! 언제 될지도 모를 진사가 돼라 닦달하고."

"흥, 실력이 모자라 진사가 못 될까 겁이 난 게로군."

"그거 아니라니까!"

"스스로 기망을 하고 있구나. 그 알량한 인생, 네 맘대로 하거라!"

"그리 진사를 원하시면 수두룩한 진사 중에서 지아비를 고르시지 그랬습니까!"

"뭐라? 네가 정녕, 짐을, 짐을……."

주체할 수 없는 노여움에 이가 딱딱 부딪혔다. 머릿속에선 저 놈을 죽이고 나도 죽자, 그런 번개가 쳤던 것 같다.

"그러고 어딜 나가요? 벌거벗고."

칼, 칼, 칼을 달라, 칼을! 그러나 문으로 돌진하자마자 고개가 뒤로 확 꺾였다. 유가경이 실수로 조융의 머리칼을 잡았던 것이다. 다음 순간 우당탕! 옥체가 바닥에 내동댕이쳐졌다. 놀란 유가경이 바로 손을 놔서. 참을 수 없는 격통에 팔꿈치를 움켜쥐고 바닥을 구르던 조융의 눈이 번쩍 빛났다. 겁에 질려 도망가는 손이 보였다. 사람은 언제 미친개가 되는가?

달빛을 받은 실내는 푸른 안개에 잠긴 듯했고 꽃 그림자가 비친 둥근 창은 한 폭의 그림 같았다. 소박한 정취에 젖어 시나 주고받으면 좋을 곳이었다.

"아악, 아파 아파! 놔봐! 아그그……."

나중에 생각해보니 아리초당이란 이름부터가 좋지 않았다. 항아는 남편의 불사약을 훔쳐 달나라로 도망간 여자가 아닌가. 항아 부부는 월궁에서 쫓고 쫓기는 추격전을 벌였다고 한다. 그런 데서 관계를 했으니 난투가 벌어질 만도 했다.

늘 그래왔듯 추신은 벌거벗고 뛰쳐나온 조융을 보고 그 어떤 내색도 하지 않았다. 유가경에게서 겨우 빼앗은 용포를 쥐여주며 조융이 말했다.

"육섭을 부르라. 궐내 있는 집정대신들도 전부 들라 하고. 내전으로 가자."

"제가 망국적 과거시험에 참여하는 것은 그 천박한 권학문에 동의해서가 아닙니다. 오직 폐하가 원하시기 때문입니다. 천자의 올가미에도 기꺼이 걸리겠습니다. 내년 추공을 치르겠습니다. 베갯머리 쓸쓸해도 손가락은 거의 나아갑니다. 새소리는 동창에서 서창에서 재잘재잘 들리는데 야속한 옥 소리는 들리지 않으니 배꽃 필 때 가신 님은 석류꽃 피면 오시려나."

내저 평상 위에서 편지를 읽던 조융은 벌렁 누워 뱅글뱅글 돌았다. 보름 만에 항복 편지를 받아낸 것이다. 조융은 그 자랑스러운 전리품을 추신에게 보여줬다.

"급제가 어디 쉽겠나이까? 나중에 작위를 내리시지요."

"안 돼! 일단 진사부터 되어야 구량관이든 뭐든 주지. 해보지도 않고 포기를 하다니. 그런 맹탕을 어디에 쓰게. 사내라면 돌부리 가시밭길도 마다 않고 걸어갈 줄 알아야지."

"유공께서도 패기가 없다 할 순 없나이다. 천박한 권학문이라니, 아무나 할 수 있는 말이 아니옵니다."

추신은 접었던 편지를 다시 펴 보이며 재미있다는 듯 웃었다.

"그건 패기가 아니라 만용이다. 쳇, 그대는 원외랑 유렴을 어떻게 생각하는가?"

"유렴은, 누구보다 중용지도를 잘 익힌 사람입니다."

"짐이 보기에 그에게는 선비입네 하는 허세가 있다. 자기는 급제하여 얻을 것을 다 얻은 자가 아들에게 할 소리는 아니지. 급제하자마자 부잣집 딸한테 장가를 가놓고."

"부잣집 딸이라서가 아니라 초상화를 보고 한눈에 반해 정혼했다 하옵니다."

"흥, 갖다 붙이기는. 짐은 왠지 그자가 싫다. 멋있는 척은 혼자 다 하지 않는가."

"멋있는 척만 하는 게 아니라, 유렴은 매우 유능한 사람입니다. 누구보다 호부 일을 잘 알고 있습니다. 그가 올린 회계서류는 늘 일목요연하고 오류 하나 없지 않사옵니까."

"나도 안다. 뭐, 따지고 보면 내 쪽에서 고맙긴 하지. 가경을 낳아줬으니."

어쩌다 보니 내키지 않는 칭찬까지 하게 되자 유렴이 더욱 못마땅해져 조융은 입을 삐죽 내밀었다. 추신과 유렴에 대해 이야기를 나누다 보면 조융은 괜히 부아가 나곤 했다.

"밀원에 가시겠습니까?"

"뭐, 손가락 때문이라도 가보긴 해야겠지? 잘 아물었나 궁금하기도 하고."

무덤덤하게 말한다고 했지만 보름 만에 유가경을 만난다고 생각하자 기쁨의 씨주머니가 탁탁 터져 가슴이 따끔할 정도로 행복했다.

"연전연승하셔도 실상 휘둘리는 진폭이 커지는 쪽은 폐하가 아니십니까. 이번에도 보름 내내 울적하셨습니다. 그 상냥한 분과 번번이 몸싸움을 하시니 지켜보는 소인은 놀랄 따름이옵니다. 유공은 총애를 빌미로 뭔가를 도모하거나 받아내려고 하지 않습니다. 밀원 내관들에 따르면 아랫사람에게도 겸손하고 다정하다 합니다. 역시 꼬인 데 없이 심성이 온전한 유렴의 자제답달까요."

그렇게 관전평을 끝낸 추신은 휘두른 비수를 칼집에 넣듯 편지를 접어 봉투에 넣었다. 그러고는 한마디 더 했다.

"상의감에 일러 석류가 수놓인 용포를 준비하라 하겠나이다.
유공께서 부디 마음에 드셔야 할 터인데……."

소주에 온 미남자

숙왕 조민이 뱃머리 쪽 차양 아래서 차를 마시고 있을 때였다. 후드득후드득 다홍빛 꽃잎이 갑판 위로 흩뿌려졌다.

"서방님, 서방님. 여기 좀 보시와요."

차양 밖으로 고개를 내밀어 위를 올려다보니 물가에 늘어선 청루 이층 난간에서 기녀들이 손수건을 흔들며 웃고 있었다. 여인들이 던진 꽃이 빗방울과 함께 조민의 얼굴 위로 떨어져 내렸다.

"관원들이 미리 단속을 했을 텐데 기녀들이 친왕의 행차인 줄 모르나 봅니다."

함께 차를 마시던 지기 하나가 말했다.

"왠지 금의환향이라도 하는 기분인데."

기녀들은 어서 오라고 유혹을 하고, 줄지어 뒤따라오는 배에 나눠 탄 지기들은 휘파람을 불어대며 난리가 났다. 젖은 꽃잎이 사정없이 조민의 얼굴에 와서 붙었다. 호객행위인 줄 알면서도 와르르 떨어지는 꽃을 맞으며 홍교 밑을 지나가려니 열두 살 소년이 된 것처럼 가슴이 설렜다.

"이렇게 많이 받고서 꽃값을 떼어먹으면 안 되지."

조민은 배를 대지 않았지만 지기들에겐 놀다 오라고 허락을 내렸다. 이곳에선 물방울 하나로도 사내들 애간장을 녹여내 그냥 지나칠 수 없게 만든다. 물의 고장 소주의 락교 거리가 아닌가.

우기가 시작되었는지 아침부터 자디잔 비가 내렸다. 소주는 비가 와야 제격이라더니 맑은 날과는 또 다른 아취가 도시를 감싸고 있었다. 운하의 물은 버드나무 연록으로 번져 흐르는데 푸른 석교 위에선 우산을 쓴 소년이 누군가를 기다리고 있다. 배를 타고 지나면 매순간이 이별이었다. 안개비 속에서 모습을 드러냈다가 뒤로 물러나길 반복하는 수변의 저택들, 저택의 하얀 벽들은 차가운 미인처럼 새침하고 매끈했다. 조민은 저도 모르게 가벼운 한숨을 내쉬곤 했다. 사무치게 그리운 대상이 있어서가 아니었다. 흘러가는 수변의 풍경이 애틋함이란 게 무엇인지 가르쳐주는 것 같았다.

차 볶는 냄새가 진동한다 했더니 배가 다관 거리에 들어서고 있었다. 비에 젖은 차양 아래로 반들반들한 난간 의자들, 그곳에 앉아 비파 연습을 하는 학생들. 차 향기에 박하향이 섞이고 물 냄새가 섞이고 노 젓는 소리에 비파 소리까지 섞이자 조민은 달콤한 백일몽을 꾸는 기분이었다.

뱃머리에 앉아 있던 여인이 단반*을 두드리며 노래를 부르기 시작했다. 시원하고 맑게 뽑아 올리는 소리에 조민은 정신이 들었다.

"너를 기다리는 사람이 있다."

"저를요?"

"응, 네 노래를 듣고 싶어 해. 개봉에 가겠느냐?"

"아이 좋아라. 나리, 아니 전하, 성은이 망극하와요. 근데 누구실까, 그분?"

"환관이다."

"쳇, 뭐야."

"하하, 잘생겼다. 너무 잘생겨서 보고 있으면 화가 난다. 헌데 그 노인네가 알고 보니 잔소리쟁이더구나. 생각했던 것보다 성정은 파르르하고."

"사실은 좋은 거죠, 그 환관이?"

아! 그런가? 하는데 여인이 어느 틈에 무릎에 와 앉았다.

"원숭이도 아니고 이렇게 막무가내로 달라붙어서야. 하하하."

운하를 타고 소흥까지 내려갔다가 거기서 육로로 천주까지 갔었다. 젊은 왕은 개봉을 벗어난 홀가분한 기분에 남쪽으로 남쪽으로 기세 좋게 내려갔다. 거기까지였다. 조민은 남방의 여름에 두 손을 들어버렸다. 그늘에 가만 앉아 있어도 쪄 죽임을 당하는 기분이었다. 유람단은 천주를 기점으로 다시 북상을 해야 했다.

* 단목 박판, 붉은 나무판으로 된 타악기.

"절염남아絶艶男兒*를 발견하여 너에게 보내니 마음에 들기 바란다. 보기 드문 아이니 잘 대해주면 좋겠구나. 더위를 몹시 탄다 들었다. 몸조심하렴."

그 수려한 사내는 이미 소주에 도착해 있다고 한다. 조민은 이틀 전 소주로 올라오는 배에서 이 편지를 받았다. 남색 취미도 없건만 그 아이와 뭘 하라 하시는 건지. 하하하, 폐하께선 정말 많이 변하셨다. 아니 원래 이렇게 다정한 분이셨나? 여행을 떠나와 올리는 형식적인 문안 편지에 황제는 한 번도 안 거르고 답장을 해줬다. 그러다 보니 조민은 이런저런 여행담을 편지에 늘어놓게 되었다. 그 지방의 신기한 풍속이나 백성들의 형편, 지방관들의 인상을 본 대로 적어 보냈다. 재미있어하는 부황의 반응에 조민은 점점, 가는 곳의 작황 상태나 소금과 철의 생산수준, 관요의 상황, 남해 무역소의 경기 등을 체감한 대로 편지에 썼다. 어느새 조민은 새로운 고장에 도착하면 마중 나온 지방장관들에게 그런 것부터 묻고 있었다.

"가장 큰 도리는 무엇인가?"

개봉을 떠날 때만 해도 이 물음에 대한 거창한 답을 찾아보자고 다짐했건만 날마다 새롭게 펼쳐지는 강남의 풍광을 즐기느라 제대로 생각할 시간을 갖지 못했다. 조민은 뭔가를 정교하게 사유해본 적이 없어 끝까지 파고들어 결론을 내는 데 서툴렀다. 안락한 삶도 한몫을 했다. 이 건장한 황자의 이십여 년 평생은

* 아름다운 사내라는 뜻.

단순하고 무탈한 일상의 연속이었다. 스물이 넘어 가끔 울적한 기분이 들 때도 있었지만, 반나절 정도 개들과 놀고, 활을 쏘고, 어린 자식들의 재롱을 보면 언제 그랬냐는 듯 금세 즐거워졌다.

"폐하께서 보내신 아이는 어디 있지?"

조민이 묻자 얼음덩이 앞에서 부채질을 하던 소주 행궁내관이 대답했다.

"후원에 있습니다."

"데려와. 얼굴이라도 봐야지."

"내전에요? 아무리 그래도 전하께서 가보셔야……."

"남방은 움직이면 땀이다. 더워. 그냥 데려와."

내관은 뭐라고 한마디 고하려다 그냥 나갔다. 덥다는 말을 들었는지 궁녀들이 얼음에 담근 여지를 내왔다. 하얀 손가락 끝으로 까주는 반투명한 과육의 달고 차가운 맛, 그 맛이 조민을 익숙한 행복감으로 이끌었다. 봄에 떠났던 소주 행궁에 돌아오니 마치 집에 온 것 같은 기분이 들었다.

"자귀 꽃이 피었어. 조금 이따 밤이 되면 잎이 하나로 포개질 거야."

조민이 가까이 몸을 기울이자 궁녀가 요염하게 눈웃음을 치며 왕의 귀에 속삭였다.

"꿀이 많은 꽃이지요."

그런 희롱을 주고받으며 까주는 여지를 받아먹고 있는데 전각 밖에서 달각달각 말발굽 소리가 들렸다.

"아무리 폐하께서 보내셨다지만 말을 타고 내전까지 들어온 단 말인가?"

자신이 언짢아하는데도 궁녀들이 쿡쿡 웃었다.

"왜 웃느냐?"

궁녀들의 대답도 듣기 전에 내관이 들어와 고하였다.

"전하, 데려왔나이다."

마음 같아선 그대로 물려버리고 싶었지만 폐하께서 보낸 아이라니 알현이라도 하게 해줘야 했다.

"들라 해."

더 이상 우스워 못 견디겠는지 궁녀 하나가 입을 열었다.

"전하, 아무래도 전하께서 나가보셔야겠어요. 그 사내는 전하께서 친히 선을 보러 가시기 전엔 제 발로 안 들어올 듯해요. 여간내기가 아니던걸요. 호호호."

"뭐라!"

남색이라는 부담 탓이었는지 평소와 다르게 조민은 발끈했다. 무엇보다 궁녀들이 허락도 없이 그 사내를 만났다는 게 젊은 왕을 자극했다. 분명 락교 거리를 지나면서 맞은 꽃 때문이었다. 머릿속에 남은 기녀들의 웃음소리가 궁녀들의 웃음소리와 섞이면서 젊은 왕의 욕망은 순식간에 원색적인 질투로 변했다. 조민은 내관이 걷어주기도 전에 제 손으로 발을 치우며 나갔다. 어떤 자이기에 감히! 하며 장문에 드리워진 가리개까지 거침없이 젖히고 성큼 발을 내딛는데 순간 아, 눈이 부셔 아찔했다.

월대 아래에는 석양빛을 받아 금빛으로 타오르는 말 한 마리.

조민은 한눈에 알아보았다. 하루에 천 리를 간다는 서역의 한혈 마였다. 말에게 다가가는 조민의 흉근이 부르르 떨렸다. 입에서 는 흐흐흐, 바람 새는 소리가 났다. 말은 긴장했는지 본 척도 안 하고 꼬리를 뒤로 쭉 빼고 있었다. 조민이 옆에 서자 고개를 빼 며 조민을 피했다. 큰 키에 탄탄한 근육, 피부를 덮은 금빛 잔털. 조민은 천천히 손을 뻗어 갈기를 조심스럽게 쓰다듬었다. 말이 푸푸 숨을 내쉬었다. 괜찮아, 괜찮아…… 말은 자신이 선보이는 자리라는 걸 알고 있는지 영리해 보이는 갈색 눈망울로 슬쩍슬 쩍 조민을 흘기더니 가볍게 한번 갈기를 털었다.

나를 받아다오…… 조민은 숨죽이고 처분을 기다렸다. 자신 에게 반한 걸 눈치챘는지 말이 천천히 조민에게 코를 들이댔다. 완벽한 모양의 은갈색 콧구멍에 윤기가 흘렀다. 콧잔등을 쓰다 듬으라는 듯 말이 얼굴을 더 디밀었다. 아하, 망아지 때부터 든 버릇이로군. 보살핌을 잘 받았는지 마음 주는 법을 아는 말이었 다. 조민은 말의 콧등을 원 없이 쓰다듬어주었다. 말의 목덜미에 얼굴을 가져가 대니 피부 아래서 울리는 박동이 그대로 살갗에 전해졌다.

"아 이런, 뭘 그렇게 부끄러워하는 거야?"

말에게 하는 소리만은 아니었다. 자신의 흉근도 설렘으로 떨 고 있었다.

"그 미남자가 마음에 들더냐? 민이 네가 상행을 한다 하여 혹 시 내륙 쪽으로 가지 않을까 해서 보냈지. 이왕 가는 김에 장강 을 따라 서쪽으로 가보는 것도 좋은 경험이 되지 않을까 싶다.

사천의 성도와 공주가 그렇게나 살기 좋은 곳일까? 아비는 가본 적이 없어 궁금하다. 중원과는 다른 풍토라 모든 게 신기할 터. 재밌는 풍물이 있으면 이 아비에게 전해주기 바란다."

말과 함께 온 서신을 본 조민은 허허허 웃었다.

"이건 대놓고 내륙으로 가라는 말씀이잖아."

조민은 중내관을 불렀다. 이 늙은 환관은 보고 들은 게 많아 조민이 어릴 때부터 늘 적절한 조언을 해주곤 했다.

"장강 물길에 명소가 한두 군데가 아닌데 왜 하필 콕 집어 성도와 공주를 말씀하셨을까? 여기에 뭐 특별한 거라도 있어?"

중내관의 표정이 복잡해졌다.

"글쎄요…… 그곳에는 로국공 조견과 폐서인 조강, 그분들이 계십니다만."

그제야 조민은 연금되어 있다는 숙부들의 존재가 생각났다. 그들이 죄를 짓고 개봉에서 쫓겨난 것은 조민이 태어나기도 전 일이었다.

"혹시 형제분들 안위가 궁금하신 걸까?"

"글쎄요. 폐하께서 그러실 리가 있겠나이까."

"세월이 흘렀잖아. 아무리 그래도 핏줄인걸."

어차피 장강을 거슬러 사천까지 가려고 했다. 가는 김에 숙부들을 만나봐야겠다고 하자 중내관의 얼굴이 바로 굳었다. 말리고 싶어 하는 눈치였지만 편지를 보고는 더욱 심란한 표정이 되더니 입을 다물었다.

"하여간 의심은 많다니까. 뭘 걱정하는 거야. 폐하께서 말까지 보내주신 마당에. 괜찮아. 참, 그리고 개봉에 전해. 어화원에게 황태후마마와 이태비마마 어진 모사본을 그려 보내라고. 숙부들께 선물로 드려야지. 모후이신데 얼마나 그립겠어."

뚱한 표정을 지었지만 증내관은 상전의 명이 온당하든 안 하든 일단은 충실하게 따르고 보는 사람이었다. 증내관은 눈을 꿈벅이며 앞으로의 일정과 시간을 어림잡느라 대답에 뜸을 들였다.

"가능할 듯싶긴 합니다. 동정호에서 받아보실 수 있도록 준비해보겠나이다."

조민은 소주에서 며칠 쉬며 여독이 풀리면 행장을 꾸려 서쪽으로 가는 물길을 타기로 했다. 그 며칠 동안 하고 싶은 일이 있었다. 소주는 물길만큼이나 가로도 시원시원했다. 쭉쭉 뻗은 길들은 동경보다 정비가 잘 된 천하제일의 도로였다. 조민은 이 길을 말발굽에 불꽃을 일으키며 원 없이 달려보고 싶었다. 준마 수십 마리가 돌바닥을 박차고 달리면 우레 소리가 따로 없겠지?

"하이야! 하야, 하야."

축축하고 시원한 공기가 빠르게 몸을 통과해 빠져나갔다. 귀는 말발굽 소리에 먹먹해진 지 오래였다. 혼을 빼는 그 요란한 소리가 도리어 정신을 한데 모아 척추의 흔들림에만 정진케 했다. 등허리의 완벽한 율동이 안장을 통해 허벅지 안쪽으로 전해질 때마다 조민의 뺨에는 수시로 소름이 훑고 지나갔다. 말과 사람은 한 몸으로 질주하며 뿜어져 나오는 희열을 아낌없이 주고받았다. 하하하! 하하하! 그렇게 한 무리의 장정은 소주 시내를 뒤집어놓으며 한달음에 성벽까지 올랐다.

웅장한 반문盤門 위, 너른 문루의 바닥은 옅은 남빛 여명 속에 고요했다. 운하에서 성문이 열리길 기다리는 상단의 거룻배들도 잠에서 깨어나기 전이었다. 미남자는 자신의 심장에서 뿜어 나온 더운 피로 주저함을 씻어버린 지 오래였다. 말의 자태에 매혹된 조민은 갈기에 고개를 밀어 넣고 얼굴을 비볐다. 뒤에서 지기와 시위들이 웃어댔다. 조민 또한 어깨를 으쓱하며 웃어 보였다.

"전하, 초장왕*을 잊지 마소서. 와하하!"

"부디 절염남아랑 백년해로하소서."

"하하하, 숙왕 전하 천세, 천세!"

"소생은 외치렵니다. 숙왕 전하 만세, 만세, 절염남아 만만세!"

지기들이 아우성을 치며 꽥꽥 소리를 질러댔다. 술이 덜 깬 상태라 지기들의 목소리엔 난동기가 묻어났다. 더러는 여행객의 감흥에 겨워 울먹였다.

"오나라**여! 나를 잊지 말아다오. 아름다운 오나라여! 아아, 언제 다시 돌아오려나. 꿈같은 세월이여, 내 청춘의 박하향이여. 오나라여, 오나라여!"

"소주여 잘 있거라. 버들길이여 잘 있거라. 락교여 잘 있거라. 어여쁜 오기들이여 잘 있거라."

조민은 이 작은 소동이 재밌어 껄껄 웃었다. 말이 푸르르 몸을 털었다.

---

* 초나라 장왕은 말을 사랑한 나머지 너무 잘 먹여 말이 비만으로 죽었다.
** 소주는 옛날에 오나라 지역이었다.

쉿! 태양이 오르고 있었다. 점점 붉은 기운이 뚜렷해지고 지평선이 아지랑이로 너울거렸다. 말이 온통 장밋빛으로 물든 갈기를 바르르 떨었다. 덩달아 조민의 몸도 부르르 떨렸다. 사방천지에 빛을 분사하며 거대한 황금 머리가 고개를 쳐들고 있었다. 아, 몇 번을 봐도 두려운 저 불덩이. 천지를 뒤덮는 거인의 머리. 한없이 강하고 아름다운 것, 저것이 이리로, 내게로 굴러온다면? 나는, 나는…… 그러나 다음 순간 그런 일은 결코 일어나지 않는다는 걸 깨달았다. 묵직한 서글픔이 밀려와 조민은 주먹을 움켜쥐었다.

왜 나는 나인가?

너무 늦은 느낌이 들었다. 까닭 모를 막막함이 밀려왔다. 태양을 마주 보려 애썼지만 찌르듯 뻗쳐온 서광에 눈을 뜰 수 없었다. 언제나 그렇듯 태양은 무심히 하늘로 오를 뿐. 남는 것은 눈을 압도하는 거대한 잔상.

둥둥둥둥둥 북이 울리고 철컹철컹 쇠사슬 끄는 소리가 귀를 긁고 지나갔다. 거대한 소주성의 반문이 열리고 있었다.

2권에서 계속

화평연간의 격정 1

초판 1쇄 발행 2022년 11월 22일

지은이 김혜량
펴낸이 김요안
편집 강희진
디자인 이명옥

펴낸곳 북레시피
주소 서울시 마포구 신수로 59-1
전화 02-716-1228 **팩스** 02-6442-9684
이메일 bookrecipe2015@naver.com ㅣ esop98@hanmail.net
홈페이지 https://bookrecipe.modoo.at
등록 2015년 4월 24일(제2015-000141호) **창립** 2015년 9월 9일

ISBN 979-11-90489-69-0 04810
ISBN 979-11-90489-68-3 (SET)

종이 화인페이퍼 ㅣ **인쇄** 삼신문화사 ㅣ **후가공** 금성LSM ㅣ **제본** 대흥제책